光尘
LUXOPUS

WHITE ROSE
BLACK FOREST

黑森林
与
白玫瑰

EOIN DEMPSEY

[爱尔兰] 欧文·邓普西 著

李静宜 译

北京联合出版公司
Beijing United Publishing Co.,Ltd.

给吾儿罗比

作者说明：

本书系以真实事件为灵感，但故事情节与时间顺序均经调整，以副小说叙事所需。

目 录 contents

第一章
雪地里的发现

德国西南部黑森林山区，一九四三年十二月

这里似乎是一个很适合长眠的地方。她曾经熟知这里的每一英寸旷野，每一棵树，每一个山谷。这里的每一块岩石都有名字，那是大人们无法理解的暗号，标示着孩子们秘密约见的地点。这里奔流的山涧在夏日艳阳下，闪耀如抛光晶亮的钢铁。这里曾经是让她觉得安心的地方。而如今，就连这个地方也像是被下了毒，被毁坏了。原有的美好与纯净都已被扼杀殆尽。

地上一层厚厚的雪毯，向四面八方延伸，放眼四望，怎么也望不见尽头。她闭上眼睛，等待了数秒。寒风呼啸不止，积雪的枝丫摇晃着发出飒飒声。她呼吸急促，心脏狂跳。夜空居高临下俯瞰大地。她继续往前走，每踩下一步，雪地就发出嘎吱声。要动手的话，真有所谓"最合适"的地方吗？只要想到在雪地上玩耍的孩子可能会发现她的尸体，她心里就难受。她不愿为这世界再增添一丝一毫的苦难。或许自己应该回头，至少再熬一天。她眼角涌出的泪水，顺着她已被冻得发麻的脸颊淌下。她继续往前走。

飘落的雪花越积越厚，她拉了拉围巾，掩住脸。说不定仅这恶劣的天气就能要了她的命。那应该是更好的结局——让她回到她所深爱的大自然的怀抱里。那她为什么还要继续往前走呢？像这样在风雪中漫无目的地跋涉，有什么意义呢？时候已经到了，她只要动动手指就能终结所有的痛苦折磨。她把手伸进口袋里，隔着手套，摸着父亲那把旧左轮手枪光滑的金属表面。

不，还不到时候。她继续往前走。她将再也见不到那幢小木屋以及和小木屋有关的一切了。她将永远不会知道战争的结果，也看不到纳粹垮台，或那个狂人为他的罪行接受审判。她想起汉斯，想起他那俊朗的面容、真诚的眼神以及令人难以想象的勇气。她甚至没有机会再一次拥抱他，告诉他，是他让她相信，这个荒诞的世界里仍然有爱存在。他们砍下他的头，丢到他尸体旁边的小箱子里。他就这样躺在他妹妹和他最要好的朋友身边。

雪下个不停，但她还是继续往前走。爬上小山，茂密的森林就在她左手边。她的眼睛适应了黑暗，却突然瞥见前面好像有什么东西，就在大约两百码外的雪地上，是一个人。他像团破布似的，蜷缩在洁净无瑕的白雪上，周围没有脚印。那人一动也不动，但绑在身上的降落伞迎风瑟瑟鼓飞，像一只饥饿的动物在舔着雪。尽管在这附近已经好几天没见过半个活人了，她还是本能地转头张望。她小心翼翼地向前靠去，心中根深蒂固的偏执妄想让她把每个影子、每一阵风都当成致命的威胁。但这里什么都没有，当然更没有人。

雪覆盖在他动也不动的身体上。他躺在白茫茫的雪地上，整个人几乎已经隐而无形了。他眼睛闭着，脸上被雪遮盖。她拂开他脸上的雪，试图寻找生命的迹象。透过颈部的皮肤，她摸到他的脉搏在跳动。他双唇之间呼出团团冰雪似的白色气息，但眼睛仍然没有睁开。她抽身后退，四下张望，迫切想找人帮忙。但她看来看去，这里依然只有她自己和这个陌生人。这里没有其他人，最近的一幢房子是她家——爸爸留给她的那栋小木屋。那儿距此足足两英里远。而最近的村子在五英里之外，或许更远——这么远的距离，就算他意识清醒，以他现在的状况也绝对到不了。她拂开他胸口上的雪，露出挂着上尉军衔的德国空军军装。他当然是他们中的一员——那群禽兽毁了这个国家，杀害了她曾经爱过的每一个人。她要是把他丢在这里等死，又有谁会知道呢？她完全可以就这样抛下他不管。他们两个人很快就都会死。雪地里的两具尸体，不过是在多得惊人的死亡人口统计数字里增加了微不足道的数字而已。她走了几步，又停下来。她还没搞清楚自己到底要怎么做，但身体已经再次俯身靠近他。

她拍拍他的脸颊，试着叫他，但没有回应。她翻开他的眼皮，但他除了轻轻地呻吟一声之外，还是没有任何反应。这位德国空军上尉身体枕在背后的背包上，头往后仰，双手摊开在身体两侧。他个子很高，起码有六英尺，体重说不定有她的两倍重。要把他扛回她家根本就不可能。她不禁担忧起来。完全没办法啊。然而她还是努力想抬起他，不过，才抬起几英寸，她就脚下一滑摔倒在地上，那人再次滑落在雪地上。他的背包至少有五十磅重，降落伞大约十磅。降落伞暂时留着无妨，但背包必须得取下来。经过几次不断尝试和修正之后，她解开了背包的背带，将背包从他身上取下。他的身体失去支撑，"噗"的一声轻轻摔在雪地上。

她丢开背包，抬头看了看天空。雪下得更大了，但应该不会下太久。她再次去摸他的脉搏。脉搏的跳动还是很强，可他还能撑多久？她心里突然生出一股莫名的冲动。她把手伸进他的外套口袋，掏出了他的身份证明。他叫韦纳·葛拉夫，柏林人。皮夹里有张照片，上面有一个女人和两个小女孩。她猜照片里的女人应该是他的妻子。两个小女孩四五岁的样子，笑眯眯的。他二十九岁——比自己大三岁。她盯着韦纳·葛拉夫，重重呼了一口气。她所受的训练、所做的工作，都是要随时帮助别人。她过去是这样的人，现在也可以再成为这样的人——就算只有几小时的时间。她把身份证明放回他口袋里，再次绕到他后面，把手臂伸到他腋下，使尽全身的力气。他上身移动了，双腿却还陷在积雪里。当她把他的腿拖出来时，他发出一声痛苦的哀叫，但眼睛仍然没睁开。她放下他，走到他身体正面查看他的腿。他的长裤已经被撕破了，能摸到折断的骨头贴在皮肤下面。她不禁心里一惊。他两条腿从膝盖以下都骨折了。他受伤的地方很可能是腓骨，但肯定也连带影响了胫骨。如果处理得当，骨折的部位假以时日就能愈合，但走路暂时是不可能了。

让他躺在这里，静静地在雪地里死去，说不定是更好的安排。她一边这么想着一边打开他的背包，看见里面有几件换洗衣物以及很多文件。她拿出这些东西摆到一旁，然后在背包深处找到火柴、口粮、水、睡袋和两把手枪。她不禁疑惑，两把手枪？德国空军军官干吗带这些东西？也许他本来应该空降到意大利的敌军阵线后方，可是那里距此有几百英里远呢。时间紧迫，她耽误的每一秒钟都可能会要了韦纳·葛拉夫的命。她想起他的妻子和女儿。他为纳粹帝国效力虽然十恶不赦，但他的妻女是无辜的。

　　她身上什么东西都没带，只有一把装满子弹的左轮手枪。她原本以为今天晚上只需要这把枪就够了。

　　她想起少女时代冰雪封天的冬季，以及她在这片旷野上所度过的时光。几百码之外就是层层叠叠、无边无际的森林，而这段短短的距离，就是韦纳·葛拉夫生与死的交界。要是他掉在树林里，就算没摔死，也永远不会被她发现。她从他的背包里拿出睡袋，打开来盖在他身上，然后俯身靠近他的脸。

　　"你最好值得我救。"她轻声说，"我是为了你太太和女儿才这么做的。"

　　他们所在的这片旷野位于山顶，地形平坦，林木沿着山坡一路延伸到山谷谷底。针叶林里白雪茫茫，积雪深达十英尺，甚至还不止。她花了一两分钟才走到树林，然后蹲下来，在雪地里挖洞。新下的雪粉粉的，很松软，所以很容易挖。没有其他人出现。这个雪洞将是他们能不能撑过今晚的关键。就算她要结束自己的生命，也可以等到救活他再说。

她回去查看他的情况。他还活着。她心中亮起一朵小小的火光，宛如黑暗洞穴里远远亮起的一点烛光。她再度回到洞边，暂时不去想怎么把他拖过来，只专心挖洞，掏出的每一捧雪都堆得高高的。挖了二十分钟，雪洞看上去够大了。她爬进去，用身体把雪洞内侧压平，再拿从外面捡来的长树枝在洞顶挖了通气孔。

她回到韦纳身边，拿起背包和睡袋，带到雪洞里。这洞的长度正好适合他躺进去，高度足以让他坐起来，应该是行得通的。她又走回他身边。时间想必已过午夜，但离相对比较安全的黎明还遥不可及。在暴风雪停止之前，她没办法把他拖得太远，顶多只能拖到雪洞。她抓住系在他肩上的降落伞尼龙绳，开始拖。他的身体刚一移动，脸就皱了起来，露出痛苦的表情。她再次抓住降落伞，铆足全力拉。她举步维艰，但还是把他往前拖了六英尺。这样确实可行。她心中燃起希望，陷在雪地里的身体也涌起肾上腺素。她再次用力拖动，一下又一下，花了整整二十分钟。裹着厚重大衣和围巾的她浑身冒汗，但他们终于到了雪洞边上。她心中涌起一股近似胜利的感觉，仿佛已经一辈子没有这样过了。她上一次有类似的感觉，大概还是白玫瑰印出第一批传单的时候，那时他们因自己为正义挺身而出激动不已，以为德国人民光明的未来就要在他们这一代人手中梦想成真了。

韦纳·葛拉夫还是昏迷不醒。什么也唤不醒他，起码今天晚上不行。她努力做了这么多，就只是盼着能让他再次睁开眼睛。他是谁都无所谓，最重要的是他是活生生的人，还在喘息的人。她休息了几秒钟，才把他推向洞口的斜坡，这是她一点一点亲手挖出来的。他又呻吟了一声。她用力把他推进洞里，同时听到他的腿骨发出可怕的咔咔声。

暗黑的夜空不断飘下雪花，狂风呼啸，宛如贪婪的狼。她拿出他背包里的火柴，划亮一根，洞里亮了起来。她之前并没真正看清楚他的长相，在她眼里，他只是一副受伤的躯体，不算是真正的人。现在她看见了，他长相英俊，胡子拉碴，一头褐发剪得短短的。她熄灭火柴，把睡袋盖在他身上。她躺在他身边，听见他浅浅的呼吸，以及胸膛里隐约的心跳声。他们必须靠彼此的体温取暖才能熬过这一夜。她伸出手臂搂住他。自从十个月前汉斯去世之后，她就没像这样碰触过其他男人。她在精疲力竭中很快就睡着了。

尖叫声让她从睡梦中惊醒。她花了好几秒钟才想起自己身在何处，以及发生了什么事。雪洞里的漆黑让她感觉迟钝，直到她仰头看见头顶上的那个小洞。现在月光清晰可见。他的头撇向一边，但身体还是暖的。他在做梦。她又躺回他身旁，头枕在他的手臂上。但才刚闭上眼睛，就又听见他的惨叫。

"不，拜托，不！拜托，住手！"

她全身的血液顿时凝结。因为他说的——绝对没错——是英语！

第二章
带他回家

　　她躺在原地，因惊吓过度而动弹不得。他没再说话，眼睛也还是闭得紧紧的。天还没亮，她依旧躺在这个男人身边。他的胸膛随呼吸起伏，似乎呼吸更稳定了。她救了他一命，但结果会如何呢？她想说服自己相信他是韦纳·葛拉夫，但怎么可能？德国空军军官怎么可能在睡梦中喊出英语？她虽然不太会说英语，但英语的发音节奏平缓，不难辨识，她是听得出来的。这个人究竟是谁？要是她向本地警局告发，他会有什么下场？那就等于是把他送进盖世太保手里。身穿德国空军军服的他如果是英国人或美国人，肯定会被当成间谍枪决。而她也会在协助盖世太保进一步扩张恐怖暴行之前就死去。所以她该怎么做？

　　她离开他身边，蠕动着钻出雪洞。冰寒的空气啃噬她裸露的脸庞，宛如冷冽的液体灌进她的肺部。雪停了。云像一块被扯成条状的脏桌布，墨黑的夜空露出一颗颗闪烁的星星。风也变小了，树枝发出轻轻的飒飒声。除此之外，万籁俱寂。要是她就这样丢下他，会怎么样呢？他会从睡梦中醒来吗？等他醒来，可以自己爬出雪洞吗？她拉他穿过的野地此时已一片平展，没有任何足迹，美丽非常。就算有人经过此地，也不会发现他们的存在。但是黎明就要来了。他们孤立在这个人烟稀少、连人声都罕能听闻的野外。她估计，在冬日太阳从地平线升起照亮森林之前，她还有三小时的时间。也就是说，再过三小时，他们就有可能被人发现。他们跋涉穿过雪地的时候，可能会碰上某个滑雪越过乡野的人，到那时，决定权就不在她手上了。那人很可能会向盖世太保告发，这是遇见陌生人时惯常的做法。和盖世太保站在同一阵线向来比较容易——这样做的人会得到奖赏，不这样做则会入狱。而不遵从盖世太保的命令则需要非比寻常的勇气。这就是他们这套制度的精妙之处——要做正义之事，必须付出几乎无法想象的代价。不举报你的邻居是危险的，因为反社会行动是盖世太保最关心的问题。也就是说，他们的眼线到处都是；所谓的"德国眼神"——偷偷迅速一瞥，确定没有任何人在看你——已成为日常生活的一部分。

她先前的计划又悄悄浮上心头。她本来认为自己的尸体应该会在隔天被发现，也期待自己能如愿。她当然也可以走到森林深处，如果这样，好几个月之后才会有人发现已化为一堆白骨的她。但眼前她似乎别无选择，只能放弃原本的计划，对这个男人伸出援手。要是把他一个人留在这个洞里，他肯定会没命。要是把他交给当局，他也会没命。然后她还得怀着愧疚活下去，一辈子后悔自己帮助了盖世太保和他们所代表的政权施行暴政。要是她等到天亮，或许就没有任何选择可言了。因为可能会有人看见他们，强迫她把他交给盖世太保，那么他会被处死，而她说不定也会是同样的下场。

大雪抹去了她跋涉至此的足迹。但无论有没有积雪覆盖，她对此地的山丘与草原都了如指掌。她开始往回走。走到小木屋至少需要一小时，然后还要再花上一小时才能回到这里。他是间谍还是逃脱的战俘？如果他是战俘，又怎么会从飞机上跳伞到德国呢？说不定是因为飞机被击中，或发生机械故障，所以他必须跳伞，否则他有什么理由到这深山野地来？弗赖堡距离这里大约只有十英里。说不定他的飞机是因暴风雪而偏离航道。轰炸越来越频繁，就连此地也不例外。想起轰炸，她就想起父亲，想起让她口袋里揣着父亲的手枪来到这个地方的痛楚。但是想到雪洞里的那个男人，她只能强迫自己回到当下，迈开脚步往前走。

她走下发现这个男人的这座山丘，沿着来时的路往回走，不一会儿，就看不见雪洞，也看不见雪洞上方的林木了。

"控制不了的事情就别担心了。"她大声说。

能把心里的想法大声说出来真好，仿佛有人在她身边，仿佛她不是只身一人在努力挽救这个男人的性命。

"你究竟是在干吗？"她说，"为什么要惹上麻烦，救一个你根本就不认识的人？"这句话像是从别人嘴里说出来的。

当远远看见小木屋时，她几乎已经累到没有力气了。门没锁，一推就开了。她本以为自己再也不会见到这幢小木屋，但昨天离开之前，她还是把屋里打扫得干干净净，一尘不染。算是个礼物吧，送给找到小木屋的人。她在门口脱掉雪鞋，走进屋里。她褪下手套，摸索着找到摆在附近桌上的火柴。她点亮蜡烛，屋里盛满了柔和的光线，还来不及转开目光，她就瞥见镜子里的自己。她一点都不想看见自己。壁炉里，昨天的柴火余烬已熄灭，柴薪已经烧光了，但这可以晚一点再处理。她快步穿过玄关，走到起居室，找到一瓶白兰地塞进大衣口袋里。她手捧着头，拼命思索着待会儿带他回到这里的路上，可能还需要什么东西。她自己一个人走回来已经够辛苦的了，现在她有些怀疑自己还能不能带他回来。她好想坐下来，闭上眼睛休息一会儿，就算只是片刻也好。

她给自己倒了一杯水，一口气喝光。在把杯子摆回厨房时，她顺手拿起刀子放进口袋。她前一晚睡的卧房，房门微敞，床单已经揭下，整整齐齐叠好堆在床尾。这张床代表了她无法享受的余裕，却也是她此时此刻最渴望的。一旦躺下来休息，雪洞里的那个男人会有什么下场，她心知肚明。所以她关上房门，再一次走出小木屋，踏进夜色里。她前一个星期砍拾来的木柴还原封不动地留在遮雨篷下，只蒙上一层薄薄的雪。她看见了她用来把木柴从森林拉回来的雪橇。这雪橇很结实，能够承载那男人的重量。她把雪橇从房子侧面拉出来，然后又走进屋里。

五点钟了，墙上的咕咕钟上出现了一尊两英寸高的人偶，拿起小锤子敲了五下。她弟弟弗雷迪很爱这座钟。若不是因为这座钟曾经带给他无比的快乐，她早就把这白痴到极点的咕咕钟给砸烂了。他爱的东西，他碰过的每一样物品，如今都像金子般珍贵。

"弗雷迪，"她说，那个小人偶又消失在咕咕钟里了，"你知道我在做什么，对吧？我需要你在我身边。我需要感觉到你在我身边，没有你，我办不到。"

她已经好几个月没喊他的名字了，她没办法说出口，因为太痛苦了。最好是忘掉——遗忘过去，才能控制住痛苦的折磨。但她此时此刻需要他，需要再次感到爱的存在。她努力回想她所曾感受过的爱，把它从内心深处拉出来，仿佛从沙漠深处的水井里汲起一桶珍贵的水。她紧握拳头，深吸一口气，打开大门。

风平息了。空气安静得像死了一样。她拉起绑在雪橇头的绳子，开始跨越雪地。她的脚印清晰可见，并且会一直留在雪地上，直到下一场雪。任何人都可以循着脚印追踪到她。夜色可以掩藏她的行踪，但几小时之后，任何一个清晨出门行经此地的人都看得见她的脚印。她该怎么解释自己拉着雪橇载运倒卧雪地的德国空军军官？她苦苦思索，编织着万一必须派上用场的谎言。但眼前最重要的是，一步一步向前迈进。

一路上她都担心他已经死掉了。要是盖世太保在追捕他，怎么办？要是他们早就看见他的降落伞，只是苦于暴风雪而无法立即逮捕他，怎么办？如果是这样，他们此时肯定已经奔向那片旷野了。她想起侦讯的残酷场面，想起监狱牢房，以及盘问她的那个盖世太保冷酷的灰色眼睛。她现在满脑子想到的都是如何不被发现。

旷野空无一人，和她离开时一样。她侧耳倾听，没有听见任何声响。寂静的夜仿佛有话要说。林木静止，积雪厚重。她等了两分钟，却发现自己是在浪费时间。到目前为止还没有人看见他，但如果她不快一点儿行动，很快就会有人发现他。她从藏身的树木后面偷偷探头，再次越过雪地往雪洞走。雪洞的洞口只剩下几英寸宽，她跪下来，挖开洞口的积雪。那男人还躺在她从他背包里拿出来的睡袋上，胸口随着呼吸微微起伏。他依旧昏迷未醒。

　　"你好，"她用英语说，"你醒了吗，先生？你听得见我说话吗？"

　　她的声音在仿佛真空的夜色里回荡。男人还是一动不动。她俯身戳戳他的肩膀，仍然没有动静。太阳很快就会升起，现在就得采取行动。她拼命拉着降落伞的肩带，让带子紧紧绷在他身上，然后双脚稳稳踩进积雪里，开始用力拉。他的身体一寸一寸地被拉上坡道，出了洞口。她累瘫了，倒在他身边大口喘气，心脏狂跳。他已离开雪洞，她现在要做的，就是把他弄到雪橇上，拖他走上两英里，回到小木屋。就只有这样。

　　她躺在雪地上，瞪着夜空中一闪一闪的星星。她精疲力竭，几乎克制不了想睡的渴望。此刻最美好的事莫过于闭上眼睛，臣服于睡意。她花了很大的力气才拉他离开雪洞，她肩膀和手臂灼痛，浑身酸疼。但她必须继续前进。此刻停下来就等于失败。她绝不容许自己失败。雪橇有四英尺长，而他身长六英尺。如果不考虑他已经骨折了，她肯定不管三七二十一地拖着他走，让他的双腿露在雪橇外面，在雪地上拖行。她总不能扛着他的脚，让他的头拖在雪橇后面，对吧？她把雪橇拉到男人身边。这是他仅有的机会。如果非让他的腿在雪地上拖行不可，那也只好如此了。但她或许有办法可以让他舒服一点。

男人的背包还在雪洞里，她回洞里去把它拿出来。她之前看见背包深处有一卷绳子，现在她把它掏了出来。绳子太长，但她身上有一把从家里带来的刀。她把绳子裁下六段，每一段大约十八英寸长。这得花上好几分钟，所以她从口袋里掏出白兰地，扳开男人的嘴巴，倒了点酒进去。起初他吐了出来，但她把他的头往后仰，终于可以灌进去一点。她觉得很满意，自己也喝了几口，感觉到酒的热气一路往下窜到胃里。

她花了两三分钟捡来几根结实的树枝，每一根直径都有三四英寸。她把树枝丢在男人身边，准备进行最困难的部分。她脱下手套，冰冷的寒意啃咬着她的双手，但她不顾疼痛，专注于正要进行的工作。

她一手放在男人的左踝上，另一手伸进他的长裤里，摸索骨头的位置。骨折处在他膝盖下方约两英寸的地方。其实最理想的状态是她一发现他，就马上把骨头归位，但当时她有更迫切的事情要做。感觉到她的触摸，男人蹙起眉头，但她没有停下，继续把他皮肤底下的骨头调整好，缓缓用力往下一拉。骨头复位了。她拿起两根树枝夹住他的腿，用刚才裁好的绳子绑起来。这条腿固定好了，无法动弹——只要绳子撑得住，就不会有问题。她又检查了一次，绳子绑得非常牢靠，跟她原本期待的一样。现在轮到右腿了，她再次把手探进他的长裤里，摸到骨折的位置。这条腿骨折得似乎不严重。她把骨头复位，绑上树枝加以固定。

她就这样静静站了一会儿。"你到底是什么人？"她轻声问。

她等了一会儿，仿佛他马上就会坐起来回答她的问题。但他双唇之间并未吐出半个字，只有风再次吹起，发出呼呼的声音。现在应该已经快七点钟了，她不能再浪费时间了。她背起他的背包，把降落伞从他身上解开。这顶降落伞的使命已完成，但她不能把它留在这里，因为可能会被人发现。这是很严重的事。有人因为比这更微不足道的事情被处决。就算盖世太保并没有在搜捕他，但只要降落伞被发现，就会招致盘问，最后他们就会循着线索找到他。她可以冒险带降落伞上路，因为万一他们被逮住，不管有没有降落伞，她都无法给出合理的解释，和他划清界限。她把降落伞尽量折小，变成一叠单手就可以捧住的尼龙布，然后摆在他身上。她拿起剩下的大约二十英尺长的绳子绑在雪橇上，把他整个人和胸口的降落伞都稳稳固定在雪橇上。她绑得很紧，但没紧到让他不能呼吸。一切已经就绪。

　　她抓起绑在雪橇前端的绳结，开始用力拉。雪橇在平滑的雪地上移动，他们总算起程了。最初的几百码非常轻松，因为脚下是铺满积雪的草地。回小屋最近的路要穿过部分树林，跨过一条结冰的小溪。但背后拖着这个男人，根本不可能走这条捷径。她必须走在步道上，而这同时也增加了他们碰见其他人的概率。她思索着可能碰到什么人，也想到纳粹让德国人失去的互信。手枪还沉甸甸地躺在大衣口袋里，她刚才回小木屋的时候忘了拿出来。

　　每走完一段轻松的下坡路，就有另一段上坡路等着他们，而抵达漫漫长途的终点之前，他们还得爬上一道陡坡才能到小木屋。那时她肯定已经筋疲力尽。尽管肌肉开始酸痛乏力，她还是继续前行。她感觉到力气逐渐消失，呼吸变得更加沉重，也更加大声。她的身体开始冒汗，露在衣物之外的皮肤上的汗水结了冰。她知道这样的状况非常危险，因为可能会造成严重冻疮。但她不能停下脚步，绝对不可以停。太阳从地平线探出头的时候，她还没到目的地。看见日出，她没有感到丝毫喜悦和安慰。她离小屋还有将近一英里远，夜幕很快就会褪去。

脚步声来自前方。起初很难辨别是从哪里来的。她静静站着，心跳加速。她竖起耳朵，努力适应周遭的寂静。这时她能清楚地听出来，脚步声是沿着步道从前方接近的。她转头看看躺在雪橇上的男人。很难说他们还有多少时间，但她估计顶多一分钟吧。在步道前方有个拐弯的地方，也就是说，等他们看见来人的时候，再想躲藏就已经来不及了。她把雪橇拖离步道，在一排树木后面躲了起来。她尽力把他藏好，用一些散落的枯枝盖在他身上。她觉得任何人都可能注意到他们所在的地方。她用手掩住嘴巴，避免发出呼吸的声响。

经过漫长的一分钟，脚步声越来越明显。人影出现了。她认出来是谁后，摇摇头，差点就要笑出声了。是贝克尔先生，她前男友丹尼尔·贝克尔的父亲。他肯定会举报他们，她一点都不怀疑，因为丹尼尔就是一名盖世太保。检举揭发"敌人"是贝克尔先生最乐意做的。他离他们大约六十英尺远，手持步行杖，轻松地沿着步道慢慢走着。自从她和丹尼尔分手后，她已经好几年没和他讲话了。老贝克尔是个粗鲁的男人，既无魅力，也没什么教养。他就住在附近，这里很可能是他每天例行散步的路线。

贝克尔先生身材魁梧，年纪已经六十好几。她摸着口袋里的手枪。她要怎样保护这个几个小时之前才碰见、完全没交谈过的陌生人？她甚至不知道他的真实姓名。看着贝克尔先生，她仿佛也看见了吞噬她的国家的那一个个恶魔。她转头看看雪橇上的那个男人，感觉到内心的希望一点一滴出现。他拯救了她，就像她救了他一样。

贝克尔先生停在步道上，离他们的藏身之处约莫只有二十英尺。他身体后仰，伸展背部。他从口袋里掏出一根烟叼在双唇之间，划亮火柴点燃，然后深吸了一口。从这里，她可以清楚地看见他的脸。他收回目光，又开始走，但这次他放慢脚步，看着眼前的步道。他看看左边，看看右边，然后在离她藏身的地方不到几英尺时停下了脚步。她心脏狂跳，手指紧贴在手枪扳机上。她准备好了。她准备击倒这个她认识了大半辈子的人，就为了几个小时之前发现的这个男人。但她要把尸体藏在哪里？她祈祷最好不要发生这样的事。贝克尔先生摇摇头，继续走。他经过他们藏身的地方继续往前走，似乎没发现他们的存在。

她又等了五分钟才探头查看步道上的情况。刚才的千钧一发让她的眼眶不由自主地盈满了泪水。她抓起雪橇的绳子，勉强抬起酸痛的手臂，把雪橇拉回步道。干净又爽利的蓝天上，太阳灿灿闪耀，照亮了前一夜降下大雪的白茫茫大地，看上去美丽非常。这一层层的白雪平滑无瑕，只有一行贝克尔先生留下的脚印。她再次拉着雪橇上的男人上路，一心只想要把他活着带回小木屋。

今天早晨没有其他人出门。她放开手枪，手从口袋里拿出来，双手一起用力拉雪橇。此刻她心里所有的思绪都随风飞散，唯一的念头就是带他回到小木屋，除此之外，别无他念。除此之外，这世界没有其他存在的意义。她迈出疼痛艰难的一步，又一步，渐渐地，最后一个山坡终于出现在眼前。这一路上，除了因贝克尔先生出现而不得不暂时停步之外，她一刻也没有休息。但她这会儿却坐了下来，让呼吸恢复平稳，准备接受最后的考验。她已经走了这么远，只剩下最后一段上坡路了，爬上去之后，她就能回到小木屋，一个有着食物、饮水、止痛药，以及——更重要的——睡眠的地方。

她转头看他。"我们快到了，只剩下一小段路了。"

她双腿的力气几乎用尽，但她强忍着疼痛和虚弱，直起身子，拉紧绑在雪橇上的绳子。她用力往前拉，汗涔涔地一路拉到小木屋门口。

她简直喘不过气来了。她伸手推开大门，把雪橇拉进屋里，在地板上留下了一道雪迹和污印。这等晚一点再处理吧。

他在这里，在小木屋里了。这简直是个奇迹。她把他拉进起居室，让他躺在昨夜已熄灭的炉火前。家里还有足够的柴薪可以生火，所以她花了几分钟重新燃起火焰。帽子和外套沾在她身上，仿佛是她的第二层皮肤，她费了好大工夫才脱下来。她走进厨房连灌了好几杯水，才再回到他身边。她把杯子送到他嘴边，把水一滴一滴地灌进他嘴里，总算让他喝进了一些。他脏兮兮的，浑身发臭，两条腿都断了，但他还活着，这就够了。她让昏迷不醒但已经安全无虞的他躺在火炉前，自己回到卧房，换掉衣服。她躺在床上，头一碰到枕头就沉沉地睡着了。

第三章
苏醒

时钟嘀嘀嗒嗒，报时的音乐响起。他眼皮动了动，随后睁开眼睛，发现自己躺着，浑身汗臭，被绑在一大块木板上。他的大脑一片茫然，隔了好几秒钟，他才想起自己身在何方，又为何在此。腿部的疼痛直往上窜，他本来很能忍痛，但实在太痛了，他只能四下张望，想办法分散注意力。壁炉在几英尺之外，柴火已经快烧完了，余烬还闪着红光。他周围空无一人。是被捕了吗？若是这样，他的下场想必会很惨。但逮住他的那些人呢？模模糊糊中，他想起了自己的家人：父亲、母亲，以及妻子——应该是前妻。他隐隐约约想起离婚的事情，过了好一阵儿才想起前妻写给他的信。他仿佛又回到那个场景，看见自己坐在训练基地的床上读那封信。他过往的生活瞬间在眼前浮现，但马上又坠入无底深渊。他拼命回想当前的事情，想知道自己在哪里。他回想起有一双手贴在他身上的感觉，以及被拖着走的感觉——但那只是一种感觉，而不是具体可以掌握的记忆。他仿佛可以体会到那一刻，甚至可以闻到那气味，或触摸到那种感受，但就是看不见画面。他想要从躺着的这块不知是什么的板子上起身，但他做不到，只好又跌回木板上。他的眼皮好像有千斤重，只来得及瞥了房间一眼，就又闭上了，回到能带来一丝安慰的睡梦里。

　　她醒来的时候，白昼的天光已经消失，傍晚降临了。她在床上坐起来，许久没进食的肚子咕噜直叫。手臂、肩膀和背部的肌肉硬得像龟壳。她把手伸到肩膀顶端的骨头与肌肉连接处，用力按摩，希望能消除疼痛。起居室的门微微开着几英寸，从门缝里她看见男人还躺在那里。她一动也不动地坐着，竖耳倾听，但什么声音也没听见。除了屋外林间的风声，没有丝毫动静。尽管很不想动，但她还是掀开被子下床，走向衣柜，套上了一件样式简单的灰色洋装。冰冷的地板让她的脚冷得刺痛，她迅速套上厚羊毛袜，再穿上拖鞋。

　　她一小步一小步地慢慢走出去。家里现在有个陌生人。她首先看见他的腿，以及她绑在他双腿两侧的夹板。他没动，眼睛也依旧闭着。

　　"你好，先生，"她用英语轻声说，"你醒了吗？"

　　什么反应都没有。

　　她深吸一口气，想让狂跳的心脏缓和下来。她掌心冒汗。他褐色的头发沾满泥巴，雪水也还没全干；没刮胡子的脸被刮伤了，沾着许多脏东西。看来他一直没有动。她摸摸他的脉搏，心跳很稳定。他应该已经没有生命危险了。她从厨房端来一杯水，滴了一些到他嘴里。

还是和之前一样，他喝进了一点儿，但接着就咳起来，把水吐了出来。

她跪在他身边，手伸到雪橇下面，解开绑在他身上的绳子。她想过要直接割开绳子，但还是没这么做，万一他不肯合作，这些绳子还可以派得上用场。解开的绳子滑落到雪橇旁边，她拿开降落伞，想解开他肩上的降落伞背带，但这背带很难取下来。究竟该拿这降落伞怎么办也是个大难题。藏匿降落伞是破坏分子的行为，会被抓进监狱，甚至还有更惨的下场。但若是烧掉，又会产生有毒的浓烟。眼下她只能把它叠得整整齐齐的，摆在后门附近。

他需要卧床休息。虽然雪橇把屋外的泥土带了进来，只要一移动就会在地板上留下污迹，但目前还是挪动他最好的工具。她跪下来，把雪橇转了个方向，朝向空房间。那是她和弗雷迪小时候在夏天睡的地方，已经空置好几年了。她把雪橇推进房间里，这男人还是一动不动，任她摆布。门已经打开，床也铺好，房间非常整洁，一尘不染。她回想上一个睡在这房间里的人是谁。应该是她自己，甚至可能是弗雷迪。她可以想象父亲带弗雷迪进来的情景，但那已经是战争爆发之前好几年的事了——是父亲无力独自照顾弗雷迪之前的事情。她抹去回忆，就像抹去挡风玻璃上的污渍一样，然后努力将精神集中在手头的工作上。她回到起居室，拿来他的背包。干净的便服整齐叠放在背包底部，但是没有让他可以穿着睡觉的衣服。她当然不能让他只穿内衣待在她家里，她父亲的旧衣服或许能合他的身。不到几分钟，她就找到一套旧睡衣和一件酒红色的睡袍。她回到房间里，把睡衣丢到床上，但怀里还搂着那件睡袍，用手指感受那布料的光滑柔软。这里充满昔日的回忆，她无所遁逃。

这人浑身泥土，脏兮兮的，非常需要好好洗个澡，这得趁他还昏迷不醒的时候比较容易进行。她伸手摸摸为他固定双腿所做的临时夹板，这其实也该换掉。但把他送进医院或去找医生都有风险，并不值得一试。她谁都信不过。

而他就值得信任吗？她在收音机播报的新闻里听过对同盟国的报道，尽管纳粹说美国人都是没教养的杂种、英国人都是卑鄙小人，但她知道这些说法根本靠不住。然而，她从未见过同盟国的军人。而且过去这些年看过的无数新闻影片、听说的无数故事，也让她逐渐接受了纳粹对盟军的看法。尽管不信任政府，也知道新闻媒体都被当局控制，但她要完全摆脱她的所见所闻是不可能的。她见过盟军对德国人所做的事。他们轰炸住满平民的城市，毫无怜悯。无论她对盟军怀抱多大的期望，都很难把他们当成救星。

他的嘴唇抽动了一下，在闭着的眼皮底下，眼球如弹珠转动。她心一惊，往后退开，以为他就要张开眼睛了。她始终没曾想过，万一他醒来，要对他说什么。还好，他又恢复了此前的平静，困境暂时解除了，但问题仍未解决。

芙兰卡走进厨房。屋里很冷。不管这男人是葛拉夫先生还是什么人，都可以先等她生好火再说。她从炉子里清出灰烬，用早在她出生之前就已来到她家服务的拨火棒，拨出烧成焦炭的木柴。她划亮一根火柴，火光照亮了厨房。生火总是让她很开心。她往后站，看着火炉里的柴薪开始烧了起来。她满意地走向橱柜。家里食粮不多，只有一些摆了好久的罐头汤。她之前购置的存粮差不多都吃完了。通往镇上的路已经好几天不通了，她的车子一点儿都派不上用场。她走向药柜，找到一瓶阿司匹林，瓶里还有九颗药丸，大概能让他撑十二个小时。他需要更多甚至药效更强的止痛药，特别是万一她不得不再次调整他腿部断骨的话。她把药瓶装进口袋，药丸在瓶里咔啦咔啦响，很像某种小孩玩具。

她从房间正中央的旧餐桌旁拉来一把木椅。这个应该可以。她把椅子高举过头，用力砸在地上。但什么结果也没有，椅子完好无缺。她摇摇头，兀自笑了起来。她走到水槽前，找出榔头以及好几把大小不一的螺丝起子。几分钟之后，她就有了好几根结实的木条，可以用来重新固定他骨折的腿部，让他在得到正规治疗之前，可以暂时撑一段时间。

她走进卧房，男人还是没有动静。她以前处理过更棘手的状况，但那是在医院里。要是不打上石膏，他的腿骨怎么可能愈合？取得石膏，由她亲自动手处理，这都不是最大的问题。她最担心的是买这些材料可能引起的怀疑。要是够小心，她或许可以悄悄买到石膏、食品以及派得上用场的吗啡。但如何到镇上去仍然无解。她决定暂时搁下这些问题。

她解开绳子，取下暂时充当夹板的树枝，摆到一旁准备当柴火烧。下一个步骤对男人来说会很难受，不管他是清醒还是昏迷。首先必须脱掉他身上肮脏的裤子和靴子。她动手解开他的鞋带，并不时抬眼看他的脸，她知道自己的哪些动作会让他蹙起眉头。她解开鞋带，轻轻施力，从他脚上脱掉靴子。他的腿骨动了一下，哀叫一声。看见他惨叫实在很怪，仿佛看见被丢在地上的木偶出声大叫一样。她停下动作，以为他会醒来，结果并没有。脱掉靴子，她又伸手摸索他的骨头。骨头略微移位，但并不严重，所以她又重新调整好骨头的位置，让它们复归原位。他的右靴"砰"的一声掉在薄薄的地毯上。她深呼吸，硬起心肠，开始处理另一条腿。她不想剪断鞋带，因为靴子是珍贵的资产。她又花了五分钟才脱掉第二只鞋。有了处理第一条腿的经验，这一次的任务完成得更加顺利。她慢慢脱下他的袜子，露出瘀青肿胀的脚，她又用从起居室拿来的剪刀，剪开他的长裤。不一会儿，他就只穿着内裤躺在雪橇上。

她用从椅子上拆下来的木条做成合适的夹板，把他的腿稳稳地固定好。接着脱掉他的空军制服外套，丢到房间墙角，衬衫也同样被轻松脱掉。他已经准备好，可以把他移到床上了。她走到他头部后方，把他从雪橇上拉起来。还好床很低。她先把他的身体拉到床上，再把他的四肢也移到干净的床单上。虽然他还满身泥土，但终于躺到床上了。她站起来，有点得意。看着这个陌生男人躺在她以前睡过的旧床上，在她父亲位于深山的这幢夏日小屋里，她有些恍惚。

趁他昏迷不醒的时候帮他洗澡最好。这并不是她第一次帮病人洗澡，但这是她头一回帮昏迷的陌生人洗澡，而且不是在医院里。这项工作最重要的是要把握时间，她最不想碰到的情况是，洗到一半，他突然醒来。那就太尴尬了。

"洗澡时间到了，亲爱的。"她微笑着说，"你今天过得好吗？你一定不相信，我从医院回家的时候碰上什么事了。"她刻意说得很小声，以免真的吵醒他。万一他醒来，那可不是开玩笑的。她把一盆热水搬到床边，然后用毛巾拧水滴在他脸上，让结块的干土溶解成泥，再用力替他擦洗干净。"我发现一个人——一个男人——躺在雪地上，身上穿的是德国空军的军服。真的，不骗你。"她已经好几天没和任何人说话了。能把心里的话说出来，真好。就算对象是个昏迷不醒的陌生人也好。"不，亲爱的，我是说真的。你也知道，在我们说话的这个时候，英勇的德国官兵正冒着生命危险，在苏联前线为国家光荣的未来而奋斗，善良的德国太太是不应该和丈夫随便开玩笑的。"她一手贴在他已经洗干净的脸上，"什么？你想听收音机？嗯，身为好妻子，我会服从你的每一个命令。"她走到起居室，打开靠电池供电的收音机。一如既往，德国电台节目充斥着对己方有利的新闻和宣传。收音机是由政府配给的，也只能收听政府批准的电台。然而，大部分人都知道如何改装，以便收听外国频道。所以她把收音机转到一家瑞士电台，收听汤米·多西[1]大乐团的最新流行歌曲。大乐团的摇摆乐旋律马上在小屋里回荡起来。音乐让手里还拿着毛巾的她怔了一下。在其他地方，还有人在演奏这样的音乐，还有人在听音乐、跳舞、享受生活。她顿时觉得再次与自己早已放弃的那个世界重新取得了联系。

她默默替男人擦洗，让音乐在自己身上流淌。

---

1 汤米·多西（Tommy Dorsey, 1905—1956），美国知名爵士乐手与作曲家。——本书注释如无特殊说明，皆为译者注。下同。

"都洗干净了。"她说。她把阿司匹林和一杯水摆在床头柜上，替他盖好被子，把几个热水瓶塞在他脚边。他究竟是什么人？为什么会在这里？她该怎么把他藏在家里六个星期，直到他骨折痊愈？他一旦醒来会有什么反应？

她站在门口，盯着他看了好几分钟，音乐依旧在屋内回荡。最后，她终于抵挡不住肚子的咕噜叫声。"明天，"她大声说，"明天我会搞清楚你是谁。"她走出门外，拿钥匙锁上房门。

她肚子很饿，压过了她想洗澡的渴望，所以她走进厨房，从柜子里拿出罐头汤，要是再有些面包就太棒了。但剩下的最后一点面包，她昨天晚上已经配奶酪吃掉了。那原本应该是她此生的最后一餐。汤在炉子上加热，她在餐桌旁坐下，茫然瞪着前方。她在心里默默列出清单，想着如果自己要和卧房里的那个男人撑过冬天还可能需要什么东西。她得想办法到弗赖堡去弄食物、纱布、熟石膏、阿司匹林和吗啡回来。到弗赖堡的路单程大约十英里，在正常的情况下她会开车去，但由于天气原因，这个简单的办法难以实行。她站起来，走到靠后门的柜子旁。她以前穿乡越野用的滑雪屐还摆在里面，塞在旧大衣和这些年累积的杂物后面。她有十多年没用过滑雪屐了，上次用的时候应该才十几岁吧。那时她母亲还在世，他们每年冬天都到山上来。她拿起滑雪屐，掂掂重量。似乎也别无选择了。她把滑雪屐夹在腋下，带回厨房。汤已热好，她把汤倒进碗里，不到几秒钟就喝个精光。但吃下的这一点食物反而唤醒了她的饥饿。她又热了一罐汤，暗自下决心，一定要到弗赖堡补货。

第二碗汤让她有点饱足，但身上汗臭依旧。想到要再烧一缸热水洗澡，她觉得好累，但身上的臭味让她不得不动手。她把水壶和两个大汤锅摆到炉上，坐下来等水烧热。知道家里有个陌生男人——尽管他无法动弹，又昏迷不醒——她换衣服时还是关上了房门。她换上浴袍，走进浴室，关上浴室门。烛光营造出一种轻松的氛围，但水量不足却让气氛大打折扣。她没能像想象中那样在满缸热水里泡一个舒服的澡，只能坐在半满的浴缸里，泼水搓搓身体。

她走出浴室，身上还滴着水，小木屋的寒气迎面扑来。她忙抓起毛巾，用力擦拭身体，想要借着摩擦让身体热起来。擦干之后，她穿着浴袍走到镜子前面。她已经好几天没照镜子了。她看到自己一头长及肩膀的金发乱糟糟地沾在脖子上；蓝色的眼睛布满血丝，眼眶周围一圈大大的黑眼圈。她梳着头发，但一梳到打结的地方就痛得让她皱起脸。

她想起贝克尔先生，想起他的儿子，那个有着迷人魅力的希特勒青年团[1]成员。当年爱上他的时候，她还是纳粹女青年组织德国少女联盟的成员。所有的人都知道她加入了。那是某种入门仪式，没加入的青少年会被认为软弱怯懦、傲慢自负或逃避责任，甚至会成为众所鄙夷的贱民。

她突然心生怀疑。她怎么知道贝克尔先生没看见他们？说不定他

---

1 希特勒青年团（Hitler Youth），纳粹于德国成立的准军事组织，按年龄与性别分为德国少年团（十至十四岁）、希特勒青年团（十四至十八岁）、少女联盟（十至十四岁）、德国少女联盟（十四至十八岁）。据统计，该组织人数最多时高达八百多万，占德国青年人数的百分之九十八。

看见他们并且已经向盖世太保举报了。虽然这不太可能，但是在人人皆不可信的时代，什么事情都可能发生。

夜幕低垂，她点亮厨房和卧房的蜡烛，并点亮起居室的油灯。她探头看看那个男人，发现他还在睡。她回到自己的卧房，虽然已经很困了，但她不能睡。现在还不能。盖世太保随时会来。他会被曝光。就算把他藏进柜子里，也只能拖延个几秒钟不被发现。而他伤得太重，在这么冷的冬夜，也不能把他藏到户外去。她在脑海里想象着一幕幕梦魇似的画面，但每一幕都是曾经上演过的真实场景。她回到他躺卧的房间，被她丢开的德军制服还皱成一团堆在墙角。尽管概率不大，但万一他真是德国空军，她还得把衣服还给他。概率比较大的情况是，他是英国或美国人。倘若如此，他就只有一个下场：被以间谍罪处决。她得把他藏起来。但要藏在哪里？

她跺了跺脚，却听见地板下传来空洞的声音。她从厨房拿来工具箱，到他的房间里，掀开薄铺毯，露出一条条木板钉成的地板。要是她撬开地板木条，就可以弄个藏身的空间。但她得先移开床才行。她走到床边，用力把床推到房间另一头。男人还是安稳地睡在床上没有醒。

她把榔头的尖嘴插进地板木条尾端的间隙，用力向上撬。经过几分钟的努力，顽固的木条终于屈服。她戴着手套，把费力撬起来的这块木板摆在墙边，地上露出约两英尺见方的空间，里面飘出臭味。空气冰寒，但只要打扫一下，加上几条毯子应该就行了。她继续撬起旁边的木条，思忖着究竟要弄出多大的空间才够。撬掉的地板越少越好，因为一切必须看起来尽量如常。

床上突如其来的咳嗽声让专心工作的她吓了一跳，榔头掉进她挖出来的洞里。她站起来，看见男人睁开了眼睛，坐了起来，整张脸扭曲成可怕的表情。他闭紧眼睛，然后又睁开，转头看她。她吓呆了，一动也不动地站着。他的眼神里满是痛楚与困惑。

"你是谁？你为什么把我关在这里？"他用字正腔圆的德语问。

第四章
小镇之行

很难确认这是哪里的口音。她以前认识几个柏林人，知道他们说话带有一种纤细短促的腔调。这人的口音有点像柏林人，但又好像缺了点什么。这很难解释，简直像是对眼睛看不见的人描述舞蹈一样。他坐在床上，眼睛流露出恳求的神色。他开口问她问题已经是好几秒钟之前的事了，但那话语还宛如烟雾一般悬浮在空中。她心头浮现千百种思绪，但她什么也抓不住。她往前跨进一步，伸出双臂，掌心朝上，仿佛替自己辩护。

"我是朋友。"她说。

他没回答，似乎在等待更多的解释。

"我在雪地上发现你，你昏迷不醒。现在如果你觉得痛，那是因为你两条腿都骨折了。"

男人摸着她用餐椅木条为他所做的夹板，又蹙起眉头，露出痛苦的表情。

"我是芙兰卡·戈尔伯。我把你带回我家，这里只有我们两个人。最近的村庄远在好几英里之外。"

"我们究竟在哪里？"

"我们在弗赖堡东方约十英里，黑森林山区。"

男人一手贴着额头，但好像已经从迷惑里醒转过来，说话显得清晰多了。

"你通知警方了？"他问。

"没，我没有。"

"你和盖世太保或安全机构联络了吗？"

"没有，我没有。我连电话都没有。我发现了你，所以就把你带回这里。"她讲得结结巴巴，垂在身体两侧的手也在发抖。她忙把手藏到背后。

男人眯起眼睛，又开口说："我是空军上尉韦纳·葛拉夫。"

"我看见你的制服了。"

"你为什么把我带回这里？"

"我是昨天晚上发现你的，我们在荒郊野外，离哪里都很远，没有人可以提供医疗协助，我别无选择。"

"谢谢你救我一命，戈尔伯小姐。你是替军方工作吗？"

"不，我是护士。嗯，应该说我以前是护士。"

他想移动腿，但脸痛苦地皱成一团。她再次跨步向前，站到了床边。

"躺下来吧，葛拉夫先生。"叫他这个名字感觉很荒谬，因为她明知这是假名，"我知道你非常不舒服。"她转头找阿司匹林。这药只能暂时止痛，但只要可以稍加舒缓疼痛，就能让他再次入睡。药在床头柜上，但她为了撬开地板，早就把床头柜推开了。这时，他看见她挖掉的地板。

"这里怎么回事？你打算做什么？"

"只是在整修，"芙兰卡说，"你不需要担心。"她拿出三颗药丸，递给他。他看了看，又抬眼看她的眼睛。

"这是阿司匹林，止痛的效果不是太强，但在我买到药效更强的止痛药之前，暂时可以派上用场。"她从他的眼神里看得出来他很痛。尽管他极力掩饰，但她知道他很害怕，也很困惑。他伸出手，她把药丸放进他掌心，递给他一杯水。他吞下阿司匹林，一口气喝掉整杯水。

"还要再喝杯水吗？"

"麻烦你。"

她快步走向厨房，经过起居室的时候瞥见他那只丢在地板上的背包，里面有枪。而她父亲的枪在大门旁边矮柜的抽屉里。她端水回来的时候，看见他正拼命想办法下床，痛得满头大汗，表情因费力而扭曲。

"别动，拜托。"她说，"躺下来。你不必担心，我是朋友。"她把水递给他。和之前一样，他一口就灌完整杯水。她接回

32

空杯。他还是坐在床上，双手抱胸，等她开口。他表情专注，看似凝神倾听她所说的每一个字。"躺下来吧。我没办法送你到任何地方去。道路封闭了，而且你两条腿都骨折了。我们被困在这里，必须相信彼此。"

"你是什么人？"他摸着颈背问。

"我是本地人，在弗赖堡长大。这里是我们家的夏日小屋。"

"你自己一个人在这里？"

"除了我，只有你了。你在雪地里干吗？我还找到了你的降落伞。"

"我不能谈这件事，这是绝对机密。要是我落入盟军手里，就会对战争造成极大的影响。"

"这个嘛，你人在祖国啊。你很安全，盟军远在好几百英里外呢。"

男人点点头，垂下眼睛盯着地板。

"你一定饿坏了，我帮你弄点儿吃的。"

"好，麻烦你。"

"我的荣幸，葛拉夫先生。"

她又回到厨房。她双手颤抖，从柜子里拿出最后一罐汤。戏演到这里，她不知道该怎么继续下去。逼他承认自己伪装身份可能很危险，但她必须让他知道，他可以信任她。

"信任需要时间，"她轻声说，"不可能今天晚上就办到。"汤在炉上热着的时候，她回到他的房间。看见她走进来，他似乎吃了一惊。

"都还好吗？"

"还好，谢谢你。只是我的腿痛得厉害。"

"我了解，很抱歉我无能为力。我明天会想办法弄到更多止痛药。"见他没回答，她又接着说，"我留着你的靴子，但不得不剪掉你的长裤裤管。你的背包也在我这里。我看见里面有几件衣服。"

他点点头，似乎不确定该说什么。"谢谢你照顾我。"愣了几秒之后，他说。他的目光飘向窗户，然后又回到她身上。

"我已经把你的腿骨调整复位，但是恐怕还需要打上石膏才能让骨头更好地愈合。"

"嗯，谢谢你，你觉得该怎么做就怎么做吧。"

他眼神呆滞无神，又躺回床上。

"我马上就回来。"她说。汤热好了，她把汤倒进碗里，端到卧房。他躺在床上，瞪着天花板。一看到她把托盘放到面前，他就坐了起来。他狼吞虎咽地喝完汤，速度比她自己喝第一碗汤的时候更快。她收走托盘，心想要是有面包可以给他吃就好了。"你需要休息了。"

"我还有几个问题想问你。"

"可以晚点儿再问。"

"你对别人提过我在这里吗？任何人？"

"早在发现你之前，我就已经好多天没和任何人讲过话了。就像我说的，这里没有电话，连信都送不到。就算有人知道我在这里，寄信给我，我也得自己到镇上去拿信。但是没有人知道我在这里。我们与世隔绝。"她俯身，"我带你回来，是因为你可以在这里休养。"

"非常感激你，但我必须尽快上路。"

"你腿骨折了，要过好几个星期才能走动。等路通了，我可以看看有没有办法带你回镇上。但在那之前，你只能和我待在这里。我一定会让你康复的。"

"非常感谢你，小姐。"他点头致意。但从他的口吻听起来，并没有什么真正的喜悦或理解可言，仿佛只是照着剧本念台词。

"不必谢我，我不可能把你一个人丢在那里冻死，对吧？你眼下最重要的就是好好休息。"

就连她自己说的话，她听起来都感觉很生硬不自然。他们两个像是在演对手戏的三流演员。

男人点点头，躺回床上，脸上尽是痛苦的表情。芙兰卡用两根手指掐灭床头柜上的蜡烛。她走出房间，关上门。演这出戏让她筋疲力尽。她锁好门，相信男人一定听见了上锁的声音，但他没出声抗议。

起居室的炉火快熄灭了，所以她又添了些木柴，然后往后站开，看着火焰燃烧。她觉得自己像和一只受伤的野兽一起被关在笼子里，不知道该怎么办才好。她眼下之所以能安全无虞，唯一的原因是他双腿骨折。在还不能下床之前，他无法伤害她，特别是他手上没有枪。最重要的是要让他知道，她绝对不会伤害他；也要让他知道，掌控大局的人是她。任何欺凌都无法让她屈服，无论是纳粹还是盟军都不行。她会让他留在这里躲避盖世太保的追捕。这是她去和汉斯还有其他人重逢之前对纳粹最后的反抗。

她浑身酸痛，非常疲倦。她回到自己的卧房。通常她房门都会开一条缝，让起居室炉火的暖意能透进来。但今天晚上，她选择把门关上。

她走到窗前。这是个平静澄澈的夜晚，星辰闪耀，宛如黑色天鹅绒上一个个小洞里透出光芒。看来明天会是个大晴天，她可以到城里去。步道应该可以通行。若是在十年前，这会是一趟让她非常乐在其中的小旅程。但那样的快乐似乎已经属于另一个世界。这些年来，她已经伤痕累累。

芙兰卡从柜子里拿出一个热水瓶。光是看见热水瓶，就让她想起小时候——夜里蜷缩在被窝里，闭上眼睛，听着妈妈的歌声入睡。

她从没打算在这里待这么久。这里有太多驱之不散的阴魂。只是事到如今，她也没有别的选择。离开小木屋，就等于抛弃他，让盖世太保赢得胜利。她把热水瓶拿到厨房，又烧了一壶热水，倒进瓶里。瓶子握在手里暖暖的，很舒服，像是重新唤起了她的生命力。她搂着热水瓶，让胸口暖和起来，然后才走回卧房。他真的是德国人吗？他做梦的时候为什么说英语？也许事情比她想的简单。再过几天，等马路通了之后，她就可以载他到医院。也许是她听错。她并不懂英语，而且也只听他讲了几个字。说不定他根本什么都没说，说不定他真的是德国空军上尉韦纳·葛拉夫。芙兰卡想到他的身份有可能不是她所想的那样，他有可能是他们之中的一员，一颗心就直往下沉。他是德军飞行员？她看过宣传影片，说有外国人加入伟大的德意志帝国。看来不太可能。如果他是德军飞行员，等他一好转，她就马上把他移交给当局，那就是她应该做的。

她吹熄床边的油灯，房间里变得一片漆黑。不，他确实说了英语。她听见了。她现在还听得见，甚至可以用自己的嘴巴复述一遍。他不是德国空军上尉韦纳·葛拉夫。那他为什么会躺在黑森林山区的雪地上？她发现他的时候，他顶多在那里躺了几分钟，否则她找到的就会是一具尸体而非活人。如果他是间谍或战俘，帮助他的下场很可能是被处死。但这对她来说无所谓。纳粹已经夺走了她的一切，她再也没有什么可以失去的，他们再也没办法从她身上夺走什么了。

芙兰卡躺在床上，毯子拉到下巴，露出一张脸。除了火炉之外，整幢小屋只有被窝是温暖的。那个男人只有一条毛毯，而且她在地板上挖了洞，风会灌进来的。她起身下床，拿起男人房门的钥匙，穿上睡袍，又套上大衣，蹑手蹑脚走出去。屋里非常安静。她打开门锁，一手握住门把开门，另一手轻敲房门。

"你好，"她轻声说，"你还醒着吗，葛拉夫先生？"

他躺在床上，但她看见他睁着眼睛。有那么一瞬间，她心生惊恐，怕他已经死了。但他马上就转头看向她。

"我醒着，小姐。"

"你会不会冷？"

"我没事，谢谢你。"

她并不相信。他的房间比她的房间冷，而且他的毛毯也没她多。她刚才没拉上窗帘，屋外的月光照了进来。在半明半暗的光线里，他的容貌清晰可见。她拉起他的手。她并不是有意碰他，只是想知道他有多冷。他的目光转向她。

"你冻坏了，"她说，"你干吗不问我多要几条毛毯呢？"

"我不想给你添麻烦。"

"什么话！柜子里就有毛毯，何苦白白受罪。"她放开他的手，打开柜子拿出一条厚毛毯，盖在他身上，"这样会暖和一点。"她往后退开，但他还是盯着她看。"我明天会进城去。马路虽然还没通，可是我们需要吃的，而且我也不能这样看着你活受罪。"她停下来等他回答，但他没吭声，"我没办法带你一起去，但是我可以向本地的盖世太保通报说你在我家，如果你希望我这么做的话。"这会儿轮到她盯着他看了。

"不需要，小姐。不必惊动本地警察。就像我之前说的，我负责的是攸关战争胜败的敏感任务，目前不能让任何人知道我在这里。"

"所以你不希望我向任何人报告说你在这里？他们可以通报军方、你的顶头上司、派你上飞机的人。"

"真的没有必要。只要路一通，我就会离开这里。在那之前，我就接受你的好意，待在这里。"

芙兰卡心想，他究竟知不知道他的腿要花多少时间才能痊愈，又或者，他只是假装无知而已。但她已经确定一件事：他绝对不是个说英语的德军飞行员。

"就照你的意思来吧。"她转身离开。

"小姐，你是怎么把我带到这里的？"

"我用雪橇拖你来的。"

"你把昏迷的我拖到这里？"在黑暗里，他的眼睛睁得大大的。

他双手合握在胸前，像祈祷似的，"你真的太了不起了。我永远欠你一份人情。"

"你赶快睡觉吧。你还需要别的吗？"

"也许要一个尿壶？以备不时之需。"

"没问题。"她回答说。她快步走进厨房，找到一个可以做权宜之用的盆子，带回去给他。他微笑着接下，再次向她致谢。芙兰卡关上房门，又用钥匙把门锁上。她决定不再叫他韦纳·葛拉夫。说出这个名字，是对他们两人的羞辱。

★★★

芙兰卡黎明就醒了。这一夜是她许多个月以来睡得最沉的一夜。家里有这个男人在，夜夜折磨她的回忆似乎淡去了些。夜里袭来的回忆最让人难受，而自己一人睡在屋里更是莫大的折磨。她真的感觉到，有他在，自己可以得到一些宽慰。她为他做了很多，而他也给了她很多。她一睁开眼睛，就先想到他，心想："他能不能睡得着？腿是不是很痛？她想知道她给他绑上的夹板，是不是还好好地固定住他的腿骨。"她也很想知道，自己什么时候才能得知他的真实身份。地板冷得像冰块一样，她找到拖鞋套上，走到窗前拉开窗帘，眼前是万里无云的冬日晴空，看上去一片亮丽的钴蓝色。雪地洁白无瑕，和昨夜一样。她心头涌起疑惑，真的必须在今天进城吗？能不能缓一缓呢？他们的存粮不够了，而且她也不能让他就这样痛不欲生地躺在床上挨到道路开通。天晓得那要等到什么时候。在严格要求效率的纳粹执政之前，通往此地的道路往往一封就是好几个星期。最后她决定了：今天就要进城。她可以赶到弗赖堡，在城里采买她所需要的东西。没有人会注意她，她也不必躲着任何人。

芙兰卡走到他的房间门口，耳朵贴在门上。房间里没有任何动静，于是她走回厨房。滑雪屐还靠在墙边，就在她昨天晚上摆放的位置。穿滑雪屐滑行十英里路，想来有点荒唐，尤其是她已经好几年没滑了。不过，从这里到通往弗赖堡的主要道路不到两英里，她有信心可以滑到。到了大马路上，她应该可以搭便车进城。她给起居室和厨房的火炉都添了木柴。等她回来的时候，炉火可能早就熄了，但是在这之前至少可以让屋里暖和一些。

她离开弗赖堡才几天，但感觉却像过了好多年。她已经变成了一个完全不同的人。一个星期之前在城里度过的日子都已经模糊了。她闭上眼睛，想要遗忘这一切。

芙兰卡打开男人的房门，先听听有没有什么动静，然后才推开门。房间里很暗，窗帘拉上了，地板上的洞也还在。男人躺在床上睡觉，看来从昨天晚上开始就没再动过。她心想要不要叫醒他，最后还是决定不要。她走回起居室，找出纸和笔。

　　我进城去找我们昨天晚上谈过的补给品，几个钟头之后就会回来。请待在床上等我回来。

　　　　　　　　　　　　　　　　　　　芙兰卡·戈尔伯

她心想，或许应该署名"戈尔伯小姐"，但她懒得再重写一张。她走回他房间，他还在睡。他若是战俘呢？接下来会怎样？她有办法把他藏在这里，等到战争结束吗？盟军几个月前登陆意大利，再加上斯大林格勒的劫难[1]，让人看到了德军终将败北的可能。但战争不会这么快结束。纳粹的铁蹄依旧践踏在欧洲的大部分地区，德国本身更不必说。她能把他藏上几个月甚至几年吗？

"一件一件慢慢来，小姐。"她轻声对自己说，"先帮这个人弄止痛药，带粮食回来，让你们两个可以活下去。接下来的事以后再担心吧。"

她把纸条和一杯水摆在床头柜上。阿司匹林药瓶已经空了，最后几颗药昨天晚上就吃完了。疼痛正等待他醒来，然后全面出击。她拿起空药瓶，闭上眼睛，深呼一口气，但她什么也做不了。芙兰卡走出房间，锁上门。

窗外灿烂的阳光骗不了她，她知道户外温度很低，所以穿上了冬天的厚外套，戴上帽子和手套，然后背起背包，拿着滑雪屐，走进晨光里。她的太阳眼镜帮她遮住刺眼的阳光。她双脚套进滑雪屐里，非常合脚，仿佛回到往日时光。

地平线开阔无比，只有附近山丘上宛如地毯般的积雪林木遮挡了部分视线。洁白无瑕的雪地让任何地方都增色不少，更何况是原本就景色如画的这里。她上一次好好欣赏这片景色是什么时候？难道蒙蔽

---

1 德军进攻苏联斯大林格勒，战事从一九四二年七月延续到一九四三年二月，仍功败垂成。德苏双方伤亡惨重，据称有七十一万人丧生，此战终结了德军在第二次世界大战期间攻无不克的优势，成为扭转战局的关键。

心头的乌云也让她对眼前的一切视而不见吗？她加快速度，心中涌起一阵快感，这是她以为自己早就失去了的感觉。小木屋远去，消失在雪地里。

★ ★ ★

地面仿佛朝他冲来，猛烈的气流让他所有的感官都失去作用。他伸手要拿降落伞，却怎么也找不到。下方的地面忽然静止，变成他父母家后面的田野。他在地面上、在柔软的草地上翻滚，但刚一想移动，剧烈的疼痛就扑天盖地而来。大门关上的声音让他一惊而醒。他咬着下唇，握紧拳头，忍受着如海啸般席卷全身的痛楚。他拼命抵抗，用鼻子深吸一口气，额头上冒出涔涔大汗。再度睁开眼睛，已经过了好几分钟。他看见床头柜上的字条，心中的疑问一个个涌现，但全都飞快闪过，让他无法思考。疼痛让他心神不定，思绪不清。这个人究竟是谁？是盖世太保派来取得他的信任，好让他吐露真实任务的人吗？这女人说他们所在的地方离弗赖堡十英里，他拼命想回忆起确切的位置，但这里离他的目标太远了。黑森林——他降落在黑森林？他们一定看见他的降落伞了。这女人肯定是盖世太保的密探。她怎么可能独自把他拖回这里？根本就不可能。一定有人帮她。她的说法无从查证。他脑海浮现她的容貌，觉得她漂亮得像一把珍珠柄的匕首。他检查着自己身上的伤口。他头很痛，腿骨折了，但除此之外，似乎都还好。她一定是去找人帮忙了。他们八成再过几分钟就会到。

他摸着绑在腿上的夹板，感觉很单薄，不足以把他禁锢在床上。但这也许是她的计谋。他身穿睡衣，背包不见了，原本穿的德军制服被丢在房间墙角。他在床上坐起来，努力透过窗帘的缝隙看外面。外面一片白茫茫的，什么也没有。他需要拟订计划。第一步：离开这里。但要怎么做？床被推到房间一侧，窗户在房间的另一头，离他大约八英尺。但这个距离对此刻的他来说，远得像一英里。他又喝了一口水，准备进行最困难的部分。他把腿一移向床边，疼痛就排山倒海而来。他这辈子从没这么痛过，痛到他必须用手捂住嘴巴，不让自己发出惨叫。房间里很冷，但他背上却冒出汗来。气喘吁吁的他只好又躺下。屋里静悄悄的。

咕咕钟响了，时钟敲响九下。这声音带他回到当下，让他再一次铆足力气坐起来。他缓缓移动，轻轻把脚从床边放下，双臂撑住身体的重量，抿着的嘴唇用力吐气。

"控制疼痛。"他用德语说。他一定要讲德语，只要稍不留神说漏嘴，他的小命就保不住了。保持伪装身份。"你办得到的。"他从床的侧边把这两条没用的腿放下来，低头看着这个年轻女子撬开的地板。她到底在干吗？是想让他更不容易靠近窗户吗？他四下打量房间。他和窗户之间空无一物，没有东西可以支撑他。说不定爬到门边是比较好的选择。

他把身体扭向房门的方向，垂下一只手掌撑在地板上，然后下床。剧痛如烈焰焚烧，但他咬紧牙关，拼命用手掌撑住身体。他用双臂往前爬，拖着一双骨折的腿爬到门边，然后伸手握住门把手。

门上了锁，他早就知道。他花了似乎漫长到没有尽头的两分钟，才拖着受伤的身体爬到被她丢到墙角的军服旁边。他的手探进外套胸前的口袋，找到他做完最后一次简报之后塞进去的回形针，脸上露出了微笑。

钥匙孔是在木门上的一块暗淡的金属板上。他试着从锁孔往外看，但只看见燃烧的火光。撬锁并不是他训练课程的一部分，而是教官传授给他的额外技能，但他学得很好。他撑起身体坐起来，一手握住门把，一手把回形针插进锁孔，转动锁芯。第一次没成功，但几秒钟之后，他就听见咔嗒一声，锁开了。再转动门把手，房间门就敞开了。

炉火正烧得炽烈，旁边有一堆柴薪，上方的壁炉架上摆着陶瓷小装饰品和一台收音机。褪色的壁纸上，有一块颜色比较鲜明，显然原本那儿挂有一幅画。但环顾室内，他发现被拿掉的画不只一幅，而是好几幅。壁炉旁边一把摇椅，再过去是一张老旧破损的沙发。厨房入口在他左边，闪动的火光让他知道她在那里也留了炉火。他的背包在书架旁边的墙角里，他很纳闷，她为什么没把它藏起来。也许是因为盖世太保马上就要来了，所以没必要特地藏起来。屋里非常安静，除了火炉里柴薪的毕剥响之外，阒然无声。

他挪动前臂爬到背包旁边，从包里掏出换洗衣物、地图和手电筒。他的两把手枪都不见了，但他没浪费时间揣测她为什么要拿走他的枪。他坐起来，背靠墙，继续掏背包。他的文件完好无缺：德国空军工资单、请假单、旅行证件，都按照规定盖好章，签名，会签。而在他正前方，不到三十英尺处，就是大门。

★ ★ ★

芙兰卡花了足足三十分钟才滑到谷底，抵达通往城里的大马路。这条路已经清理干净，车辆可以通行。道路两边的雪堆得高高的。

"纳粹的效率。"她喃喃地自言自语。

等了五分钟，终于有辆卡车停下来让她搭便车。一名德军士兵停下车，挥手叫她上车。芙兰卡有点心慌，但她别无选择。不上车会显得更可疑。她把滑雪屐夹在腋下，看着士兵帮她打开车门。

"日安，小姐。"这名士兵微笑着说，"快上车吧，我要去弗赖堡。"

"太好了，谢谢你。"

她爬上前座，关上车门，努力对士兵挤出一个微笑。他很年轻，顶多二十二岁，甚至比她更年轻也说不定。

"你怎么会在这样的日子进城？"

"去买东西，我没想到天气会这样。我们被雪困住了，生活必需品有点不够了。"

他瞥眼看她，时间长得让她觉得有点不安。卡车歪向路沿，他打了下方向盘才又回到车道上，继续往前开。

她决定对他的开车技术不予置评。"我好多年没滑雪了，谢谢你让我乘车。"

"我的荣幸，小姐。"

他一开口就没完没了，而她一路上也竭力逗乐他。这是她多年来培养出来的技巧，也是她很擅长的技艺。

她先看到环绕在城市周围白雪皑皑的山丘，接着是被白雪覆盖的屋顶和尖塔。远远望去，弗赖堡和欧洲其他的中世纪古城没什么两样。然而，就像德国其他地方一样，弗赖堡在纳粹的执政之下已经变得和以前完全不同了。盟军的空袭对弗赖堡造成的损害不如汉堡、卡塞尔和科隆那么严重。事实上，这里只遭受了小规模的轰炸，但也正因为这样，她更难接受父亲的罹难。十月那场空袭究竟是为何而来？她很怀疑，那些飞行员或轰炸者把炸弹丢到她父亲正沉睡的那片公寓街区时，究竟知不知道他们会杀死谁？他们知道自己炸死的是平民百姓吗？他们在乎吗？她对这一点很怀疑。她感觉到整个人情绪紧绷。他们永远不知道自己让多少温和善良的家庭家破人亡。

她接到信才知道父亲的死讯，但典狱长不肯让她去参加葬礼，因为"背叛帝国的人不准去致哀"。直到出狱之后，她才能到父亲的墓前，和他永别。

看见进城的道路有士兵把守检查，她顿时集中了注意力。这里不像小木屋，她无法享有逃避的自由。纳粹对德国人民的钳制显而易见，自由行动与不受限制的旅行，都已成为往昔岁月的回忆。芙兰卡必须出示当局所要求的文件，有时一天还得要好几次。她默默坐着，等哨兵检查文件。

"雅利安证[1]件？"他问。

芙兰卡点点头，从口袋掏出雅利安证件，证明她的雅利安血统。

---

[1] 雅利安证（Ahenepass），纳粹认为雅利安人是优等民族，所以制定雅利安条款，要求德国公民必须拥有"雅利安证件"，包括父母、祖父母等直系亲属的出生证明、结婚证书、血统证明与家族谱系图等，以维持德国雅利安血统的纯正。

哨兵瞄了一眼，点点头，交还给她。她用微笑掩饰自己心中的羞愧，再次想起以前汉斯经常拿雅利安人开玩笑。

"什么是雅利安人？"他会问大家。

"像希特勒一样满头金发！"希特勒是黑发。

"像戈培尔[1]一样高！"有人会这么说。戈培尔只有五英尺五英寸高。

"像戈林[2]一样，有副运动员的好身材！"戈林明明肥胖臃肿。这样的玩笑话害很多人入狱，因为纳粹没什么幽默感。笑话不管多好笑，只要嘲讽纳粹，都会遭受惩罚，都有入狱的危险，甚至会有更惨的下场。

哨兵挥手让卡车通过关卡。芙兰卡假称自己有一个在苏联前线作战的男友，婉谢了士兵找她晚上喝一杯的邀约。她在市中心下车，看见纳粹的旗帜在微风中飘扬。希特勒在坐牢期间所写的一本书里，曾说明旗帜图案的各个组成部分所代表的意义，芙兰卡和其他孩子在上学的时候就背得滚瓜烂熟，简直像教会里要背的教义问答，是攸关人生的基本规范似的。红底代表的是纳粹运动的社会理念，中央的白圈代表纳粹目标的纯洁，黑色的纳粹标志则代表雅利安民族的种族优越

---

1 保罗·约瑟夫·戈培尔（Paul Joseph Goebbels, 1897—1945），纳粹德国时期的国民教育与宣传部长，以铁腕捍卫纳粹政权，严格控制德国言论与出版自由。戈培尔陪在希特勒身边直到最后一刻，希特勒自杀后，他随即服毒自杀。

2 赫尔曼·威廉·戈林（Hermann Wilhelm Göring, 1893—1946），纳粹德国党政军领袖，曾任空军总司令、盖世太保首脑等要职，也曾被希特勒指定为接班人。第二次世界大战结束后，戈林在纽伦堡大审判中被判处绞刑，但在行刑前一夜自杀身亡。

性。雅利安是金发的超人种族这一概念其实是虚构的，但纳粹却让德国人相信他们属于这个优越的种族。她自己是个标准的雅利安人——身材高挑矫健，金发，一双蓝眼睛澄澈得让她几乎觉得羞愧。少女时代，只要有人称赞她的雅利安外表，她总是觉得很自豪。但现在，她却痛恨不已。

弗赖堡教会就在前方几百码，阴凉处正举行热闹的圣诞市集。这座中世纪的哥特式教堂是弗赖堡市中心的地标，也是少数几座被保存下来的天主教教堂。希特勒刚掌权时曾宣誓保障宗教自由，但这座教堂的存在只具有表面的象征意义，因为这里不仅从来不举行弥撒，而且所有的神职人员早已被关进集中营。基督教教会虽然还在开放，但几年前，为控制教会活动，所有的教会都被合并为德意志国家教会，由纳粹党员出任德国基督教的最高领袖，他当然也是个雅利安人。教会成员自称德意志基督徒，"胸前有纳粹符，心中有十字架"。纳粹目前仍然允许人民庆祝圣诞，但未来是不是还会持续，没有人有把握。任何偏离纳粹目标的信念都是一种威胁。

芙兰卡低头看着人行道，慢慢往前走。她的滑雪屐夹在腋下，背包背在背上。几个穿制服的军人快步走过她身边，大声谈笑。其中一个军人对她吹口哨，但她的眼睛依然盯着卵石人行道上灰白的雪泞。她心想，不知道会不会碰到认识的人，要是碰到了，他们是不是都听过她的事？会不会把她当作叛徒而避开她？她希望自己不要找到答案。

她推门走进药房，门上的铃铛叮当响。她低头看着地板，一路走到摆放麻醉剂的架子前。她一眼就看见小瓶的海洛因，但她继续找吗啡。她买了够几天用的分量，以及注射时必须用到的针筒。她还拿了阿司匹林、熟石膏、纱布和可以套在腿上的尼龙袜，把全部的物品一起拿到柜台。药师是一位中年男子，留着灰白的大胡子，透过眼镜，用怀疑的眼神看着她。芙兰卡注意到他的白色外套上有纳粹徽章。

"是我弟弟，"她微笑着说，"他昨天晚上搭雪橇摔断了腿，而我们又被大雪困住了。"

"太惨了。"药师说，"你要自己打石膏？"

"我是护士。我做得来。"

"他真是个幸运的男孩。"

"我不知道摔断两条腿的人算不算幸运，但我想你说得没错。"

药师微笑，把装满东西的褐色袋子交给她。芙兰卡向他道别，走出药房。她尽量装得轻松自在，但心里其实很紧张，觉得自己快吐了。

风吹在她湿湿凉凉的皮肤上，感觉格外清新。天空已开始飘下小雪。只要再买点儿食品，就可以离开了。她想念小木屋的遗世独立。这座美丽城市的大街小巷都已变调，被纳粹无所不在的意识形态扭曲，谁都不可能再过上像样的生活，对女人来说尤其如此。女人不能担任医生、律师、公务员和法官。陪审员也只能由男人出任。不能把做决定的任务交给女人，因为女人太容易感情用事。女人也不能投票。但是就算能投票又有何用？除了纳粹党之外，其他政党都是不合法的。德国女人不准化妆，不准染发或烫发。女孩从小就被灌输三个

K 的观念：Kinder(儿女)、Kirche(教会)、Küche(厨房)。她还记得以前她参加的德国少女联盟，告诫她们别痴心妄想追求自我的生涯发展。好好留在家里，生养未来能为德国效力的强壮儿子，这才是她们最重要的任务。这是女人在现代德国所必须扮演的角色。她认识的许多女孩，从少女时代就接受了这种观念。有些甚至获颁"母亲十字勋章"——生养五个以上健康的雅利安子女，就可以得到纳粹颁授的这个勋章。和她一起参加德国少女联盟的希达·斯皮格，已经得到这一至高无上的荣誉：年仅二十七岁，就已经生了八个孩子，所以获颁"母亲十字金勋章"。

对往昔生活的回忆，宛如蝉鸣，在芙兰卡的脑袋里鸣叫不止。她父亲度过人生最后五年的那幢公寓，离这里只有几条街，但越是接近那里，她的脚步就越缓慢。她想起小木屋里的那个男人，他是他们中的一员，是犯下这个罪行的联盟的一员。她渴盼能遗忘这一切。

她走到杂货店。德国人已经感受到战争带来的恶果了。开战初期，商店的货品和战前差不多一样丰足，但一九四二年春天，他们开始实施配给制，许多日常商品成了奢侈品。新鲜面包的香味让她饿了许久的肚子咕噜咕噜叫。她拿起一条面包、一些奶酪和肉干。回家的路几乎都是上坡路，所以她尽量避免带罐头汤之类较重的物品，尽管那些东西在小木屋里可以保存得比较久。她精打细算地利用自己的配给券，尽可能多拿一些食品。到柜台结账的时候，她也用上了一些从父亲那里继承来的现金。她想起律师向她宣读遗嘱时的情景。律师知道她曾经入狱，虽然没说什么，但她怀疑他听说了她入狱的原因，因为她看见他满含批判的眼神。

芙兰卡离开商店回到街上，差不多已经下午两点了。没必要饿着肚子回小木屋，因为她预留了足够的配给券，可以让自己好好吃一顿午饭。她知道这条街上有个用餐的地方。这家咖啡馆人声嘈杂，烟雾弥漫，好几个士兵坐在墙角大声谈笑，喝着啤酒。她挑了个尽量远离他们的位子，点了酥炸小牛排、马铃薯和一杯咖啡欧蕾。五分钟之后，菜肴上桌。这犹如天赐的美食，让她几乎是狼吞虎咽地把食物塞进肚子里。邻桌的男子起身离开，留下报纸没带走，她正好可以拿来用。她拿起报纸遮住脸。报纸上满是歌颂领袖的文章，再不然就是赞扬在苏联前线为德国未来奋战的英勇战士。她只读了几秒钟，就不再看那些文字，只是茫然地盯着报纸，纯粹只为遮住自己的脸。她满脑子想的都是回小木屋的路程，以及待在小木屋里的那个男人。就在这时，她听见面前有人叫她。

"芙兰卡·戈尔伯？"

当她放下报纸的时候，她感觉胸口揪紧了。她先看见黑色的盖世太保制服，视线继续往上，才看见那张她希望自己一辈子都不要再看见的脸——丹尼尔·贝克尔。

他把地图、指南针、换洗衣物和身份证件按照原先摆放的顺序再放回背包里。他此时靠在书架前面坐着。大门离他约三十英尺，但后门更近。透过门板下方的缝隙，他可以看见太阳在雪地反射的白光。他没有足够保暖的衣服可以出门，而且两条骨折的腿也让他不可能逃脱。尽管他顽固地不想承认，但事实摆在眼前：身上没有武器的他，纯粹是靠芙兰卡·戈尔伯的善意才能活下来的，还好她心怀悲悯。他身上还穿着她帮他换上的睡衣，但谨慎小心也没什么不对。说不定她说的是实话，他们确实在深山野外。但也说不定不是。他爬过地板。走道上有沙砾，他撑在地板上的掌心感受到了沙土碎粒。他用左手手肘撑起身体，伸长右手够到门把手，然后铆足力量用身体往外推开门。如汪洋大海般的白色雪地让他的眼睛感到灼痛。冷风灌进他光裸的胸口，双腿痛如刀割。门外是堆放柴薪的区域，几英尺之外就是白雪覆盖的林木。其他什么都没有。该死。他关上门。

他等了几秒钟，让体力稍稍恢复，才又爬回起居室。炉火很温暖。他就这样在壁炉前面躺了一两分钟。就算他们离城镇很近，那又能怎么样？拖着一双骨折的腿，他又能去哪里？就算他能活着进城，任何人碰上他都会立刻送他到医院，然后就完蛋了，他和他的任务都完蛋了。更可能的情况是，他会死在雪地里。若非那个女人带他回到这里，他早就丧生雪地了，这一点他心知肚明。说不定她说的是实话。说不定她真的是朋友。在这个举国狂热的地方，被一个友善的人搭救，机会有多大？他在新闻影片上亲眼看到，无数德国民众对希特勒讲出的每一句话鼓掌欢呼，敲锣打鼓，挥舞旗帜。整个国家似乎都被洗脑，把纳粹的信条当成新的宗教般奉行不渝。否则他们怎么会在强占的领土上做出那样的事？否则他们如何为野蛮如盖世太保的组织辩护？他想起教官的提醒："别相信任何人。"他说德国唯一的好人就是死人。当时他们这些新兵听了都哈哈大笑，包括他自己。

后门外面的景观没能让他进一步了解自己的处境。他要想办法确定才行，所以他又开始爬向前门。玄关的咕咕钟敲响十声，十点了。他不顾双腿的疼痛，手臂交替往前爬，爬到门边，伸手抓住门把手，先拉开约莫一英寸，然后身体往前用力，推开门。又是亮晃晃的一片雪白，但他看见一辆被雪覆盖的福斯汽车。他用手掌撑起身体，尽量撑高。可极目所见除了雪和树，什么都没有，连路都看不见。没有声音，没有一点点生命的迹象。可以肯定的是：这里只有他们两个人。

他关上大门，开始爬回起居室。他希望她回来的时候，看见他躺在床上。他不想让她怀疑自己已经下床窥探过整个房子。他停在玄关咕咕钟下方的矮柜前，脑中忽然闪过一个念头，于是他拉开了抽屉。抽屉拉开的时候，他听见了金属滑动的声音，非常熟悉的声音。他探手进去，拿出一把手枪。要是他们真的来了，他会做好准备。他至少可以要几个人陪他一起上路。

"很高兴碰到你。你看起来比以前更漂亮了。我们多久没见了，芙兰卡？"贝克尔问。

芙兰卡瞪着他帽子上的骷髅头。他摘下帽子，夹在腋下。

"谢谢你，好几年了，贝克尔先生。有四年了吧？"

"从你搬去慕尼黑之后，我就没见过你。我可以坐一会儿吗？"他拉开她对面的椅子。

"当然可以。"她别无选择。

"拜托，请叫我丹尼尔。别因为我现在的身份就这么客套。我们是老朋友了，叙叙旧——我只是想叙叙旧。我可以抽烟吗？"他递了根烟给她。她已经好些年没抽烟，但还是接了下来。白色的烟圈弥漫在他俩之间。她往后靠，希望能平复紧张的心情。"你怎么会到弗赖堡来？"他问。

"来给我父亲扫墓，顺便听律师宣读遗嘱。"

"噢，对，我在上次盟军空袭的伤亡名单里看见了他的名字。很遗憾。那些禽兽完全不在乎屠杀了多少平民百姓。我希望有一天可以为你父亲、为被盟军杀害的无数德国人报仇。"

芙兰卡感觉到自己浑身颤抖。"丹尼尔，我也是。"贝克尔似乎是相信了。

"对你的遭遇，我觉得很难过。"他抽了一口烟。芙兰卡不知道该说什么，或该怎么回答。"我听说慕尼黑的事了。"她想问他怎么会听说的，但也知道他八成对弗赖堡每一个人的事情都了如指掌，"你被那些卑鄙的叛国贼牵连，真是太可怜了。"

她心头一沉。汉斯比这个贝克尔或纳粹的任何一个人都高贵千百倍。她静静地坐着，集中精神控制着平静表面下的惊恐心绪。

"谢谢你，丹尼尔。"

"还好，法官知道女人是应该被保护的。就因为本性善良，所以你才更容易被那些人渣可怕的谎言和宣传手法影响。让你受这么大的罪，我很难过。"他又抽了一口烟，继续说，"那肯定是很可怕的体验。我知道有时候或许很难接受，但纳粹党是为了全德国的百姓着想。"

芙兰卡没回答。看贝克尔脸上恳切的表情，她知道他是真心的。

"我很幸运，肯定是。"

"还好你没像其他叛国贼一样被处决，我很替你庆幸。你还有未来，可以当个好妻子、好母亲，有一天可以生下儿子，为帝国服务。"

贝克尔抽完烟，把烟蒂在桌上的烟灰缸摁熄。芙兰卡抽了三口烟。他倾身靠近，说："我知道你已经得到教训了。"

"当然。我以前很笨，被人牵着鼻子走。我应该举报他们的，但我太害怕了。"她深吸一口气，希望能抚平说出这句话的痛苦。但没有用。

一位年长的妇人走近他们桌边，贝克尔站起来迎接她。

"贝克尔先生，很高兴见到你。"她说。

"古齐太太，您看起来气色很好。"

"非常感谢。"

"请不要客气，那是我的荣幸。"

老太太拎起一个袋子。"我有些东西要送给你和你的家人。"

"噢，不行，我不能收。"

"收下吧，是给你儿子的。是给他们的——谢谢你为我家人所做的一切。"

贝克尔接过袋子。"谢谢您，我会让孩子们知道，您圣诞节还惦记着他们。"

"祝福你，贝克尔先生。"她退后一步说，"希特勒万岁！"

"希特勒万岁！"贝克尔说，然后坐下。

"不好意思。"他说。

"那位是谁？"

"是我们家一位需要帮助的老朋友。我很高兴能帮得上忙。当初那些叛国贼想操纵你的时候，真希望你能来找我帮忙。"

"如果当时你在那里，我自然会去找你的。"

"听你这么说我觉得安心多了。我知道法官做了正确的决定，你现在应该重新展开你的人生。你有没有想过要怎么回报德意志？我们一直都很需要护士，特别是每天有这么多英勇的士兵在苏联前线受伤。"

"我是想过。可是我三个星期前才出狱，还需要一点时间。也许等过完圣诞节吧。"

"了解了。你要在哪里过圣诞？"

"慕尼黑，我住在那里。我只是回来待几天就走。"

"可是你还带着滑雪屐？"他瞄着餐桌旁边的地板。

她突然想到自己背包里有吗啡、纱布和石膏。要是他搜查她的随身物品，她就完了。

"我父亲的公寓在空袭的时候被炸毁了，所以我暂时住在我们山居的夏日小屋。我只是没想到会被大雪困住。"

"是啊，这几天天气真的很差。可是你说你要回慕尼黑过圣诞？

现在离圣诞节只剩九天了。"

"我是打算回去。我不想一个人在小木屋过节。只要道路一通，我就马上回慕尼黑。"

"我还记得那幢小木屋。我们曾在那里度过非常愉快的时光。"

芙兰卡想起和他在那幢小木屋里共度的周末，不禁浑身战栗，但她想办法克制住自己。当时他们都还在念大学，他担任本地希特勒青年团的队长。那仿佛是上辈子的事情了。那时其他女生都很嫉妒她。如果是现在，她肯定乐于把这段关系拱手相让。她注意到他手上戴着婚戒。

"你结婚了？"

"是啊，已经四年了。你还记得赫嘉·达格沃吗？"

"当然记得。"

"我们有两个儿子，巴斯提昂和尤尔根。"

"恭喜！"

"他们两个都是很健康的雅利安男孩，正是我们国家所需要的。当然，等他们长大的时候，战争早就结束了。他们可以享受到我们努力创造的成果。"

芙兰卡没回答。她拼命想跑、想逃，心中的渴望强烈到难以克制。她铆足仅余的力气，才能让自己静静地坐着。

"你想看他们的照片吗？"

"当然。"

贝克尔从口袋里掏出皮夹，拿出照片，脸上浮现出自豪的微笑。

他眼睛里的光芒是她之前想象不到的。

"你说，他们是不是天底下最可爱的男孩？"

"是啊。"

"我特别喜爱他们。我这工作最大的缺点就是不能常常在家，但是他们永远在我心里。"

他把照片放回皮夹里，又从口袋里掏出一个镀银烟盒。芙兰卡注意到烟盒上有个姓名缩写，但并不是他的名字。他又要请她抽根烟，但她婉谢了。她已经好几年没抽烟了，刚才那根烟让她觉得像一潭死水上的浮垢那般恶心。贝克尔点上烟，身体往后靠。小木屋里的那个男人浮现在她脑海里。

"你一直没结婚，芙兰卡？"

"没，我没结婚。"

"你现在几岁，二十六？还有很多机会。你该不会想要一辈子当老处女吧？女人的生育年龄是有限的，青春慢慢消失，就不会再回来了，你知道的。"

"我知道自己多大，丹尼尔。"

"我没别的意思，也不是有意冒犯。你现在比以前更漂亮。"

"没关系的，丹尼尔。但还是谢谢你。"她说。她无法再和他眼神接触，再多一秒都不行。

"你从少女时代起就很迷人。"他背靠在木头椅背上，双手交叠贴在脑后，"嗯，我还记得很清楚，每一个男孩都嫉妒我，因为我拥有全弗赖堡最漂亮的姑娘。我觉得自己是世界上最幸运的男孩。我们后来究竟怎么回事？你从来没对我解释过。你就这样甩了我。”

因为我看清了你的真面目。我知道他们把你变成了什么样的人。她很纳闷，他是假装无知，设圈套让她跳，还是他真的不知道？他到现在还没搞懂吗？他们在一九三六年分手，那时她十九岁。之后他想和她复合，而她虽然决定不再当他的女友，却也不敢逼他太甚。因为当时他已经加入本地的盖世太保，逐渐有了权力和影响力，她怕激怒他。

一九三八年的水晶之夜[1]，他加入暴徒的行列。那一夜，弗赖堡和全德各城镇的街道都闪闪发亮，因为犹太人开设的商店橱窗被砸，玻璃粉碎一地，而夜空也因犹太教堂被纵火焚毁而烈焰冲天，一片赤红。这场由政府鼓动的全国性反犹太暴动造成数千人死亡。丹尼尔·贝克尔带领一群暴虐的走狗把犹太裔商店主人拖到马路上，拳打脚踢。那一夜让她睁开眼睛，看到了纳粹真正想在德国达成的目标。她知道一切都变了。她离开弗赖堡到慕尼黑，主要的原因就是想离他远远的。她为了离开他，抛下了弗雷迪。

“那是很久以前的事了。德国有这么远大的未来，我们又何必沉湎于过去呢？”

他露出微笑，但眼神瞬间暗淡下来。他又抽了一口烟，说：“你有什么事情藏在心里吗？何不说出来，我们可以抛开过去，从现在开始成为朋友，不好吗？如果你要住在弗赖堡——”

---

1 水晶之夜（Kristallnacht），一九三八年十一月九日至十日凌晨，纳粹党员与党卫军袭击德国全境的犹太人，被认为是有系统地屠杀犹太人的开端。当晚许多犹太人开设的商店被砸，玻璃粉碎一地，在月光下闪亮如水晶，因之得名。

"我不打算住在弗赖堡。再过几天，等道路通了，我就要回慕尼黑了。"

贝克尔又抽了一口烟，女服务生正好走过来，他点了杯啤酒。芙兰卡觉得心口又揪紧了。

"所以你心有所属了？"

"不是这样的。我们已经分手了，当年我们都还只是大孩子。"

"我大部分的同事——忠心耿耿的好人，为更好、更安全的德国牺牲奉献的人——都在那个年龄成家。有些人甚至更早就有了孩子。"

"但我们并没有。"

女服务生端来他的啤酒，说这是店家招待的。盖世太保向来可以享受这种待遇。他并没有谢她，只是倾身再次盯着芙兰卡。

"我在报告上看到，你在慕尼黑和那个叛乱组织的头头搞在一起。他本来会是你孩子的父亲？"

汉斯的名字如果从贝克尔口中说出来，将会是莫大的玷污和耻辱。她把手藏在桌子底下，拳头紧握，紧到几乎要流血。

"我那段人生已经结束了。"她强忍住泪水。她绝对不会在他面前落泪，宁可死，也不在他面前落泪。

"你运气很好。你应该感谢盖世太保逮住他和其他人，也应该庆幸他们被处死了。这是政府所能给予你的最大恩惠。他们让你自由，让你摆脱了那些歹徒传播的疯狂理念，他们甚至还怜悯你，宽大为怀，饶了你一命。"

他说的每一个字都伤她至深。她感谢法官饶她一命？恰恰相反，她无数次希望法官判她死刑。

"一想到有那些人存在，我就觉得想吐。"他讲到"人"这个字的语气仿佛这是个诅咒，"但是知道他们马上就被处以应有的重刑，让无辜人民不再受其荼毒，就让人精神振奋。"

"他们觉得自己做的是对德国人民最好的事情。"她说，声音低得连她自己都不太能听得见。

他摇摇头，喝了一大口啤酒，说："无知的笨蛋。他们是想带我们回到大量民众失业、街头失序的年代吗？无序是我们国家所曾出现的最大灾难。纳粹让我们可以摆脱《凡尔赛和约》，摆脱那些十一月罪人[1]，让我们再次跻身于世界强国之列。"

芙兰卡很想问他，要是他一心想完成这个理想，为什么没上前线打仗？盖世太保是不必遵循任何法规运作的。他现在就可以把她带回市中心的盖世太保总部，然后她很可能就此人间蒸发。没有人会提出疑问，她只不过是又一个消失无踪的全民公敌。她的命运完全系于这个人的一念之间，这个曾被她伤过心的男人。

"你说得没错，我当时是迷失了。能活下来，我真的很感激。那些人鼓动我去参加会议，他们让我觉得那样做才是爱国的行为。"

"根本就是颠倒黑白。还好你没被他们完全迷惑。知道你有机会弥补错误，我很开心。"

---

1 十一月罪人（November Criminals），意指承认战败，接受《凡尔赛和约》，终结第一次世界大战的德国政治人物。

"很高兴能遇见你，丹尼尔，但我真的该走了。我得赶在天黑之前回小木屋去。"

他凝视桌对面的她，好几秒钟之后才说："是啊，夜里走那段路太可怕了。我不能再耽搁你了。"

"确实，丹尼尔，我要告辞了。"她站起来说。

他没动，坐在那里盯着她看。"等等，通往那里的路都被大雪封阻了，对吧？所以你才会带滑雪屐。"

"是啊，所以我真的得走了……"

"你打算怎么回去？不可能滑雪滑上十英里吧。"

"我都安排好了。"

"怎么安排的？你不可能开车来，车子一定因为大雪停在小木屋那边。"

"是没错，但是——"

"那你打算怎么回去？"

"有人等着要载我。"

"谁？你在这里谁也不认识，而且有过坐牢的记录，你在这里的名声也不太好。"

"嗯，我打算——"

"打算搭便车？真是胡闹，我载你。"

芙兰卡感觉到心脏在狂跳。"不行，我不能给你添麻烦。你这么忙，这一来一回就要一个多钟头。"

"现在是我的午餐时间。我可以等回来之后再把工作赶完。"

他的目光像要在她身上钻出个洞似的。她想回答，但说什么都不对。他站起来，说："好啦，就这样说定了。我的车在外面，你准备好要走了吗？"

"我去付账。"

"钱摆在桌上就好。"

芙兰卡放下几张皱巴巴的钞票。贝克尔没再说什么，率先走出咖啡馆。一辆黑色的奔驰汽车停在外面，他帮她拉开后座车门，让她把滑雪屐与滑雪杖放进车里。芙兰卡坐到前座，背包抱在腿上。

闭紧嘴巴，他说什么都不要反驳。

车行过城区，他们谈起旧识和往日岁月。芙兰卡很想知道他究竟是在刺探她，还是真的抱有幻想，以为他们还是老朋友。说不定两者皆非，也说不定两者皆是，又或者是有其他目的。在检查哨，芙兰卡还是必须出示证件让哨兵检查。贝克尔懒洋洋地答礼，刻意强调自己是他们上级的事实。她一直等到车子开出市区，上了高速公路，才提出她的问题。

"你的两个儿子都很好吧？"

"很好，非常好。他们是我这辈子所拥有的最美好的事物，他们也是强壮的雅利安儿童，我以他们为荣。尤尔根才三岁，已经会唱《德意志之歌》了。"

贝克尔谈起儿子的时候，芙兰卡保持着沉默。这让她可以喘口气。但没过多久，他就又开始宣扬纳粹有多伟大、希特勒有多天才。对芙兰卡来说，每一分钟都是无止境的折磨。她要下车的地方终于到了，仿佛沙漠里的绿洲。

"让我在这里下车就好。谢谢你，丹尼尔。你真是太好心了。心胸没你这么宽大的人，可能会因为我做过的事情，一辈子都恨我。我犯了错，但我决心从今以后改过自新，展开新的人生。"

贝克尔把车停在路边，转头对她说："我的工作就是随时怀疑任何人，芙兰卡，而且我一贯如此。遇见你，我真的很兴奋，但对我来说，你不仅仅是个老朋友。你是被判过刑的国家公敌。尽管我认为每一个雅利安人都应该有第二次机会，但你也必须证明你对德国的忠诚和对领袖的爱。我希望我们永远不会因公务而接触，但你也要知道，我会监视你。"

"就像我说的，我再过几天就要回慕尼黑……"

"如果是这样，祝你好运。希特勒万岁！"

"希特勒万岁！"芙兰卡低声说。她背上背包，他下车帮她拿出滑雪屐，交到她手里。

"见到你真好，芙兰卡，希望你能找到你想要的平静。以后交朋友一定要谨慎。"

她点点头。他回到车上。她静静站着等车离开。

她觉得自己被人施暴、辱骂、憎恶。小木屋不再让她觉得安全，不再是能摆脱纳粹政权的地方。她看不起纳粹，甚至比以前更加鄙夷。黄昏就要来了，她没有时间呆站在路边分析他们的对话。还好，她再次穿上滑雪屐，滑雪回小木屋。

当然，她说她要回慕尼黑，确实可以避免盖世太保来骚扰她。但是如果他们在找那个男人怎么办？说不定有人看见他跳伞了。

因为背了补给品，回山上的路比下山困难许多，她半路不得不停下来休息。当她远远看见小木屋时，日光已消逝，天色渐暗，雪花缓缓飘下。卧室的窗户是暗的。芙兰卡心想，那人是不是睡着了？她为了他大老远进城一趟，他是不是会最终相信她呢？韦纳·葛拉夫的这出戏还要演多久？她明知道他谎报了自己的身份，她还能信任他吗？到了大门口，她脱下滑雪屐，甩掉上面的雪，摆在墙边。门咿呀一声打开，火光映得起居室墙壁一片橘黄。她很纳闷，难道是那个男人添了柴薪？这时她看见他坐在壁炉旁边的摇椅上，手里拿着她父亲的手枪，枪口正对着她。

第五章
摊牌

芙兰卡的背包滑落肩头，然后掉到地上。那人瞪着她，枪口瞄准她的胸口。在昏暗的光线里，她看到他眼睛抽搐，紧咬牙关，显然在强忍剧痛。她暗暗咒骂自己没把枪藏好。不过，她也没想到他竟然有办法下床，更不要说到玄关的矮柜里拿出这把枪了。

"你怎么从房间出来的？"

"可以问问题的人是我。"

她看见他扣在扳机上的手指绷紧了。

"我买了你需要的止痛药。你现在一定痛得要命。我也买了食物，够我们吃几天。"

"我有问题要问你。我为什么在这里？你为什么把我带到这里来？"

他不知感恩，这让她很恼火，感觉一肚子气就要爆发了。他是个在敌国境内被吓坏了的陌生人。谢天谢地，他没在她一进门的时候就开枪。"纯粹只是因为必须这么做。医院太远，我没办法送你到医院。"

"你有没有告诉任何人我在这里？"

"没有。"

"为什么没有？"

"因为你叫我不要说。你说就连本地当局也不能知道你在这里，否则就会妨碍你的任务。"

他盯着她看，枪口依然瞄准她。他甚至不知道接下来该怎么办。

"我告诉过你，我叫芙兰卡·戈尔伯，弗赖堡人。这里是我爸妈的避暑小屋。他们都已经过世了。我爸是几个月前在弗赖堡空袭中遇难的。我妈已经过世八年了，因为癌症。"她本来也想提弗雷迪的事，但知道只要一提起弟弟，自己肯定会崩溃，她现在就快崩溃了。

"我之所以带你来这里，是因为你需要帮助。你很可能会死在那里。我能找到你简直是奇迹。方圆好几英里之内，没有半个人。"

"那你为什么把我关在这里？"他声音颤抖，或许是因为疼痛，也或许还有别的因素。

她瞪着枪口。"因为我别无选择。道路封闭了，我没办法送你到主要干道。你两条腿都骨折了，根本不可能走路。"她指着背包，"我买了石膏、纱布和其他用得着的东西回来。我可以帮你打石膏。要是你肯让我帮你，我就可以动手，但你必须信任我。"

"我怎么知道你不是盟军的间谍，把我关在这里，好赢得我的信任？"

"我不是盟军的间谍。我只是个护士，弗赖堡的护士。"

那人的枪口略微下垂，但马上又举了起来。

"我要脱掉我的帽子和手套。"芙兰卡说。

他点点头。她脱掉帽子和手套，丢到地上，然后掌心朝上，向他靠近了一点儿，就像接近一条受惊的狗。

"你没什么好怕的。我没替任何人工作，也没有任何阴谋。"

"那你打算拿我怎么办？"

"我希望能看见你走着离开这里。我不想知道你的任务是什么，你也不必告诉我。我只需要你相信我，知道我不会害你。"

芙兰卡极力掩饰，但声音还是在颤抖。她指着旁边的椅子，他没反对，所以她就坐下来。

"你打算把我交给谁？"

他伸手捂住嘴巴，咳了起来，但瞄准芙兰卡的枪并未放下。

"我没打算把你交给任何人，除非你要我这么做。"

"这里没有电话？几英里之内都没有其他人家？"

"就只有我们两个人。你可以对我开枪，但这样，你也等于是自杀。外面又开始下雪了，我们可能要在这里待上好几个星期。你不能出门，只能在这里等死。所以你必须相信我，我不会害你。"

"你能带我进城吗？"

"不行，你到不了城里。我从小每年都到这里来，对山路很熟悉，结果我自己都差点回不来了。所以你一定要明白，我们两个得困在这里很长一段时间。我们必须相信彼此。但我也得说，你用枪指着我，我实在很难相信你。"

"你一开始就没有权力没收我的枪。"

"我只是以防万一，没别的意思。你又不需要枪。"

"这我怎么知道？"

"因为我如果想要你死，当初把你丢在雪地里不管就行了。我如果没及时发现你，你顶多再撑几个钟头就没命了。"

她看见他的眼神稍微缓和下来，也许是因为她说得有道理，也或许只是出于必要。

这个男人把枪口放低几英寸，闭上眼睛想了一会儿。"你说的这些，我怎么知道是不是事实？"

"如果我是盟军的间谍，我怎么知道你会在德国的这个荒郊野外，跳伞降落在雪地里？我就待在这深山里，等着你从天上掉下来吗？还是你以为在你昏迷的时候有人找到你，然后把你拖到这里，让一个女人设圈套给你跳？"

他闭上眼睛，但什么都没说。

"这里除了盖世太保之外，就没有别人了吗？盖世太保才懒得精心策划，懒得从受害人口中套出情报。我如果是盖世太保，早就开始对你用刑拷问了。"

"我为什么要怕盖世太保？"

"是呀，那你为什么不让我去向盖世太保报告？"

男人睁开眼睛，张开嘴巴想说话，但她不给他机会。

"我可以帮你，也想帮你。我今天想尽办法到弗赖堡，就是为了帮你。我大可以到比较近的村子去采购食物，但是那里不会有你需要的止痛药。放下枪，让我帮你吧。等道路通了，我就载你去找本地的政府机构，然后你就可以在空军医院好好休养了。"

男人盯着地板，把枪摆在腿上。他声音很微弱，仿佛就快没了生息。"你为什么要为我做这些？"

"因为我是护士。因为你需要帮助。"因为我需要再次感受到自己的价值，我需要做一些有用的事，一些好事。

"你不必载我去找政府机构，我可以照顾自己。"

"随你吧，葛拉夫先生，我一点儿都不在乎。就把这里当成是医院的病房吧，我只是在这里工作，等你走了，我的任务也就完成了。这样合理吧？"

"没错，是有道理，小姐。"他身体放松下来，脸上已经血色尽失。

"我很欢迎你。你一定饿坏了，吃过东西了吗？"

"我没能爬到厨房。"

"那里也没什么东西可吃了。"

芙兰卡大大吐了一口气。她还是不知道他是谁，但这可以等等再追究。眼下她必须恢复护士的身份，这感觉真好。她从袋子里拿出一小瓶吗啡。他默默地看着她拿出针筒，装满透明的液体。

"这可以帮你熬过最痛的阶段。我买的量够你用三天，之后你就必须改吃阿司匹林了。你可能会觉得有点儿头晕、无力甚至困倦，我会准备一个桶让你吐，但接下来几天，你都得好好待在床上。你没有理由下床。"

"我了解。"

"你不是我的囚犯，"芙兰卡说，一面用指尖轻轻拍打针筒，"我是你的朋友。时间长了，你就会了解。等道路一通，你就可以离开，但如果你愿意留在这里等到双腿痊愈，也没有问题。"

"谢谢你。"

"现在我可以扶你回到床上了吧？"

"我是爬出来的，我可以再爬回去。"

"你是真的希望自己爬回床上去？你没办法把自己撑起来的。"

"我可以想办法。"

"我有更好的建议。"芙兰卡走到他背后，把摇椅往后一拉，他的双腿腾空离地。他忍住疼痛，咬着自己的拳头。她一手搭着他的肩膀。"对不起，我得先扶你上床，然后再帮你打止痛药。"

"只是有点儿小痛，我没事的。"

芙兰卡手放开他的肩膀，推着摇椅走。他的枪还摆在腿上，她没伸手去拿枪，也没要求他把枪还给她。推着他走非常吃力，比她原本预期的还要费劲，所以很费时间。还好，从这里到卧房只有二十英尺，走走停停之后，他们终于回到床边。他拼了命想站起来，试图用壮硕的手臂撑起全身，但她把手伸到他的腋下，把他扶到床上。他拿起枪塞到枕头底下。随他去吧，这样也可以表示她信任他，让他知道她不是敌人，芙兰卡想。他躺在床上，尽管强忍疼痛，但脸上的表情

71

却掩饰不住。他不停冒汗,大口喘气。她到厨房帮他倒了杯水,才开始帮他注射止痛剂。

"止痛剂要二十分钟后才会发挥作用,明天早上我会再帮你打一针。现在,趁恶心的感觉还没出现,我先去帮你弄点吃的。"

男人点点头。她对他微微一笑,就去了厨房。回来的时候,她端了一盘新鲜的面包和奶酪。他几秒钟就吃光了,又倒回枕头上。

这时已经七点多了。"你休息吧,尽量放松,好好睡一觉。我们明天再聊。"到时候就轮到我问问题了,芙兰卡想。

男人闭上眼睛,吗啡带来的愉悦感慢慢产生作用。他脸上出现一抹小小的微笑。

"晚安,小姐。"他轻声说。

她帮他盖上厚厚的几层毛毯,熄掉油灯,走出房间,把门关上。他把门锁撬开了,如今再锁门也没有用。她必须信任他,因为她知道他不会交出她父亲的那把手枪。

撑了一整天的她终于感觉到疲惫袭来,拖着沉重的步伐走进厨房,吃了点火腿和面包。此刻她最想做的是上床睡觉,但她知道炉火不可能烧一整夜不熄灭,而柴薪也快不够用了。所以她草草吃完晚餐,又打起精神,穿戴好大衣、帽子、手套,到后门去劈柴,让壁炉里有足够的柴火可以整夜燃烧不熄。她明天得劈更多柴才行。这些事情只能靠她一个人做,所有的事情都是。

躺在床上,她满脑子都是丹尼尔·贝克尔。在终于沉沉睡着之前,她最不想看见的,就是他那双冰蓝的眼睛。

★ ★ ★

她醒来时，屋里很冷。火早就熄灭了，小木屋里冷得像冰河，而山一般堆在她身上的毛毯是唯一的避难所。但她知道，这只是暂时的逃避而已。因为肚子饿，也因为急着想查看那个男人的状况，她还是伸出脚，踏在地板上。大衣就挂在床边，她把它套在睡衣外面，然后走出卧房。另一个房间没有半点儿动静，于是她用肝泥肠、面包和奶酪给自己弄了一顿早餐。昨夜又下了大雪，她的车几乎已经被雪掩盖得完全看不见了。她的足迹也不见了。道路又要多封闭好几天，男人也多出几天的工夫可以养伤，让腿痛得不再那么厉害。户外越积越深的雪，也让贝克尔不能来访，他们因而可以暂时安心。也许等雪融了，道路畅通的时候，他会假设她已经回慕尼黑了。这是她一厢情愿的期待。盖世太保从来不会"假设"任何情况，因此，她必须尽快在地板下挖好藏身的空间。

芙兰卡轻轻推开男人的房门。他还在睡，睡得很熟，而且打呼噜。

"睡吧，不管你是谁。"她轻声说，"能睡着最好。"她又在门口站了一两分钟，听他呼吸的声音，希望能再听见他说英语，从而进一步印证她的想法。但他什么也没说，不管英语还是德语都没有。她离开房间。现在最要紧的是让屋里暖和起来。

后门廊的雪深达三英尺。她拉出雪橇，手拿斧头，走进树林里。小时候，父亲就教过她怎么做这些事情。父亲从来没因为她是女孩而少爱她一点，但也不因此而多宠她一些。他教她怎么砍拾木柴、干燥生火。他教她怎么开枪，怎么设陷阱，怎么剥皮宰杀。他也教她读歌德、赫塞和托马斯·曼的作品，以及如今在德国已经成为禁书的雷马克小说《西线无战事》。她花了两小时砍拾木柴，这两小时她都在想父亲。他死于盟军的空袭，而现在却有一名盟军军人睡在他的小木屋里。她不想把睡在空房间里的那个陌生人，和丢下炸弹的盟军混为一谈。她知道发动侵略的是纳粹，但对平民展开地毯式轰炸又算得上什么正义之举呢？丧生的无辜民众已高达数万人，而轰炸行动却越来越密集。然而，敌人的敌人就是朋友。尽管盟军做了这些事情，但他们也有不得不做的道理。更何况帮助这个男人，于她而言，也等于是对纳粹的报复。

芙兰卡把木柴十字交叠，堆在后门，让木柴可以尽快干燥。干燥的时间一定要越短越好，因为这冬天的天气和战争一样，在开始好转之前，肯定还会有段时间会变得更恶劣。

回到他的房间时，已经接近上午十一点了。她进门的时候，他的眼睛眨了眨，然后睁开，眼神暗淡，显然疼痛难耐。

"你还好吗？"

"没事，但我想，我应该多打一点儿止痛剂。我睡了一整夜，但我怕药效要开始消退了。"

"没问题。"她走到床边时，针筒已拿在手上。他从厚厚一大沓毯子里伸出手臂，一句话也没说，眉头都不皱一下地看着她把针头戳进他的手臂。

之后，她给他准备了一顿清淡的午餐，等他吃完才开口。

"我要帮你的腿打石膏，这样你的腿会恢复得比较快。而且你已经打了吗啡，应该不至于太痛。"

他眼睛快闭起来了，但还是点点头。

"我要先帮你把两条腿洗干净，然后再穿上袜套。"

他点点头作为回答，眼睛已经完全闭上。

芙兰卡在厨房的水槽底下找到一个旧脸盆，热了水，弄出一盆有泡沫的肥皂水。她拆下之前绑在他腿上的木条，留下来准备在夜里当柴烧。芙兰卡洗净他双腿的下半部。虽然知道他很可能需要好好泡个澡，但只能稍后让他自己洗了。她在这里帮他洗澡太不得体了。她给他的腿穿上袜套，包住脚踝到膝盖，接着裹上纱布。搅拌熟石膏的时候，她不停地讲话，一方面是要让他觉得心安，另一方面是希望这冰冷沉寂的屋子里能有一些声音。

"我在慕尼黑当了三年护士，在大学医院。腿骨折的病人我见多了。战争打得越久，伤兵的伤势就越严重。我看见越来越多的年轻人，人生才刚开始，眼前还有大好前程，结果就缺了腿、少了手、没了眼睛。而且不只是军人，还包括妇女和孩童，成千上万人，被盟军的空袭炸死在床上，或烧成焦炭。我们的太平间没有足够的空间可以摆放尸体，所以只好把他们放在走廊，一个叠一个堆起来。"

她有几分钟没说话，忙着把纱布浸泡到石膏浆里，再拿起来裹到一条腿上。

"你在这里当过护士吗？"

"没有。我大学毕业就去慕尼黑了。一逮到机会，我就逃离弗赖堡。"

"你为什么要离开？"

他的语气吓了她一跳。他已睁开眼睛，瞄着她。

"我当时很年轻，刚和男朋友分手，想要有个新的开始。我丢下对家人的责任，一走了之。我以为慕尼黑的人或许会不一样。"

"有什么不一样吗？"

"是有点不一样，但差别不大。"

她给一条腿涂完石膏浆，等着让石膏成型，接着又处理另一条腿。

"明明是我在雪地里发现了你，为什么都是你在盘问我？"

男人没回答。

"你怎么会在深山里跳伞，是飞机出事了吗？可是我没听见任何声响啊。除非飞机失事，否则你怎么会在那里跳伞？"

他沉吟几秒才开口回答，嗓音微弱，断断续续的。"对不起，戈尔伯小姐，我不能透露我到这里来的原因，因为这可能危害到我的任务，也会让前线的英勇战士身陷险境。"

芙兰卡的目光回到他的腿上，咬着下唇。"那就说点你自己的事情吧。你家在哪里？"

"我住在柏林的卡尔斯霍斯特。你对柏林熟吗？"

"不太熟。我年纪比较轻的时候，跟着德国少女联盟的参访团去过几次。我们到处观光，去了菩提树大道、国会、皇宫。"

"参访国家最重要的城市，你们那些年轻女孩一定很兴奋。"

她把纱布浸到石膏浆里。另一条腿的石膏已经开始变硬了，她摸摸石膏模型表面。不错。

"你相信我吗？"

"当然相信，你是忠诚的德国公民。"

"那你昨天晚上为什么拿枪指着我？"

"我不确定我人在哪里。我受的训练就是不要相信任何人，因为轻易相信别人太危险。现在我知道我错了，我知道你是个很好的人。你愿意为德国军人付出这么多，让我非常感激且敬佩。在我们奋力迎向最终胜利的此刻，你显然深刻认识到每一个军人的价值。"

男人滔滔不绝的宣传辞藻让芙兰卡差点大笑出声，但她勉强忍住。他究竟在想什么啊？

"我进城的时候，你为什么不让我和任何人联络？比如你的太太和女儿？她们知道你还活着吗？"

"这会妨碍我的任务。所以我必须请求你，别告诉任何人说你见到我，更不能提到我住在这里。"

芙兰卡跨过地板上的洞，走到窗边，拉开窗帘。屋外的雪花大朵大朵飘落。"又下雪了。道路要封闭好几天甚至几个星期，你要在这里待上很久。你必须信任我，我是你唯一的朋友。"

她拿起脸盆，将医疗用品丢进去，然后乒乒乓乓地走出房间，用力摔上门。

★ ★ ★

过了一天又一天。男人大半时间都因吗啡的作用而精神恍惚，他俩很少交谈。第三天，他从恍惚中醒来，疼痛减轻了。这一天早晨，她为他注射了剩下的最后一点吗啡。下午两点钟，他房门关着。她想象他听见她正在收听的电台节目——绝对不是经过纳粹审查的节目。他若是个忠心耿耿的德国军人，为何不反对呢？她做的是违法的事情，是足以被判入狱的罪行。她坐在摇椅上，手上捧着书，却没在读。她确实想相信他就是他自称的那个人没错，但他在睡梦中说出的那句英语还是挥之不去，她当时听得清清楚楚。如果他是德国空军，即便是从事秘密任务的间谍，也一定会要求她进城时联系某人。就算他说的是实话，怕盖世太保破坏他真正的任务，也总有某个人要通知吧。一定有某个人在等待着他是生是死的消息。她把书放在腿上，充满挫败感地揉揉眼睛。她往壁炉里添了些柴薪，怔怔盯着火焰吞噬木柴。她没别的事可做，只能瞪着火发呆。

她推开房门的时候，他醒着，眼睛盯着天花板。

"我必须告诉你，我到底是什么人。如果你此前说的是事实，你就会很讨厌我。接下来的一两个星期，我们不得不待在一起的时间肯定会很难熬，但是我必须告诉你实情，这样你或许才会对我敞开心扉。"

"小姐，我们没有必要聊天。我们对彼此的了解越少越好。你为我所做的一切，我非常感激，但我不能因此危及我的任务。"

"什么任务？德国空军在冰天雪地的黑森林山区能有什么任务？我认为你是阴差阳错才来到这里的。我也相信，你打算一可以走动，就尽快逃离这里。只要不危及我的安全，你想怎么做，都是你自己的事情。"

男人好像被她这番话吓到了。"我不会做任何伤害你的事情。我知道——"

"你第一次醒来的时候，我正在挖地板，你知道为什么吗？"男人没有回答，只是看着她。"我把地板撬起来，是为了把你藏进去。等盖世太保来的时候——他们终究会来的——你就不会躺在这张床上。"

"小姐——"

"盖世太保肯定会来。"她又说，"我碰见了我以前的男朋友，他现在是盖世太保的上尉。我没告诉他你在这里，但他一定会来，尤其是如果他们已经在搜寻你的话。"她俯身挨近，双手贴在毛毯上，"我会告诉你我是什么人，听完我的故事之后，如果你还坚持说你是德国空军，那么我就继续照顾你几天，等天气转晴，你可以跛着脚走路，就送你离开。或者你也可以选择信任我，那我就可以帮助你。"

男人没回答。他脸色惨白，端起她摆在床头柜的那杯水，低头看着地板上的洞。屋里一片静寂。

"请说吧。"他说。

第六章

芙兰卡的美梦

一九三三年，新总理的就任似乎无关紧要，也不值得一提。国内问题很多，但得到改善的似乎很少，人民生活依旧艰困。全球的经济每况愈下，对德国的冲击尤其严重。新闻中报道，有超过一千五百万人——德国百分之二十的人口——只能维持勉强糊口的生活水平。大家都认为这位新上任的总理希特勒是突然发迹的政治新贵，荒谬可笑。他领导的纳粹党得票率不到百分之三十七，但是总统提名他为总理。被政敌谑称为"奥地利小下士"[1]的希特勒，不管从哪个角度来看应该都撑不了太久。一旦造成政权分裂的内讧被平息，他和他那些穿褐色衬衫的乌合之众就没戏唱了。况且，希特勒虽然在演讲里宣扬

---

[1] 希特勒出生于隶属于奥匈帝国一部分的奥地利，后移居德国，第一次世界大战期间，自愿入伍，担任士兵。

他将重建撕裂的国家，将为德国在世界大战中的挫败报仇，也将对犹太人下手，但他根本不可能做得到。他的发言人在新闻稿里声称："你们必须明白，在德国所发生的变化并非普通的变化。国会与民主的时代过去了，新的时代来临了！"但无人理会。

就在那个星期，芙兰卡第一次听到"淋巴瘤"和"转移"这两个词，也第一次见父亲哭。弗雷迪并不理解，依然对妈妈露出灿烂的微笑，妈妈紧紧把他搂进怀里。她要他们坚强起来，他们已经经历这么多的事情，未来只会更平安美好，她一定会击败癌症，他们一家人也会永远在一起。他们的人生才刚开始，她甚至还不到四十岁。不管医生怎么说，只要有信心，她就能熬得过去，就像以前一样，就像生下弗雷迪的那个时候以及继之而来的一切一样。

癌细胞扩散了。

不到几个星期，希特勒就巩固了他的权力。言论、出版、集会的自由都不复存在，德国的自由民主实验就此结束。德国人民竟然只私下抱怨几声，就把绝对的权力交付给希特勒和纳粹。人民不觉得自己被这个新政权压迫，因为他们对设计不良、功能不彰的民主体制已失去信心。孩子们开始戴纳粹臂章去上学，伸直手臂高喊"希特勒万岁"的打招呼方式蔚为流行，也成为对这个政党效忠的象征。

承诺要带领德国重新登上世界强权舞台的纳粹，掀起了全国的狂热。芙兰卡感觉到了。她认识的每一个年轻人几乎都感觉到了。德国人仿佛就要迎来不可思议的伟大时代。对纳粹党的支持从四面八方蜂拥而至。芙兰卡甚至在报纸上看见，有个名为德国全国犹太人协会的组织也公开支持纳粹新政权。

芙兰卡立即看见了德国的变化。全德各地的大城小镇都出现了新的统治阶级，他们也决心让大家正视他们的存在。他们身着全套装备，扣眼上别着党徽，口袋里揣着党证，衣袖上有纳粹臂章。以前不为社会所重视的这批人开始彰显自己的存在。在城里开杂货店的约瑟夫·多尼特兹开始穿冲锋队军服到店里工作。才过几个星期，没经过任何程序或麻烦的选举，他就接掌了市政府。芙兰卡父亲的一位老朋友丢了工作，其工作由一个众所周知的酒鬼接任，只因为这个酒鬼碰巧是纳粹党党员。有党证的雇员对管理层大呼小叫，而管理层只能毕恭毕敬地洗耳恭听。纳粹党革命从社会与政治生活的每一个层面往上渗透，社会败类爬到了最顶端。

芙兰卡母亲的毅力让她撑过医生所预测的生命期限。对莎拉来说，"还有六个月可活"，意思就是"我要撑到明年，让你吞下你自己的预言"。她希望余生能在户外度过，希望每天生活在无边无际向四周蔓延的美好大自然里。芙兰卡的父亲托马斯向他叔叔赫曼买下了这幢山区小木屋。这里原本是赫曼来猎赤鹿和野猪时住的地方。芙兰卡和妈妈把屋子彻底刷洗清理，托马斯则下了一番功夫，让这个小木屋在天气比较热的月份也适合居住。一九三三年的夏天，他们大部分时间都住在这里，尽情享受全家团聚的时光。芙兰卡和朋友一起从山区远足回来，看见家人坐在户外，那画面总是让她觉得好温馨。温暖宜人的夏夜，西下的夕阳为天空与林木染上橙红色彩，炉上烹煮的菜肴香味，加上她父亲烟斗的烟味，让她觉得他们已经找到属于他们的小天堂。这个美好的夏季结束时，莎拉发下豪言，说明年还要再来。弗雷迪开心地拥抱她。芙兰卡和父亲沉默不语，似乎只有弗雷迪相信这是可以实现的承诺。但时间会证明他是对的。

　　学校变了。纳粹决心成为青年的政党，拥有并控制德国年轻人的忠贞是他们的目标。暑假结束，芙兰卡回到弗赖堡之后，纳粹党革命已经无所不在了。每一间教室都挂着纳粹旗帜，如同神一般崇高的阿道夫·希特勒的肖像一夕之间取代了十字架，高挂墙上。被认为有颠覆成分的书籍从学校图书馆里被搬出来，堆得高高的，在校园里被烧毁。芙兰卡问过图书馆馆员搬出来烧掉的是什么书，他们说，任何书，不管是虚构或非虚构的书，只要表达自由理念，或提到人民——而不是党——可以主宰自己的命运，都被本地党员挑出来焚毁。很快就有新书填补了书架空出的位置，每一本书都在歌颂纳粹党如何带领德国逃离魏玛共和国的炼狱。这些新书文字幼稚简单，但没有任何老师敢有怨言。所有的老师都加入纳粹教师联盟。为了保住工作，也因为迫于地方政府的压力，他们开始宣扬纳粹的理念。芙兰卡最喜欢的老师史狄格先生是少数抗议新教学内容的老师之一，他坚持要继续用新政府掌权之前的方法教学生。他撑了两个星期。后来芙兰卡和几个同学一起去找他时，他那幢位于城郊的老房子已人去楼空了。他们再也没见过他。事后妮娜·海斯大肆吹嘘，说她向本地一位纳粹高阶干部检举揭发史狄格老师，因此获得了红色肩章，以表扬她对纳粹政权的忠诚。此后她天天戴着红肩章上学，直到毕业。

　　人人都不甘落于人后，芙兰卡自己也不由自主地投入这波新兴的雅利安人热潮。纳粹开始用"雅利安"这个词形容理想的德国人。芙兰卡的外形正符合他们对这优异人种的定义。政府告诉你，你的金发碧眼非常完美，说你是理想的德国人，听到这样的话总是令人开心。芙兰卡并不太了解其他的种族，但纳粹政权坚称，她和她的朋友拥有优异的血统，比其他种族更优秀，天生注定要主宰全世界。这样的感觉很好，让她觉得自己是某种远大志业的一部分。

加入德国少女联盟的决定一点都不困难，因为她所有的朋友都加入了。当时她已经快十七岁了，加入联盟其实有点超龄，但知道有成为小队长的可能仍然让她义无反顾。她不想被排除在圈外，况且这也不是袖手旁观的时刻。这是勇而无惧采取行动的时刻。所以她不顾爸妈的反对，加入联盟。她爸妈似乎对纳粹非常不放心。芙兰卡·戈尔伯是出色的少年典范，是希特勒预言将协助德国统治全世界的杰出年轻人，她才不会让任何老派的想法阻挡她前进的道路。她决心为德国人民尽自己的一份力量。

芙兰卡很爱惜她的制服：白衬衫，松松的黑领带用纳粹徽章固定，搭配上深蓝裙子。少女联盟隶属于希特勒青年团，联盟里的女孩和青年团的男孩接受同样的训练。她们出操演练，练习体操，远足，经常在星空下露营，唱歌颂扬纳粹，渴望有朝一日能生下强壮的儿子为未来的战争提供战力。女孩之间也发展出深厚的姐妹情谊，共同的目标和专注的努力让她们团结一致。被接受，被重视，高人一等，这样的感觉非常之好。

丹尼尔是本地希特勒青年团队长，负责带队操练。他常常带领身穿绣有纳粹徽章运动衫的青年团团员跑步穿过市区，高唱着："破除老旧，消灭软弱。"没错，他们是顶尖的德国青少年，身材纤细，筋骨柔软，动作快得像猎犬，意志坚定得像克鲁伯钢铁，完全符合希特勒的期待。丹尼尔是他们之中最优秀的，以严格且公正的态度指挥年轻的团员。所有的女孩都红着脸讨论他，每逢他阔步走过就窃窃私语。他和芙兰卡像磁铁般彼此吸引，这引力强大且美好，因为他俩都怀抱对新德意志的向往。丹尼尔的父亲在纳粹党上台之前曾失业，但如今是市议会的重要人物。芙兰卡每次见到他，都看见他胸前别着纳粹徽章，再不然就是上臂上绑着纳粹臂带。儿子是他成真的梦想，代表着雅利安民族崭新且更加美好的生活。

丹尼尔执行任务时非常坚定严肃，但似乎唯独对她保留了一丝温柔。他野心勃勃，志向远大，认真严肃，意志坚定。在那段热情洋溢的时期，他是个完美的男朋友。她发现自己越陷越深。就在学校课程结束之后，放假之前，她第一次带他回家见爸妈。丹尼尔很有礼貌，也很恭敬，来吃晚饭时，他穿上了希特勒青年团队长制服。芙兰卡父亲开门时，他还做了纳粹的敬礼动作。芙兰卡母亲走上前，挤出微笑接受他的问候。他们走到餐桌旁，芙兰卡坐在他旁边，弗雷迪坐在餐桌尽头的老位子上。丹尼尔对他点点头。丹尼尔落落大方地面对芙兰卡的爸妈，谈起他打算加入新成立的精英警队盖世太保，也谈到必须防范间谍和逃避责任的人，努力保护革命的成果。这是芙兰卡第一次听到"国家公敌"这个名词。她爸妈维持着礼貌的态度，但芙兰卡看见他们吃饭时不时眯起眼睛互瞥一眼，知道他们并不以为然。她知道等丹尼尔离开之后他们会怎么说。

芙兰卡的爸爸带弗雷迪上床，妈妈等到爸爸下楼时，让芙兰卡坐下。她苍白的手搭在芙兰卡腿上。这段时间以来，她整天都疲惫不堪，体内看不见的敌人慢慢吞噬了她的美貌。她布满血丝的眼睛真诚恳切，但非常平静。

"你和丹尼尔的交往有多认真？我知道你们来往好一阵子了。"

"我爱他，妈妈。你认识爸爸的时候，比我现在大不了多少。"

托马斯坐下，揉揉眼睛。"我那时二十二岁，你妈妈十九岁。你现在才十七岁，而且还在念书。我们很担心，丹尼尔是不是会影响你的课业。你太投入于德国少女联盟的活动了，几乎所有的课余时间都花在这上面。"

"我很爱我的团队。我是团队的一分子。你们不了解这个国家正在发生什么变化。你们还沉浸在德皇和魏玛白痴们的旧世界里，正是他们把德国弄得一团糟。"

"旧世界？"莎拉说，"是谁教你这些东西的？"

芙兰卡心里涌起怜悯的情绪，她很想安抚妈妈，但她压抑住了自己的情感，因为这样做是不爱国的。这正是说服爸妈的机会，让他们了解每一个德国人都有义务协助纳粹党人的革命。

"我们很担心你。"妈妈说。

"担心什么？我在联盟里有志同道合的朋友。就连我们老师都赞美这个新运动。每个人都很积极，除了你们。"

"那么，就把你们这个伟大的革命说给我们听听吧。"托马斯压低嗓音说。

"你们只要看看报上的统计数据就知道了。希特勒终结了经济萧条。失业率下降到纳粹主政之前没有人能想象得到的程度。德国工人的生产力也提高了。这肯定是值得喝彩的成就吧？"

"是没错，"她爸爸说，"但你必须想想，这一切是怎么达成的？工业之轮又开始转动，是因为有战争带动工业。希特勒正要带我们走上战争之路。你所提到的这些统计数据，并不包括女性在内，也不包括犹太人——这两个群体都被排除在劳动力之外。"

"希特勒让德国再次强大起来。"

"是为了人民，还是为了纳粹自己？等战争一来，一切都完了。"

"全世界都很推崇纳粹。我们的团长英吉给我们看过一篇报道，上一次世界大战期间担任英国首相的大卫·劳合·乔治说希特勒是伟大的领袖。他特别希望英国有像希特勒这样的政治人物。"

"他简直是个笨蛋。"莎拉说。

"纳粹肯定比他厉害，我想。"她爸爸说，"他们是把德国人民当猎物的狼。而且我很担心，芙兰卡。我担心他们给你带来的影响。而和丹尼尔这样的男孩交往，只会有更严重的影响。"

"我已经找到自己在革命里的立足点，爸爸。纳粹党的政策是为了增进全体德国人的福祉，包括你在内。"

"那么女性呢？"莎拉问，"很多工作都不准女性做。还有犹太人呢？他们被排除在德国社会之外。"

"我不清楚犹太人的情况，但他们会在我们的新社会里找到自己安身的地方。"

"你没听希特勒的演讲吗？你追随的这个人，高傲地要大家仇恨犹太人。还有你弟弟呢？在这个完美的雅利安新世界里，他有立足之地吗？"

"这我不清楚，"芙兰卡站起来，"我想我们今天晚上谈政治问题已经谈够了。"

她离开爸妈身边，追随纳粹引领的道路的决心只变得更加坚定。她绝对不会让他们的老派想法阻拦她。这是她的时代，不是他们的。

第二天，丹尼尔强壮的双臂拥她入怀，问她觉得昨天的晚餐情况如何。

"很好，"她说，"我爸妈觉得你是出色的年轻人，是我理想的对象。你是优秀雅利安年轻人的典范！"

政府鼓励芙兰卡以及她周围的每一个人，举报自己父母的言论与想法。反动思想必须从源头连根拔起。她知道对丹尼尔所说的每一句话，都会立即向本地当局反映。从此以后，他们只能和丹尼尔的爸妈一起吃饭。

莎拉证明，除了弗雷迪之外，其他人的看法都是错的。她确实活着看到了一九三四年的夏天。芙兰卡少女联盟的活动虽然很忙，但她还是尽量抽空上山，到小木屋探望家人。弗雷迪身形长大了，心智却依旧像个小孩，这是他们早有心理准备的情况。他个性体贴，心灵纯洁，见到他的每一个人都很爱他。他完全不受周遭的邪恶环境所影响，甚至远远超脱这一切。莎拉的健康情况越来越差，但他和莎拉的感情却越来越紧密。他们还是对莎拉所许诺的奇迹怀抱希望，但随着时间过去，可能性似乎越来越小。芙兰卡非常想念去年夏天那如诗如画的生活。少女联盟总是有事要忙，有太多年轻女孩需要像她这样有经验且热心负责的人来指导。她知道爸妈很理解，虽然他们明确表示不认同。

那年夏末，芙兰卡被任命为队长。妈妈那天不舒服，没来参加她的授章典礼，但丹尼尔在场，并率先鼓掌。他的英俊、挺拔和热情非常出众。

他们的生活尽管美好、尽管灿烂，但她妈妈人生的最后几个月却饱受折磨。只是，在病痛中，她仍然维持无比优雅的姿态。他们熬过最后一个共度的圣诞节，接着，新年来了，他们不得不面对残酷的事实。莎拉想待在家里。姨妈们带着一大堆孩子来探望，然后又回慕尼黑。莎拉求生意志坚定，始终不放弃希望，以至于最后一刻到来的时候仿佛是个意外。芙兰卡心中也怀着期待——不，她是真心相信——医生的说法是错的，奇迹必定会发生。

那个寒意逼人的一月早晨，莎拉在家人的陪伴下走完最后一程。芙兰卡还记得爷爷对她说，此后照顾弗雷迪就是她的责任了。爷爷说弗雷迪不会了解妈妈过世的意思，但她知道爷爷错了。弗雷迪坐在床边，头靠在妈妈胸前，没哭也没动。他知道妈妈需要的是什么，也毫不吝惜地付出。其他人都不知道该说什么、该想什么、该做什么，只有他真正理解。

莎拉要求和芙兰卡单独谈话，让其他人离开房间。晨光透过窗户射进来，暗淡的光线照得妈妈苍白的皮肤更加惨白。她的头发都灰白了，眼神里的火光只剩下余烬。芙兰卡握起她的手，她的皮肤非常冰冷，但芙兰卡忍住不哭。

"我漂亮的女儿啊，"她说，她捏着芙兰卡的手意外有力，"我以你为荣，因为你这么成熟，这么坚强，我也知道你以后会是个很好的母亲。你会成为出色的护士。你是什么样的人，你的心灵里有什么，都只有你自己知道，千万不要让别人支配你。记住，你是我的女儿，我漂亮、聪明的女儿，你永远都是。我会永远陪着你，永远不会离开你。"

芙兰卡抹干眼泪，看着妈妈的脸。

"别让纳粹党的观念改变你，也别让仇恨扭曲你的心灵。一定要记住你是什么样的人。"

葬礼在五天之后举行，芙兰卡带领的联盟团队全体出席，本地的希特勒青年团团员也几乎全部参加。芙兰卡穿上她的德国少女联盟制服。葬礼后，丹尼尔抱着哭泣的她，妈妈的遗言在她耳畔回荡。

接下来的中学岁月显得模模糊糊，暑假也很空虚，没有一丝快乐可言。一家人虽然想重现前几个夏天在小木屋度过的时光，但芙兰卡却觉得埋头在她所领导的联盟活动里更加舒心。妈妈过世，爸爸必须向工厂请假，照顾弗雷迪。他并不期待芙兰卡放下所有的工作承担起照顾弟弟的责任。她尽力帮忙，但因为马上就要上大学，她并不希望家里过度依赖她。她有自己的生活要过，有自己的目标要追求。爸爸向来鼓励她独立自主，所以也允许她逃避对家人包括对弟弟的责任。一九三五年九月，大学开学，她成为大学生，而丹尼尔也亦步亦趋陪在她身边。他这时开始接受盖世太保的训练。

家庭生活支离破碎，芙兰卡觉得待在家里非常痛苦。妈妈过世的记忆在家里如影随形，她拼命想躲开。芙兰卡知道，妈妈是弗雷迪最大的支持力量，无论她和爸爸怎么努力都无法取代。弗雷迪还是原本那个愉快可人的男孩，是黑暗里的一道光，但他的身体状况却越来越差。

一九三五年十月，爸爸帮弗雷迪订购了一部轮椅，说是暂时的代步工具，但他们都知道，他很可能再也无法走路了。对这个新的代步工具弗雷迪开心接受，仿佛它是个新玩具。芙兰卡常推着他穿过市区，他在街上碰到谁都挥手打招呼。几乎每个人都会对他微笑，除了纳粹党员之外。抬头挺胸、系着臂圈、衣领别着徽章、昂首阔步的党员，看见他愉快的态度，似乎格外恼火。芙兰卡越来越讨厌他们的目光。

那年深秋，爸爸找她谈话。他们刚吃完晚餐，收掉桌上的碗盘。晚餐也和以往不一样了。芙兰卡的爸爸坚持要照着妈妈生前做的菜准备晚餐，但他没有烹饪天分，还老是省略工序。她则负责念书给弗雷迪听，他特别爱听那些童话故事，每一本书都被翻得破破烂烂的，但那些故事他还是一听再听，从不厌倦。爸爸打开收音机，转到瑞士电台，瑞士那边播报的新闻听起来好像比较正确。他在儿女身旁坐下。

"谢谢你没举报我听外国电台。"

芙兰卡脸红起来，说："噢，爸爸，我绝对不会举报你的。"

"我知道他们对你施压，要你向他们报告我在做什么，而且丹尼尔已经准备开始盖世太保的生涯……我明白你的压力。"

芙兰卡静静坐着，回想丹尼尔一个星期之前说的话。"德国人民就是你的家人，"他当时说，"他们才是你应该效忠的对象。"

芙兰卡知道他希望她举报一些事情，给他一些情报和资料去向新主子交差，但她一句话都没说。她知道光是听外国电台节目，读新法律所禁止的书籍，或批评当局的举措，就足以让爸爸坐牢。要治罪的名目太多了。她认识的好几个女孩都检举揭发了自己的父母。吉儿达·施密特的爸爸因为批评希特勒被关了好几个星期，到现在还受盖世太保监控。吉儿达举报自己的父亲，说他骂希特勒是个危险的好战分子。

"元首希望每个人都能支持他英勇的宏图大业。"芙兰卡说，听见教官的话从她自己嘴里讲出来，"他决定揪出国家公敌，让他们接受再教育，以正确的方式为德国服务。"

"这可不像你会讲的话。"她爸爸说。

"什么意思？"

"这像是丹尼尔，或那些趾高气昂穿过大街的纳粹会讲的话。要记住你是什么样的人，芙兰卡。"

"我当然记得，爸爸。"

"我要给你看个东西。"他把《人民观察家报》摊开放在她前面的桌子上，头条新闻是政府要制定伟大的新法律，肃清犹太人对德国的威胁，"纳粹说犹太人不能成为德国公民。他们剥夺了犹太人的公民权，也不准他们和德国人通婚。这就是你全心投入的英勇革命。"

她愣了几秒钟才回答："我相信元首知道怎么做对德国最好。我前几天才问过本地的联盟领导人，他们要我放心，说我们最好放眼大局，把细节留给元首去规划。"

"他们的说法让你满意吗？"

芙兰卡没回答。她又拿起一本书，准备念给弟弟听。

她还来不及念，爸爸就打断了她。"我还有别的东西要给你看。"他又拿出另一份报纸，"这是《前锋报》，它和《人民观察家报》一样都是被纳粹控制发行的，只是这一份报纸更加不掩饰他们的企图。"

芙兰卡拿起报纸。她在报摊看过这家报纸，但从没拿起来细看。头版有一张铅笔画，是以漫画手法勾勒的犹太男子，长长的鬓发垂在黑色西装上，刀刃般锐利的牙齿淌下一丝丝口水。他的爪子抓着弯刀，俯身靠近沉睡在床上的雅利安漂亮女孩。标题写的是"犹太人是我们的灾难"。芙兰卡感觉到泪水涌上眼睛。她转头看弗雷迪，但他正忙着玩他找到的玩具火车。

"这是在开玩笑，"她说，"荒谬的玩笑。"

"这报纸的发行量有好几十万份。希特勒好几次赞美过他们的报道正确可靠。"

"我不知道该怎么说。这个体系并不完美，但是……"

她不知道该怎么说下去。

"我们从小教育你，要重视正义，始终要你……"

"记得自己是什么样的人。"

"没错。我觉得你这么热心支持这个政权，是因为你想要改变世界，就和你同辈的其他孩子一样。但是你必须了解，你支持的是什么样的政府。"

"我并不赞成打压犹太人的政策，但是我相信元首对他们一定有合理的计划。"

"合理？你指的是剥夺他们的公民权吗？你听过一个叫达豪的地方吗，芙兰卡？"

她摇摇头。

"我以前也没听过。那是个小城市，离慕尼黑十五英里，距你妈妈的老家不远。我上个星期和一个从那里来的人在公司开会。他告诉我，纳粹在那里盖了一座营区。"

"什么营区？"

"是与德国人民为敌的可怕地方。和我开会的这个人，在一九三三年的时候，为营区供应部分建材，他后来又去过几次。纳粹已经对自己的人民发动战争了，而这个营区就是这场战争的第一线。达豪是用来关政敌的。社会主义者、共产主义者、被纳粹认定为非法组织的组织领导人、和平主义者，以及持不同意见的神职人员与传教士。那里关了上万人。他们做苦工，被活活饿死。营区围着铁丝网，由戴着骷髅头徽章头盔的纳粹党卫军把守。"

"不可能。元首知道吗？"芙兰卡心中涌起一种厌恶的感觉，但还是不禁思忖，丹尼尔和其他领导人会怎么解释这个情况。

"他怎么可能不知道？这个国家的每一个政策都是希特勒先生决定的。他随时可以关闭营区，只要他想。但我猜，还会有更多像这样的营区出现。"

"从达豪来的这个人是谁？他为什么要散播这么恶毒的谣言？"

"这不是谣言。睁开眼睛吧，芙兰卡，看看你所效忠的是谁。"

芙兰卡闭上眼睛。她觉得自己的头就要爆炸了。一站起来，热泪就淌下脸颊。"我不敢相信，你竟然当着弗雷迪的面，散布这么可怕的谣言。弗雷迪根本没办法辨别这是不是事实。我们对他有责任，爸爸。我们不该这么做。"

她大步走出厨房，上楼回到房间，但怀疑宛如毒素在她心里扩散开来。

大学是纳粹宣传系统的延伸，吞噬了芙兰卡和她高中的同学们。知识分子的地位等同于犹太人，得到的待遇也没什么两样。全德国有好几百名教授因为理念太过自由或作风太近似犹太人而被解职，其中包括国内最顶尖的学者和好几位诺贝尔奖得主。"文化"变成肮脏的字眼儿，大学成为宣传部的分支机构。除了纳粹支持的集会和宣扬政权丰功伟业的演讲之外，学校里没有任何学生活动。芙兰卡的课程主要集中在人类生理学方面，因此可以避开种族优生学、民族与种族等课程地雷。

芙兰卡退出了德国少女联盟。其他的小队长质疑她的决定，但她说服她们相信，她要上学，又要照顾弟弟，实在是没有时间参与活动。她不管在学校还是在家都确实有很多功课和工作要做，但她退出还有别的原因。她没办法忘记达豪集中营。集中营的存在，可以解释很多事情。例如，她家那条街上的邻居罗森堡先生去哪里了？史瓦兹先生一家人，还有她的中学老师史狄格先生去哪里了？他们都是被盖世太保带去侦讯，就再也没有回来，但好像也没有人关心他们的下落。芙兰卡知道，光是提起他们的名字，都可能被逮捕，所以她只把这些问题和混乱疑惑埋藏在心里。她可以信任爸爸，但其他人不行——尤其是丹尼尔。

在法学院教授的指导下，丹尼尔对纳粹的事业愈发投入。盖世太保是最一流的警察，无论是任职晋升、薪资级别还是服务年限，都和警察无异，只不过普通警察和其他许多工作一样，如今权力已经式微。丹尼尔沉浸于纳粹的教条之中，和他相处越来越困难。他谈起无所不在的敌人，提及共产党员和犹太人，每一个人都是他怀疑的对象。仇恨让他失去了欢乐的能力，也让人无法爱他。她以往对他付出的爱已然凋萎死亡。一九三六年二月，芙兰卡和丹尼尔一起吃晚饭，他坚持要买单。他向来都坚持要请客，但芙兰卡并未因此对自己即将要做的事有任何愧疚。

“你今天晚上很安静。”他说。

“我心里有事。”

“什么事？因为你妈妈？或者又是你弟弟？”

"是我们的事，丹尼尔。"她瞥见他脸上出现一抹不常出现的诧异神色，但他并没说什么，"我觉得我们成长背景很不一样，现在也走上了不同的人生道路。"

"你在说什么？"

他们本来在走路，这时停了下来。她感觉到过往的行人对他们投以好奇的目光，但她知道她必须一口气讲完。她硬起心肠，准备讲出已经在她心里潜伏了好几个月的话。"我觉得我们应该分开一段时间，我不确定我想——"

"你要和我分手？什么？你不能这么做。"

"我觉得你是个很有毅力、很英勇的年轻人，有这么多机会……"

"别胡说了，我们不会分手的。我们再过几年就结婚，在这里成家立业，生养子女。这是我们共同的决定。"

"我已经不想这么做了。"

"好吧，"他咆哮着说，"你想怎样就怎样吧。过几天你要是爬回来求我，别以为我还会理你。你这个贱人！"他说完转头就走。

几个星期之后，丹尼尔收到德国劳工组织的信，征召他到巴伐利亚的一座农场工作六个月，没有薪水，纯粹是为德意志奉献。又过了几个星期之后，他开始写信给芙兰卡。芙兰卡的爸爸暗自欣喜他们两人终于分手，起初还从中拦截丹尼尔寄来的信，但后来决定不再干涉。她已经是大人了，可以自己处理。芙兰卡从爸爸手中接过他藏起来的信，拿回房间，然后撕开信封丢在地上，抽出丹尼尔写的信。他说他很抱歉，因为当时心情太坏。她没给他回信，但他的信继续寄来。丹尼尔在一座大农场工作，和几十个人住在同一间宿舍里。他在信里谈起为德国奉献的感觉有多好，也提到他和其他年龄相仿的十九岁青年建立起来的革命感情。出于好奇，她读完他写来的每一封信，然后才烧掉。从他的信来看，他并没有放弃她，尽管她已经不爱他了。

纳粹党掌政之后，她父亲的阅读习惯并未改变。塞在他书架上的那些积满灰尘的旧书很多都已经被禁了。阅读这些书可能会被盖世太保抓去审问，甚至在牢里关上几天。她提醒他那些反动文学已经被禁，但他每次都只是耸耸肩，说会把那些书丢掉。然而，过了好几个星期，那些书还在。芙兰卡决定自己动手。清理到一半的时候，爸爸下班回家了。

"你在干吗？"他问。

"我在做你早就该做的事。"芙兰卡解释说，"要是你被逮捕了，或是丢了工作，我们可就惨了。这不过就是几本旧书。"

"这不只是书而已。"他从她手里抽回那些书，"你看见没有？海因里希·海涅[1]？"

"我知道海涅。读过德国文学的人都知道海涅。"

"但是纳粹党的领导人禁掉了他的作品。他那些出色无比的歌曲被官方宣告为禁歌，被当成不存在。我还记得你年纪很小的时候，坐在我腿上，和我一起读他的《歌集》。"

芙兰卡点头。她还记得书页上熠熠生辉的一行行文字，从他父亲

---

1 海因里希·海涅（Heinrich Heine, 1797—1856），德国浪漫主义诗人，也是新闻工作者。他的许多诗作都被谱成曲，流传甚广，但因他是犹太人，在纳粹时期其作品遭禁。

的嘴唇里变成声音，传到她耳朵里。

他翻着书，说："你打算点火烧掉，就像纳粹那样吗？"他找到他想找的那一页，指着一行字，盯着她看。

"不，爸爸，我打算收到你床底下。"

"一个伟大的诗人一夕之间就不再是伟大的诗人，只因为他出身不对，只因为他是个犹太人，你不觉得这样很荒谬吗？这位先生都已经过世快八十年了。"

"这当然很荒谬，但他们在意的是他的政治观点。我只是想保护你，爸爸。"

"读读这一行，念出来。"

她看见他指着的那一行："他们焚书，最终，他们也会焚人。"

"也许他们早就开始这么做了。"爸爸说。他把书还给她，默默走出房间。

那天晚上，弗雷迪睡觉之后，她坐在床边，爸爸把其他书拿来给她。

"这些书现在非常珍贵。你很幸运，可以读到许多已经被禁止的文字。但这些书为什么被禁？因为纳粹知道他们真正的敌人是可以独立思考的人，是敢于质疑他们的行事作风、敢于挺身对抗不公义、真正热爱德国的人。我并不是要你传扬海涅的思想，但是要把他的想法牢记于心，善加利用，思考他这些文字背后的意义。而且记住，他并不认识希特勒或纳粹党。他了解人性，也了解德国的民族性，正因为这样，他的文章到现在都还非常重要。而这也是纳粹所害怕的。"

两个星期之后，希特勒大军开进莱茵非军事区。位于法国边境的这片德国领土，在第一次世界大战之后的《凡尔赛和约》里被划为非军事区，希特勒此举明目张胆地违反了国际法。当天晚上，芙兰卡坐在床上，读海涅在将近一百年前所写下的文字。这位诗人说，德国一旦违反道德法治，北欧吟游诗人所流传的古战士野蛮暴行，将如熊熊烈焰，重新在这片土地燃起。而这股怒火，德国的轰天怒吼，惊天动地的程度，远非这世界所曾见闻。

　　芙兰卡躺在床上，她知道这烈焰已经点燃了。

　　自此而后，芙兰卡就尽量不让纳粹党干扰她的生活。她埋首在课业之中，很少注意无所不在的旗帜以及张贴在走廊上宣扬政权荣光的海报。总是有纳粹所无法触及的角落。那就是音乐、艺术、藏在她床底下的书，以及环绕在她四周的美丽山林。她每个周末和朋友远足，但当她的朋友们红着脸、无限憧憬地谈起"帅气的阿道夫"时，她就走到一旁。大家都知道，只要阿道夫·希特勒出现，所有的女人都会为之倾倒。但他魅力何在，芙兰卡怎么想都不明白。有些男生也留起小胡子，以向元首致敬。但就算是最狂热支持政府的人，偶尔也会照镜子吧。留起小胡子向这个煽惑众人的政客致敬的风潮很快就消退了。

　　纳粹的意识形态与偏见渗透了人际关系的每一个层面，到最后，不只朋友无法信任，就连家人也会为国家大义而告发彼此。旧社会一点一滴地被瓦解了。即使是最忠心支持政权的人，也无时无刻不在纳粹放大镜的监视之下。在弗赖堡，就像在德国各地的大城小镇一样，每一个小区，每一条街道，都有纳粹党安置的特工。他们被称为"街坊监察员"。芙兰卡家那条街的街坊监察员是退休园丁杜肯先生。他在二十世纪二十年代就入了党，当时纳粹党还只是一小撮乌合之众，整天叫嚷着反犹太人，要求处置签署终战协议、结束第一次世界大战的"十一月罪犯"。杜肯先生是一个获有当局授权并领有薪水的邻居，手中握有大得吓人的权力。他可以肆无忌惮地窥伺街坊的生活，打探各种消息。他乐在其中。如今，他是个举足轻重的人，邻居都敬重且畏惧他。他的工作是报告他亲眼所见的不当言行，以及他所听说的任何风言闲语。邻居在庆祝的场合不挂纳粹旗帜，或不热情参与庆祝活动，都会被他举报。芙兰卡知道自己脑袋里的想法足以被冠上反动罪名，所以在街上碰见杜肯先生，她总是微笑以对。数十个街坊监察员在市区与近郊活动。而夏日小屋是唯一可以逃脱监视的地方。

丹尼尔从农场为国奉献回来之后，对德意志大业更加热衷，对芙兰卡的追求亦复如此。他一心想把她追回来，但所有的努力都只让她气恼。只是她也替追求她的其他男生担心。她知道丹尼尔现在拥有权力，不希望那些只是想邀她出去喝杯啤酒或吃顿饭的毫无戒心的可怜男孩惹上麻烦。丹尼尔有一回对她说，盖世太保是当今德国真正大权在握的组织。他的用意是想让她敬佩，但显然适得其反。盖世太保的阴影笼罩着德国人民的生活，全国各地有数以万计的特务，街头巷尾还有街坊监察员随时举报。丹尼尔的权力与日俱增，再过不了多久，他只要一声令下，就可以毁掉其他人的生活。对政府当局的批判分析，就算只是表达对政策的不赞同，也足以被逮捕、下狱、刑讯逼供甚至丧生。芙兰卡很不解，自己以前怎么会被他吸引？她下定决心，不让他再碰自己。

她有时很想知道，若是没被纳粹污染，他会是什么样的人？要是能投身于正当的志趣和职业，他会有什么成就？这是个悲剧，是在全德上演的数百万出悲剧之一。

一九三八年夏天，她大部分的时间都和家人住在小木屋。这是他们唯一可以畅所欲言的地方。除了这里，没有任何地方是安全的。从外表看来，托马斯·戈尔伯是个忠贞不贰的国民，尽管没有以任何方式对纳粹效忠，但应当对党捐献的金钱和付出的敬意，他向来都忠实履行。反抗毫无意义，只会导致更加严密的监视，甚至入狱。他对自己的家人负有责任，徒劳无功的反叛行为只会恶化他们的处境。他有些朋友偷偷咬耳朵表达同样的观点。并不是每个人都认同纳粹的做法，但没有人会大声说出来。不赞同纳粹党行径的人，默默地过着自己的日子，就像托马斯和芙兰卡一样。政府认为追求独立自主的人是危险分子，所以，虽然他们想尽办法不和政府扯上关系，但也知道一不小心漏了口风会有什么下场。希特勒本人就曾说："每一个人都应该知道，反抗国家的下场就是死。"任何人都无能为力，所有的不满也只能藏在心里。芙兰卡学会了当内心尖叫时，外表还保持冷静泰然。

但她渐渐无法满足于此。她和爸爸关起大门时所讲的大话，都只是空话而已。当她对爸爸说他们应该想办法促成改变时，他哈哈大笑。

"不可能啊，"他说，"纳粹有多谨慎小心，你又不是不知道。他们或许没受什么教育，思想落伍，但是天生就懂宣传，会打压。他们所设计的这个体系，具有完美的不健全功能性。每个人都是间谍。天底下没有半个人可以信任。"

"那我们能做什么呢？一定有什么是我们可以做的，不管多么微小。"

"抗议是不会有好结果的。我们的言论自由已经和德皇一样归天了。公开对元首的决定表达反对意见就会被当成叛国贼，在这样的环境下，我们哪有可能做什么呢？上个星期，有个人因为拒绝把犹太儿童赶出学校就被判入狱两年。两年啊！"

看见女儿垮下脸，他又说："你愿意起而奋战，我觉得很骄傲，芙兰卡。但目前最好还是就这样吧。纳粹党不可能永远不倒。他们就要带我们走向战争了。这就像太阳在早晨升起或夜晚必定会来临一样，是无可避免的。要打倒他们是非常费力的事，但他们终究会败亡。等他们失败的那天，胜利就属于还活着的我们。只要我们保持真心，不让他们伤害我们的心灵，那我们就能赢得胜利。"

"但是代价是什么呢，爸爸？"芙兰卡摇摇头，"成天担心害怕，我已经累了。"

"我们一家人会撑过去的，我保证。你妈妈每天都看着、保佑着我们。"

芙兰卡确实很想同意他的说法，但在她的生命里，她已经感觉不到妈妈的存在了。记忆正慢慢从她指缝之间流失。

★ ★ ★

纳粹在水晶之夜放出警犬的那一刻，他们的文明表相也开始崩解。他们以十七岁犹太少年谋杀一名德国外交官为借口，放任暴徒恣意发泄长久压抑的怒火。宣传部组织了一连串的抗议活动，宛如恶疾在全国各地扩散开来。芙兰卡在自家屋顶看着暴徒和冲锋队员攻击犹太人开设的商店，心中越来越惊恐。本地的每一个纳粹党员几乎都加入了丢掷砖块与燃烧弹的行列，威胁犹太人，甚至动手杀人。她看见丹尼尔手臂上戴着臂章，指挥暴徒冲进葛林堡面包店。葛林堡先生被拖到街上，被拳打脚踢到身体再也无法动弹。

第二天，报纸说这是愤怒人民的正义复仇。记者幸灾乐祸，说犹太人多年来欺凌德国人，有这样的下场是罪有应得。对于那些不认同暴徒英勇行为的人，报纸社论也提出警告。他们说这些自由言论感情用事，软弱无能，应当为人民所唾弃。记者也提醒民众，只要看见有人表现出反对的态度，就应该向有关当局报告，同时也应该谴责那些不知道自己正生活在光辉时代的德国人。

两天后，政府为水晶之夜的损失向德国犹太人求偿十亿马克。

数以万计的犹太人被送进集中营。集中营是神秘的监狱，德国人不敢明说，只敢在窃窃私语时称之为"KZ"。芙兰卡的父亲又提起他以前听说的第一个集中营，也就是在达豪的那个营区，如今看来应该是毋庸置疑的事实。纳粹露出狰狞的本性，但并没有失去人民的支持。纳粹青年军一面高歌，一面跑步穿过市区。德国少女联盟的成员仍然忙着缝制纳粹旗帜，提起万恶之首的"帅气阿道夫"就咯咯地笑。纳粹党的走狗依然趾高气昂地在城里走来走去，头抬得高高的，纳粹徽章在阳光下闪闪发光。全国各地的数百万人仍然一见面就举手对元首致敬。德国人似乎还沉醉在纳粹的魔力里，无法自拔。

★ ★ ★

尽管德国每天上演不公不义与令人心惊胆战的剧目，但日子还是要过下去。芙兰卡接受完护士训练，找到了一份远在慕尼黑的工作。有人从学校毕业，有人忙着找工作，有人想方设法要到别的城市去。面对纳粹政权，戈尔伯家努力让生活正常运作，但就连这样卑微的心愿也很难实现。

弗雷迪的情况越来越糟。

一九三九年夏末，他们对他提起住院的事。这是再也无法回避的话题。夕阳西下，为宽广无垠的地平线染上超脱尘俗的暮光，周遭的林木树叶宛如黄金般灿烂耀眼。弗雷迪坐在轮椅上。他现在和托马斯差不多一样高，但手脚纤细弯曲，双腿无法行走。他一边拿着玩具火车在大腿上滑着玩，一边发出咻咻的声音。但每隔几分钟，他就会忍不住咳上几声。

"弗雷迪？"

"爸爸，怎么了？你为什么在哭？"

"因为我爱你，弗雷迪。"爸爸转头看芙兰卡，"我们两个都很爱你。"

"你是我们在这世界上最爱的人。"她说。

"我也爱你们。"弗雷迪说。

芙兰卡搂住他，感觉到他那细得像树枝的手臂抓着她，他轻轻亲吻她的脸颊。她想说几句话，但怎么也说不出来。她不敢相信，他们竟然要把弗雷迪送进医院。要是妈妈还在世，这样的事情绝对不会发生。

"你还好吗？"托马斯说。

"我很好。"弗雷迪微笑着说。

"你的手臂——不痛吗？"

"不痛，我没事。"

弗雷迪总是很开心。他的生活里永远只有开心，世事无法伤害他愉悦的心灵。他整天笑容满面，尽管身体有病痛，尽管要住院治疗，尽管要忍受其他人几乎不可能忍受的痛苦，他的微笑始终都在，未曾消失。因为经常去医院，医院里的每个人都认识他。护士很宠爱他，那些衣领别着纳粹徽章的医生，有些也从未公开露出鄙视的眼神，或表现出不想治疗这个被政府认为是"白痴"且"不配活在世上"的病人。

芙兰卡蹲在他身边。虽然暮色已浓，但阳光仍然带着暖意。他仿佛感觉到有什么事情要发生了。他的直觉向来比她还敏锐。她正要开口，他却抢先一步。

"芙兰卡，我爱你。你真漂亮。你是最棒的姐姐。"

"我们有事要告诉你。"她勉强挤出一句话来。

托马斯也蹲下来。

"你的病情变得严重了。"她说，"爸爸没有这么多时间可以照顾你。"

"对不起，爸爸。"

"噢，不，弗雷迪，永远不要觉得抱歉，这不是你的错。你是天底下最棒的男孩，每一个爸爸都想要像你这样的儿子。能拥有你，我们很幸运。你是我们的天使。"

"你喜欢护士，对吧？"芙兰卡说。

"是啊，她们对我很好。"

"你知道我也要当护士吧，就像她们一样？"

"知道。"

"我现在有一个很好的机会，慕尼黑的一家医院请我去当护士。你知道慕尼黑吧，妈妈的娘家？"

"是啊，我还记得我们在那里买的棒棒糖。"

托马斯哈哈大笑。"没错，我们两年前去过。我们买了棒棒糖，坐在公园里吃。"

"嗯，我要去那里工作。"

"可是坐火车要坐好久呢。"

"没错，离这里很远。所以我必须住在那里。"

"你一定会是全医院最棒的护士。你可以帮助好多人。"

"我也希望如此。"接下来的话很难说出口。

托马斯开口："我们医院的护士和医生很希望你去和他们一起住，住在一幢特别的房子里，这样他们才能把你照顾得更好。"

"爸爸没办法再自己一个人照顾你。"

"你们会来看我吗？"弗雷迪说，"你们不会把我一个人丢在那里吧？"

"哦，不会的，绝对不会。我每天都会去看你，芙兰卡只要有时间回来，也会去看你。"

"一切还是和以前一样。"芙兰卡说，"我们还是像以前一样爱你。我们还是会在一起。再过不久，我们就可以再住在一起，永远在一起。"

事后，芙兰卡无数次想起自己所讲的这些话。弗雷迪接受了，不管她说什么，弗雷迪都会接受，面带微笑、敞开胸怀接受。但是时间与环境的紧迫，让她不得不骗他。她一点都不想说谎，特别是不想对他说谎。一个星期之后，弗雷迪住进疗养院。他们把他交给护士，转身离去。芙兰卡在九月三日搬到慕尼黑，也就是英国与法国对德国宣战的那一天。在慕尼黑火车站下车时，她父亲的预言成真了，古代北欧战士的怒火再一次在欧洲大陆燃起熊熊烈焰。

第七章
玫瑰凋零

　　疼痛从飓风等级降为强风。早晨他睁开眼睛，第一感觉也还是痛。他伸手拿起阿司匹林药瓶，倒出两颗白色的小药丸放到嘴里，然后灌进一口水。水好凉，温度低到让他诧异，这么冷的水面怎么没结一层冰。他仔细端详药瓶。这会是纳粹强迫招供用的某种"吐实药"吗？无所谓啦，听命于她，是他眼前唯一的选择。他需要她，没有别的办法。

　　雪花落在玻璃窗上，镶出一张宛如冰雪织成的蛛网。门是开着的，但客厅里没有任何声音。他本想要大声喊叫，问她怎么了，或要她生火，但他并没这么做。他把毯子拉到脸上，只露出一双眼睛。回想她昨夜讲的故事，他仿佛还看得见她那忧伤的眼神。如果她是盖世太保，那肯定是个出色的演员。他伸手揉揉眼睛，赶走睡意。他马上就得决定，是不是要告诉她真相。他的两条腿让他无法行动，只要道路上的积雪还没清干净，他就只能被困在这里，说不定得耗上几个星期。他躺在床上还能做什么？原本的目标远在好几英里之外。他什么也做不了，最后八成会被刑讯逼供至死。

他躺回枕头上，感觉冰凉凉的，是手枪的金属部分。她救了他一命。撇开别的不说，这一点至少是事实。杀了她，等于是谋杀。但战时的谋杀算什么呢？他杀过其他人，亲眼见过当那些人知道自己吸进的是最后一口气时眼睛里的惊恐。转头不看自己所做的事并不难，忘记自己终结了那些人的生命，用战争的迷雾来掩盖他所做的事，一点儿都不难。尽管如此，他还是常常想起那些人。大部分的日子都会想起。他们是敌人，他们也可能会杀了他。他们之所以没杀了他，唯一的理由是他动作比他们快，身体比他们强壮，技能也比他们优秀。他还记得有一次他手枪卡住了，只好用刀子插进对手的胸口，掌心感觉到那鲜血的温热。他还记得拔出刀子时听见的声音。他知道他一辈子都甩不开当时那种惊恐的感觉。现在摆脱不了，以后也永远摆脱不了。

客厅的声响让他回到现实。壁炉里放进了柴薪，噼噼啪啪直响，因为没完全干燥的木柴很难点燃。如果她说的是实话呢？但是，恰好被一个不信奉纳粹教条的人救起，这概率有多大？

他所受的训练是一视同仁，对纳粹必须赶尽杀绝。他的任务至高无上，任何阻碍他的人或事，都必须消灭。没有什么比他的任务更重要，包括他自己，当然也包括芙兰卡·戈尔伯。他想起她的脸庞和那双真诚的漂亮眼睛。他不能让她的美丽影响他，他必须保持坚定。他听见脚步声朝他的房间走来。

"早安，"芙兰卡说，"今天觉得怎么样？"

"好多了，谢谢你。"

前一夜透露那么多事情，似乎让她有点难为情。

"你想吃早餐吗？"

"好啊，麻烦你。"

芙兰卡走出去，他听见她在厨房忙了几分钟，端了肉、奶酪以及一杯热咖啡回来。她没有留下来看着他吃，而是等他吃完再回来收走盘子。他有点希望她能再次坐下来，把还没说完的故事讲完。弗雷迪现在怎么样了？她真的有这样一个弟弟吗？他越来越难相信这只是为了赢取他的信任而编造出来的故事。她一句话也没说就离开了房间。

几秒钟之后，他又听见她的脚步声。她快步走进他的房间，手里拿着工具箱。她看也没看他一眼，就走过床边，坐在地板的大洞旁边。他看见她拿出一把榔头，开始撬开口旁边的另一块木条。

"你在做什么，小姐？"

"我看起来像在做什么？在撬地板啊。"

她没看他一眼，只是继续动手干活儿。他等她拉起木条，才再次开口。他躺在床上看她打理所有的工作，感觉自己很没用。

"你为什么撬地板？"

她站起来，大吐一口气，伸了伸腰。她再次跪下来，看着自己挖出来的洞，似乎是在衡量宽度。这洞大约三英尺宽，六英尺长。芙兰卡站起来，走出房间，依旧看也没看他一眼。几分钟之后，她腋下夹着几条毯子回来，跪在洞旁，摊开毯子，铺在地板下方的空间里。她再次起身，仿佛要说什么，但还是没说，只是走向夹在床和墙壁之间的狭小墙角。他的背包和制服都在这里。她把制服叠好，摆进洞里。

"小姐，我是真心想知道，你究竟在做什么。那是我的制服啊。"

"是吗？"她把背包压在制服上，拿起摆在墙边的地板木条，重新放回地板的开口上。

"戈尔伯小姐？"

她继续把另外两条木板摆回洞上，然后站起来，用力踩了踩，让木条可以平贴在地板上。她用手摸摸地板表面，确定没有凸起来，然后又退开来，手托着下巴，看着自己工作的成果。木条尾端的刮痕会惹人怀疑。她走出房间，他听见她在柜子里翻找了几分钟，才又拿着一罐木板亮光漆回来。老木屋的地板保养得很好，地板上的亮光漆光滑平整，大约是五年前才漆过的吧。芙兰卡跪下来，蘸了一点亮光漆，涂在木条尾端，抹去上面的刮痕。仅仅两分钟，就完全看不出来地板有被撬过的痕迹了。

"这是为了预防盖世太保来查访。要是他们在这里找到你，我们两个就都死定了。我否认也没有用，就算你说和我没关系，他们也不会饶我一命的。现在积雪还这么深，他们不会来，但等雪融化了，他们就会开始搜寻你的下落。一定有人看见你跳伞，或听见你搭的那架飞机的声音。你这出荒唐的戏演得越久，我们两个的性命就越危险。要是你还不肯信任我，那我们两个就都死定了。"

她走出房间。

他独自躺在床上，度过了一整个阴郁的下午。窗户射进来的光线很微弱，门也关着。他不时听见外面的动静，但没看见她。没有答案，只有更多的问题。困在这张床上，他什么也没办法做。如今他的双腿不再痛得难以忍受，但恐怕还要过好几个星期才能走路。他可以信任这个女人吗？纳粹让众多德国人不假思索就服从的信念，她真的拒绝接受吗？又或者像她这样的人，其实比他想象中来得多？要是他真的相信了她，她又打算怎么做？他内心的压力越来越大。独自在床上多躺一天，他就离失败更近一天，这是他无法接受的。他咒骂自己的腿，咒骂纳粹，想着法儿入睡。他想要躲进睡梦里，逃脱任务可能失败的痛苦念头。他用力咬着拳头，咬到几乎要流血，却怎么也睡不着。他无处可逃。

咕咕钟响了，七点钟。才过了几秒，门就开了。他坐起来，她把一个托盘摆在他膝上。他没碰晚餐，虽然他饿得要命。

"小姐？芙兰卡？"

窗外寒风呼啸。

"你有家人的照片吗？弗雷迪的照片？"

"有啊。有几张。"

"我可以看看吗？我在起居室没看见。"

"以前起居室里是有的。但在带你回来的几天之前，我全收起来了。"

"还在吗？"

"还在。"

她走出房门，一分钟之后回来，手里拿了两张边角都卷起来的照片。她双手捧着，交给他，仿佛捧着在外面找到的受伤的小鸟似的。他用两根手指夹住照片。第一张是他们一家四口站在门阶上的合照，他想那应该是她的家。芙兰卡比现在年轻，大概十六岁吧，留着一头金色鬈发，身穿白色洋装，手挽着父亲。她父亲身材矮壮，长相英俊，褐色胡子，笑眯眯的眼睛。她妈妈一头金发披散在肩上，笑得很灿烂，尽管是在褪色的老照片里，还是能看得出来她的眼神闪着亮光。她手揽着弗雷迪，弗雷迪贴在她身上。弗雷迪差不多八岁，看起来很虚弱，露在T恤和短裤外面的手臂和腿都骨瘦如柴。但他仰头用甜蜜的眼神看着妈妈。男人翻看照片背面，上面写着日期——一九三三年六月。芙兰卡又递给他另一张照片，是一九三五年温暖的夏日，在小木屋外面拍的，但照片上只有三个人。弗雷迪坐在父亲腿上，还是露出微笑，但似乎只是为了照相才笑。托马斯看着儿子，一脸疼爱的表情。芙兰卡坐在父亲旁边，表情严肃，很不像她这个年纪的女孩。他把照片交还给她。

　　"谢谢你给我看照片。"

　　她点点头，带着照片走出房间。等她再回来时，他已经快吃完她送来的肉和蔬菜了。她拎进来一把椅子，坐在床边，等他吃完。

　　"谢谢你昨天晚上告诉我那些事情。"他吃完之后说。他喝了口水，等待她的回答。

　　"我很长一段时间没提起我的家人了，因为很怕揭开这还没完全愈合的伤口。"

克制一下吧，别逼她，等时候到了，她自然会告诉你。他把空盘子放在她端来的托盘上，点点头。她端起托盘，一句话也没说就走了。

几个钟头之后，他坐在床上听着屋外寒风呼啸，吹得窗子咔啦作响。外面已经漆黑一片。她走进来点亮床边的油灯，在他床边坐下。他沉默着，等她主动开口。

"我想把没说完的故事说给你听。我心里一直纠结，不知道该怎么说，或该说什么，也不知道你的身份究竟是不是我想的那样。但后来想想，不管怎么做，我其实都没有损失。如果我误认了你的身份，把真相告诉你，我这条小命就没了，但那又如何。我不想瞒你，再也不想了。我什么都不在乎。你可以杀了我。你们这方杀了我爸爸，而另一方则杀了我所爱的每一个人。"

忘了自己为何身在此地一点都不难。他最好是静静地听她揭开真相，如果她已经下定决心要这么做的话。他有足够的食粮可以撑上一周，要是她离开，他也可以靠自己活下去。他没有义务帮这个德国女人摆脱她过往的梦魇，现在不是感情用事的时候。

他躺回床上，听她开始说。窗外的风平息了，夜色如墨。桌上的油灯让屋子沐浴在金色的光线里。她茫然盯着前方，仿佛往昔就在她周围，只要一伸手就能摸得到。

柏林是德国首都，也是希特勒住的地方，但他从来就不喜欢这个城市，慕尼黑才是希特勒心之所系的地方。他经常提起他对慕尼黑无尽的爱。他刚到这里时身无分文，靠着在街头画风景明信片为生。一九二三年，纳粹党在慕尼黑的市民啤酒馆发动革命，虽未成功，但当时殉难的人如今都安息在装修华丽的墓室里，由身穿黑色制服、表情冷酷的党卫军严加守护[1]。他的追随者与日俱增，来到慕尼黑仅仅几年之后，他已赢得"慕尼黑之王"的称号。这是希特勒终生难忘的事。慕尼黑永远属于他。

　　一九四一年的慕尼黑因为纳粹党的掌权而光彩暗淡，魅力大减。这里无所不在的纳粹旗帜甚至比弗赖堡还多。和德国各地一样，纳粹恶棍掌控全城，钳制自由。但是纳粹无法全盘抹杀这个灿烂城市的美好与生命力。芙兰卡经常去欣赏艺术作品，或参加音乐会，以此来寻找心灵的寄托。音乐是她最大的解脱之道，而音乐本身就是一种抗议。音乐给了她一方安顿之所，是纳粹所无法触及、无法影响的。她以这种精微的抗议方式寻找心灵的平静。对艺术的热爱，其实就是一种不宣而战的反纳粹行为。希特勒鄙视知识分子和对美学的追求。表现出对这些事物的爱好会被当成懦弱的象征，缺乏纳粹所需要的刚强悍勇。音乐厅宛如庇护所，当音乐如珍馐美馔般悠扬上场时，芙兰卡会感觉到自己和在场所有的人合而为一。

　　她工作的医院既快乐又可怕，既骇人又美好。病床上住满从前线

---

1 纳粹党于一九二三年十一月八日在慕尼黑的市民啤酒馆发动政变，希望推翻魏玛共和国，史称"啤酒馆政变"，但未成功，造成十六位支持者身亡，希特勒与部分纳粹党人被捕。三天后，希特勒被判"叛国罪"入狱。他在狱中完成自传《我的奋斗》，行动虽失败，却大幅提高了他的知名度与党内地位。纳粹党执政后，在慕尼黑修筑华美墓室，安葬当年因参与政变身亡的纳粹党员。

归来的军人，他们的伤口让她瞥见了在战前从未想见的恐怖炼狱。她四周尽是肢体残废的年轻男孩，他们的未来已被枪弹炸药摧毁殆尽。他们或是没了眼睛与双腿，或是面容烧毁如炭渣，生命之血一滴滴流失在大理石地板上。多么浪费啊。她坐在这些男孩身边，他们唯一的希望就是她能握着他们的手，露出微笑。他们给她看妻子或女友的照片。她们总是捧着花，泪眼汪汪地来探病。走过一张张病床，陪在他们身边，这带给她很大的快乐，那是她以为自己再也不可能拥有的快乐。这些军人在她心中点燃了一盏亮光。有时候他们会谈起伟大的德意志，说他们最大的希望就是看见最终胜利的到来。尽管牙断了，嘴唇伤了，他们还是骄傲地谈起战场上的英勇荣光。面对这个摧毁他们光明未来的政权，他们的忠贞未曾有丝毫动摇。没有几个人明白他们是在谎言中浪费了生命。更少有人醒悟，未来的历史将会如何诋毁他们。直到最后，他们仍然由衷地相信自己做的事是正确的。她不忍心戳破他们的想法。那样做太残酷了。

汉斯·索尔身穿德意志国防军的灰色制服，但散发着当时很罕见的活力。他比她小一岁，一头暗金色头发，喜爱电影，也有一张足以与明星媲美的英俊脸孔。只要见他经过，其他护士都会互相碰肘，抬头注目。他是还在大学念书的医科学生，碰到人并不用行纳粹式敬礼，而是握手。他第一次见到芙兰卡，三十秒之后就开口邀她出去。第二天晚上，他们一起去参加音乐会。当贝多芬第五交响曲磅礴响起时，他拉起她的手。她知道他与众不同。她知道他喜欢她。那天晚上月光照亮城市。音乐会结束之后，他俩坐在公园里，迎着暖暖的夏日和风，啜饮红酒。他们几乎忘了其他的一切。汉斯惹得她大笑，让她觉得一切都非常美好。他的眼睛在银色月光里闪闪发亮。他们忘了专制政权和恐怖暴行。往昔的痛苦都消散了，她知道新的一幕揭开了。

他老家在乌尔姆。那是距慕尼黑一百英里的一座小城，芙兰卡记得自己小时候去过一次。他常提起他的家人。他父亲曾从政，也经营过企业，但因为激烈批评纳粹被盖世太保以煽惑言论的罪名逮捕。他也常谈到自己的手足，特别是妹妹苏菲，她比他晚一年到慕尼黑来念大学。他曾经加入希特勒青年团，也应该是革命运动里的一颗闪亮新星。但他不戴纳粹胸章，避而不谈政府，有人提起就赶忙改变话题。他聊的是曾在波兰前线作战的军队战友转述的故事。他谈起公民自由的热情激昂，让芙兰卡毫不怀疑他所拥戴的是什么。和他在一起，她非常自由自在。她可以和他讨论艺术和政治，而且他也赞同她的看法，认为纳粹政权的阴谋最终会导致德国的败亡。他们的交往公开之后，有些护士不肯再和她说话了。

一九四一年夏末，汉斯邀她去参加朋友的聚会。他说这场聚会表面上是讨论哲学，实际上是宣泄大家对政治的不满。聚会并不是在酒馆举行，而是在某人家里的书房。一杯杯咖啡和啤酒摆在堆满书籍和文件的桌子上。汉斯介绍她认识了他的朋友威利和克里斯托弗，大家一起围坐在桌子旁边。除了屋子的主人之外，出席的都是学生，都比她年轻。屋子的主人是施默瑞博士，他的儿子亚历斯坐在他的旁边。在简短的介绍之后，汉斯开始发言。

"我们都听过前线传来的故事。我和芙兰卡每天都在医院目睹因为这场不知为何而来的战争而受害的德国人。"大家都把目光转到芙兰卡身上，然后又转回去看汉斯，"昨天才有一位我很信任的朋友告诉我，说他亲眼看到波兰人和苏联人被赶进东部战线的集中营，不是被处死，就是被当成奴工，做苦工做到死。"

"女性则被集中起来，"威利说，"送到妓院，强迫她们为党卫军的新主子服务。这已经不是压迫人民而已，而是大规模的强暴与谋杀。这是人类历史上前所未闻的恐怖行为，而且是以我们德国人的名义所做的暴行。"

克里斯托弗站起来。"这个政权对待自己的国民已经够恶劣的了，对占领区的人民还要更加恶劣。问题是，我们采取行动了吗？我们可以袖手旁观，眼睁睁看着这一切发生吗？我们坐在这里谈论我们的理想，要是被外面的人知道了，我们就全都要被抓去关起来。"他转头看芙兰卡。芙兰卡马上感觉到所有的目光都投注在她身上。他接着说："芙兰卡，汉斯告诉过我们，纳粹对你弟弟做了什么。他们的行为让你承受了极大的痛苦。"

所有的人都等着她开口，但话语卡在她喉咙说不出口。对于弗雷迪的遭遇，她只约略对汉斯提及，并没有真正说出事件背后的深层伤痛。而此刻，她也还没准备好要和这群陌生人分享心声，尽管他们和她有共同的想法。

"我还没准备好要谈这件事，但我要说的是，纳粹已经摧毁或试图摧毁我们这个伟大国家善良、真实的一切。你说我们应该采取行动吗？我的回答是当然应该。这是我们的道德义务。"

"但是我们能做什么？"威利说，"身为忠诚的德国人，我们如果有采取行动的道德义务，那我们该做什么呢？军方的势力远远凌驾于我们之上。我们不是刺客，也不是煽动暴乱的人。我们和纳粹不一样，我们不是军事独裁者，也不是恶棍。"

"我们要善加利用我们的力量。"汉斯说，"我们要在报纸上传播理念，把我们所知道的真相广为宣传。纳粹急着想展现自己的威力，说他们的帝国可以千秋永续，但他们怕的是人民，他们用恐怖手段钳制任何有反对言论的人民。因为他们害怕真相。如果我们能在群众之间传播真相，告诉他们，纳粹是如何以他们的名义遂行恐怖行动的，那么我们必将赢得胜利。留在城市里的犹太人身上都佩戴着金色星星，但其他犹太人哪里去了？如今我们已经知道。我们知道，但大部分的人还不知道，或假装不知道。我们如果可以让德国人民面对真相，就有机会带来真正且持久的改变。我们必须成为德国的良心。我们必须替犹太人、替同性恋者、替教士，以及其他被视为国家公敌而下落不明的人发声。我们必须让我们的同胞和全世界的人知道，也有痛恨纳粹所作所为的德国人，也有希望终结纳粹暴行的德国人。"这样的政治讨论进行了好几个小时，直到大家都筋疲力尽。芙兰卡回到家中，但她在会上所听到的论点依然在耳边回荡，持续了好多天，盖过了原本主宰她每日生活的纳粹宣传言论。

一步步将言论转化为行动需要时间。在纳粹国家，任务所需的必备品，例如打字机、纸张和复印机，都很难在不引起他人怀疑的情况下取得。汉斯找到一个可以安置这些装备的地方，然后他们开始拟订大纲，准备印传单。他们先提出一些基本的论点，然后在定期举行的会议上一再修订改进。

他们自称"白玫瑰"，第一批传单预定在几个月后，也就是一九四二年的夏天开始寄发。白玫瑰对于成员的加入与会议的举行都没有设定规则或限制。他们没有会员名单，加入的时候也不必保证守密，或手按在《圣经》上发誓。大家都知道汉斯是这个组织的领袖，因此行动的方向也都由他决定。新成员能否加入，通常由现有的成员审查，但他们大多是凭感觉决定。万一有盖世太保的奸细混进来，他们就会全体被逮捕下狱，甚至惨遭处决。纳粹国家的桎梏重重套在他们身上，但他们还是开心欢笑，因为他们正当青春。

白玫瑰的行动并不以大学为目标，虽然他们大多还在大学就读。他们这个团体宛如汪洋中的小岛，独立于效忠纳粹的活动之外。他们拒绝参加大学的活动，因为那些活动都是由纳粹党赞助或批准的。

★ ★ ★

空闲的时间，芙兰卡都和汉斯在一起。他们在一起，并非全然为了白玫瑰的活动，更多地是为了他们自己的生活和爱情。尽管德国逐步陷入水深火热的境地，青春与恋爱依旧有存在的时间与空间。

一九四二年四月，就在第一批传单寄出前不久，芙兰卡和汉斯手牵手漫步河边。成双成对的人从他们身边经过。有些是少男少女，有些是儿女跑在前面的已婚夫妇，每个人看起来都与芙兰卡和汉斯没有什么不同。他们看见一对老夫妇坐在长椅上欣赏夕阳，布满皱纹的脸上露出心满意足的表情。

"你觉得，我们五十年后也会坐在这里吗？"这句话背后藏着深意，但她用半开玩笑的方式说着。

"当然会，"他回答说，"我想象不出来我还会和谁坐在一起。"她还来不及回答，他就又说，"我有点嫉妒其他的情侣，他们仿佛看不见周围的邪恶恐怖。如果能让自己这样视而不见，我想也是一种幸福。"

"你绝对不会视而不见的，汉斯，你不是这种人。我之所以这么爱你，也正因为你不是这样的人。"

"这只是原因之一吧，主要是因为我长得帅，对吧？"

"我才不会这样想呢，这样太肤浅了。"

"你不必假装，我早就知道了。"

"我们单独在一起的时候，你好像变了一个人似的。"她说，"更轻松，更开心。"

"你看见的才是真正的我，芙兰卡。我真心希望自己永远是这样的人。"他四下张望，确定没有人听见他说的话，才继续说，"等纳粹政权永远消失，我就会一辈子都像你现在所看见的这样。这是我所希望的，过着平静简单的生活，做我自己，和你在一起。"

她相信他。她相信他所说的每一个字。

★ ★ ★

传单上大约有八百个字。芙兰卡仔细研读每个字，就像饥饿的人吃干抹净盘子里的食物一样。芙兰卡的目光停驻在第三句："当我们揭去脸上的面纱，让阳光照见人类史上前所未见的恐怖罪行时，谁能想象我们与我们的子孙将承受何等羞辱？"公开信呼吁所有承继德国基督教传统的人"积极地起身反抗——无论你身在何地，都起而反抗，在为时未晚之前，让这部高举无神论的战争机器难以为继"。传单的结尾是一首歌咏自由的诗，以及请众人广为传阅、尽可能复制散发的请求。传单最上方的标题是"白玫瑰传单"。

芙兰卡要负责寄送一千份传单。她搭火车回弗赖堡，行李箱里装着这些煽动文宣材料。光是携带这些传单就足以让她被处死。以往回家的路上，她通常很开心，但这一次心中只有紧张。还好旅程一路顺畅无碍。一回到弗赖堡，她就按照她所带回来的地址名单寄送传单。从慕尼黑寄送其实也可以，但是邮件从弗赖堡、柏林、汉堡、科隆和维也纳寄出，当局就很难锁定白玫瑰的根据地是在哪里。几天之后，芙兰卡得意地回到慕尼黑。没有人被捕。于是他们印制了另一批传单，接着又印了两批。他们遵循同样的模式，也采取同样的防范措施。数以万计的白玫瑰传单被寄送到全德各地。当局一开始并未认识到这些宣传的影响力，但没过多久，大学校园内外就开始有人窃窃私语，谈起白玫瑰传单上的文章。白玫瑰成员所期待的讨论终于展开了。打字机印制的传单四处流传，所到之处都留下激动与不安的情绪。传单内容让读到的人大为震惊。有些人觉得厌恶，有些人惊讶不已或感到难以置信。影响力像涟漪一般，从慕尼黑逐渐扩展到全国。很多人向盖世太保举报——毕竟，碰到这样的事情，最好马上举报，没必要把检举煽动文宣的功劳拱手让人。盖世太保开始搜查制作这些传单的人，但白玫瑰的成员依旧安然无恙。汉斯坚定地认为，他们的任务才刚刚开始。

芙兰卡第一次见到汉斯的妹妹苏菲，是一九四二年五月，苏菲到大学注册之后。苏菲到慕尼黑念大学，和哥哥住在一起。起初有点尴尬，因为芙兰卡和汉斯已经习惯了卿卿我我的二人世界，有苏菲在，难免偶尔觉得受到干扰。但是，苏菲个性虽然有点严肃，却很贴心，也很讨人喜欢。汉斯从未提起加入白玫瑰的事情，因为他觉得最好别让妹妹知道他加入非法活动。但没过多久，她就意外发现了藏在公寓里的传单。她要求哥哥让自己加入。芙兰卡帮她说服了汉斯，因为她很佩服苏菲的勇气，以及苏菲愿意为自己所认同的事情挺身而出的坚定信念。苏菲的所作所为很有感染力。

想拒绝苏菲的要求是没有用的，汉斯抗拒了几天之后就屈服了。不到几个星期，苏菲在组织里就成为可以和汉斯平起平坐的领导人物。夏季即将结束时，汉斯、亚历斯和威利被派往苏联前线，组织运作就由苏菲统筹。

芙兰卡继续在医院工作，除了最亲近的知心好友之外，没有人知道她秘密从事着背叛纳粹的工作。疑虑与怀疑影响了她与同事和朋友之间的关系。他们所说的每一句话、所做的每一个动作，她都会思索再三。没有人值得相信。处在孤立状态下的芙兰卡，因为汉斯不在身边而感到更加空虚。她写给他的信通常都用上许多暗号，也不轻易流露情感。她在信里把白玫瑰的行动称为"建筑工程"，有很多相关的事情要告诉他。白玫瑰新传单的撰写、印制暂时搁置，要等他们回来再说，但其他工作还是暗中进行。他们在汉堡成立分部，协助寄送传单。但在信的结尾部分，她会留下一段，只写她自己的心声，只写和他俩有关的事情。无论如何，她都希望他知道，她每一分每一秒都思念他，每天都数着日子等待他归来。她知道写给前线战士的信有哪些部分纳粹是不会审查的。

她父亲那年夏天没到小木屋去。对他来说，那里已经变成难以忍受的伤心之地。他到慕尼黑过圣诞节。他形容憔悴，宛如一个被纳粹党击垮的苍白幽魂。他被工厂降级，原本的工作由一个年纪只有他一半大的纳粹党员所取代。他考虑提早退休。父女在火车站月台相见。他没刮胡子，皮肤松垮，身上有威士忌的酒味。他们一起去吃晚饭，但没敢多谈，因为怕有人会举报他们。他们在城里散了很久的步，经过如今越来越常见的被空袭炸毁的建筑，到处都是兴建中的防空避难所。他们谈起往日，谈起在小木屋度过的黄金岁月，以及她的母亲。他们的谈话仅止于此，连弗雷迪的名字都没提起，因为太痛苦了。他们失去的如此之多，伤痛如此之深，已经无法言说。

一月的那个周日深夜，她送父亲上火车。当拥抱他的时候，她的泪又流了下来。

"你会好好的吧？"她放开他的时候问。

"当然。"他说，但他的眼睛却泄露了实情。

"你要不要考虑搬到这里来？"

"不了，谢谢你。我要留在弗赖堡。我的工作在那里，你妈妈和弟弟也在那里。我几乎每一天都去墓园看她。我只希望我也能到什么地方去看弗雷迪。那些禽兽究竟怎么处理他的遗体，我们永远不会知道。"

她的父亲在月台崩溃了，泪如雨下。她说要回弗赖堡陪他住一阵子，并再次问他要不要留下来，但他拒绝了。他们坐在长凳上搂着彼此等待火车，直到火车进站，她挥手道别。

汉斯从苏联前线回来之后，更坚决地要广泛传播白玫瑰的理念。在前线当医务兵的时候，他亲眼见到许多人性沦丧的德国官兵，骑士风范与悲悯之心荡然无存。原本严格遵守荣誉守则的职业军官，如今也像党卫军和德意志国防军一样，屈服于纳粹的种族教条之下。执政当局宣称东部战线自我防卫式的十字军战争，为的是对抗共产党的威胁，但是汉斯告诉她，战争的目的，其实是扩大生活空间，履行希特勒对德国人民的承诺。而战争真正的敌人，其实是犹太人。汉斯数十次听到目睹大屠杀的军人谈过，他们看见成千上万的犹太平民排成一排，围站在万人坑旁，而那个坑就是他们的葬身之地。前线的所见所闻改变了他整个人。他回来的第一个晚上躺在床上不停地发抖，最后芙兰卡不得不抱住他，好让他能平静一些。

报纸上充斥着德国官兵在东部阵线打败共产党人的英勇故事；漫画用讽刺的手法把苏联人描绘成禽兽，说他们是没有教养的次人类，不配活在世上；苏联人的地位仅仅高于犹太人，因为犹太人是天底下最野蛮、最低等的人种；雄壮威武的雅利安士兵轻而易举就能击溃苏联人。然而，希特勒所向无敌的形象在斯大林格勒战役之后完全逆转了。白玫瑰成员密切关注情势发展。希特勒不肯下令让自己的部队撤退，要他们丧生在离家上千英里、冰天雪地的陌生城市。德国陆军第六军团全军覆没。官方报告将殉职的数十万名官兵推崇为国民英雄，说他们的牺牲将带领德意志迎来更大的胜利。但白玫瑰成员知道事实并非如此。他们知道纳粹已不见得必然获胜，这是自开战以来，德国人第一次亲眼看见自己的军队大败。希特勒第一次尝到打败仗的苦头，而白玫瑰当然不会放过这个大好机会。

报纸上不时出现政府压制异议分子的消息，无论多么微不足道的批评都会引来当局的镇压。有个男人说希特勒真该死，竟然让这么多德国军人白白送死，结果这个人被处死。有个餐厅服务生拿元首开玩笑，被盖世太保斩首。有个生意人大胆说德国战况不妙，也被处死了。在柏林，五十个人因为给苏联传送机密信息被处决，这就是有名

127

的"赤色交响曲"事件[1]。涉案的这批人并未按纳粹的标准行刑方式被送上断头台，而是吊在肉钩上，让他们饱受痛苦折磨而死。而被法院判处无期徒刑的女子，则由希特勒亲自下令送上断头台斩首。

芙兰卡认识的几个人因为说话不小心，或在信里写了不该写的事，被盖世太保逮捕。尽管战事已进入垂死挣扎的阶段，但纳粹对德国的管控却越来越严格。白玫瑰设法躲开了盖世太保的魔掌，却还是感觉到沉重的压力正在迫近。不管做什么事，芙兰卡都很担心被逮捕。他们每一个人都很害怕，但这恐惧的情绪却只让他们的心意更加坚定。没有人提收手的事，因为退缩就等于屈服。

他们撰写印制了更多传单，芙兰卡再次出发执行任务。她搭火车到科隆，准备寄发最新的一批传单。在火车的洗手间里，她研读着传单内容。

"我们不会再沉默！"传单上说，"我们是你们的良心，绝不容你们安于现状！"

成千上万份传单被寄往德国各地。

她一想到自己可能被捕就心惊胆战，以前所感觉到的兴奋早已不复存在。失败是迟早的事，问题只在于先投降的会是白玫瑰还是纳粹政权。战情对纳粹非常不利，斯大林格勒战役和之后的几场败仗就是

---

1 "赤色交响曲"事件（Red Orchestra）。德国空军军官海因茨·哈罗·舒尔茨-博伊森(Heinz Harro Shulze-Boysen，1909—1942)与反纳粹的友人组成秘密团体，利用无线电给苏联传送德国军事机密，盖世太保无法查出他们的身份，便将该组织称为"赤色交响曲"。后德国军方破解无线电密码，该组织成员遭逮捕处死。一九七一年，柏林以博伊森的名字为一条街命名，并表彰同时被处死的其他成员。

明显的例证，但盖世太保的暴行一如既往，令人闻而生畏。几个星期以来，她一直酝酿着要退出组织的念头，这念头已经在她心里扎根抽芽。她在火车上决定，回到慕尼黑之后要休息一下，离开一阵子，同时也要说服汉斯和苏菲这样做。他们越来越大胆的作为会带他们走向死亡之路，除此之外别无他途。说服他们是最困难的部分。汉斯和其他几个人在慕尼黑大学展开所谓的"涂鸦行动"，在这所古老大学的墙面与道路上，用沥青涂写反希特勒标语。他们的做法太过火了。

一九四三年二月的某个夜里，盟军轰炸机停止了无情的空袭。芙兰卡偷偷溜过暗黑的街头，来到他们印制反动传单的工作室。她轻声敲门，威利来开门，亲吻她的脸颊迎接她。苏菲坐在角落的书桌前，正在写字。汉斯卷起袖子正在操作复印机器，忙得满脸通红、额头冒汗。

"我可以和你谈一下吗，汉斯？"

他点了点头，招手叫亚历斯来接手。芙兰卡领头走进后面的房间，坐了下来。

"我希望你们不要再继续了。"她说。

"你在说什么？"

"盖世太保已经逼近我们了，你知道。他们在学校里到处盘问。他们知道我们的基地在这里，迟早会找到我们的。趁我们大家都还活着的时候，也许应该停手了。要是我们死了，还怎么反抗呢？"

他端起装咖啡的马克杯，手在发抖。"我们好不容易博得了全国人民的注意，怎么能在这个时候停手？盖世太保也许逼近我们了，但这只是提高了风险而已。我们必须趁有舞台的时候，好好利用。我们拥有的机会是别人所没有的。我们不能白白浪费，那样只会让纳粹如愿以偿。"

"你所做的已经得到大家的赞赏了。"

"是我们大家所做的。我们都尽到了自己的责任，包括你在内，芙兰卡。"

"谢谢你。能在这个任务上尽一份力，虽然是很小的心力，我也觉得非常荣幸。但是，要是你死了或被关进牢里，我们还能取得什么成就呢？"

"你以为我不知道这样做的风险吗？连小孩都知道，只要说出反政府的话就会没命。但是，不正是因为这样，我们的工作才更有必要吗？我们的所作所为才更加重要吗？在这个比其他地方更需要自由的国家里，只有我们敢传播自由的理念。我们是在给心灵饥饿的群众送上面包啊。要是我们消失了，追求更好国度的梦想还怎么实现？"

"你真的认为靠几张传单，就能扳倒欧洲最强大的政权吗？"

"我们所做的一切，你觉得有意义吗？"

"当然有意义，我……"

"我不认为我们可以靠一己之力改变一切。只有全德国的人民都起而支持我们反抗纳粹，我们才可能改变现状。所以我们才必须这样做。这是我们一直努力的目标——传播自由的理念，在人民心中种下真理的种子。"

"我希望你好好活着，汉斯。我爱你。"

"我也爱你，芙兰卡，但使命比个人安危更重要。我们究竟有没有能力去挑战德国，甚至是全世界有史以来最邪恶的政权，我和你的看法或许不同。"

"你就不能暂停一段时间吗？"

"现在不行。也许盖世太保就要找上门来了，也许我不久之后就会死，但如果我们不能掌握眼前的大好机会，未来的历史肯定会批判我。况且，我怎么能让我妹妹独自去做这件事呢？你也看见她了，她甚至比我更有热情。对我、对白玫瑰来说，现在都只能勇往直前。"

"不管我怎么说，好像都无法改变你的心意。"

他布满血丝的眼睛一动也不动。

"那请答应我，你一定要小心。"

他站起来拥抱她。她紧紧抱着他，最后一次吻他。他送她到门口，其他人对她说晚安。他看着她走出去，然后关上大门。

汉斯和苏菲于一九四三年二月十八日在慕尼黑大学被捕。学校里有个兼任纳粹冲锋队队员的工友，看见他们两个站在阳台上像撒五彩花纸那样撒下传单。他奉盖世太保之命暗中监视校园里的可疑行动，任何稍不寻常的动静都要报告。看见两名学生在阳台上撒反动传单，想必是他这辈子最幸运的日子。他亲手逮捕了他们。想到即将升职并获得酬金奖赏，他就兴奋得不得了。汉斯和苏菲从学校被送到盖世太保位于慕尼黑市中心的巴伐利亚国王宫——维特尔斯巴赫王宫的总部。他们被指控的罪名包括叛国、暴力推翻政府、破坏纳粹党，以及在战时背叛德意志军队。几小时之后，克里斯托弗被捕。盖世太保在他们的公寓里搜出了所有的证据，所谓的司法审判，只不过是做做样子而已。

汉斯和苏菲被捕的消息传遍学校。那天晚上芙兰卡上班的时候，威利跑来告诉她。她哭了一整夜。盖世太保绝对不会手下留情，而且迟早会找上其他人。隔天报纸刊登了逮捕叛乱学生的新闻，还说正义很快就会降临，而事实也确是如此。恶名昭彰的人民法院院长罗兰·弗莱斯勒[1]从柏林来到慕尼黑。向来只审理叛国与颠覆案件的他，在四天后，也就是二月二十二日，主持开庭。芙兰卡和许多民众一起排队进法院观审，心中暗暗祈求法官大发慈悲。庭审仅仅几小时就结束了。汉斯、苏菲和克里斯托弗被定罪，判处死刑，从法庭直接送进监狱，然后上了断头台。克里斯托弗的妻子当时正生病住院，几天之后才得知丈夫被处死的消息。汉斯和苏菲的父母亲出席庭审，在判决宣布之后回到乌尔姆，准备在几天之后再到慕尼黑探视儿女。没有人告诉他们，这对兄妹已经在宣判当天被处死。

几个星期之后，盖世太保到芙兰卡的公寓逮捕她。她和其他成员一起在四月接受审判。纳粹已经不像当初逮捕第一批反动学生时那般惊慌，盖世太保审问的态度比她预期的来得温和。审问才开始几分钟，她就明白了，他们认为她太温柔、太漂亮、太不像白玫瑰这种反动组织的成员。审问她的人好像已经做出判断，她要做的就只是配合

---

1 罗兰·弗莱斯勒（Roland Freisler, 1893—1945），德国法官，曾任纳粹时期的人民法院院长。人民法院为宪法之外的组织，主要负责审理反纳粹的政治案件。在弗莱斯勒主持下，百分之九十的案件都判处死刑。一九四五年他在审理案件时，死于盟军的轰炸之中。

他们。他们知道汉斯和苏菲是叛乱行动的幕后主谋，威利、克里斯托弗和亚历斯也是重要角色。审问者只希望芙兰卡能附和他们早就编排好的说法，扮演叛乱组织领导人无辜的女友，本质上是个被异议分子误导的雅利安好女孩。这起事件震惊了德国民众，而在纳粹党用来安抚民心的论述里，芙兰卡似乎扮演了重要角色。她父亲请来的律师简直不敢相信他们运气这么好。

"你如果不是长得这么漂亮，我相信他们不会这么轻易放过你。"

"最重要的是活下来，"她父亲说，"只要能保住你的命，不管说什么都无所谓。谴责那个组织，保住一条命。"

芙兰卡想要为他们的事业发声，想要告诉庭上所有人，她以他们所做的工作为荣，她认为希特勒是残暴的叛国贼。"我怎么能诋毁我的朋友？那样的话就等于背弃我所相信的一切。我怎么面对我自己？"

"你这么做不是为了你自己，而是为了我。我需要你，比以往更需要。别离开我。活下去，为了我。"

于是她就这么做了。她在法庭上谴责白玫瑰，说她是被变成危险反动分子的男朋友牵着鼻子走才会误入歧途。她心如刀割，每一句否定都在她心上割开一道伤口。坐在法庭另一端的父亲对她微笑，听到她宣示效忠德意志还竖起大拇指。她想起汉斯，想起他在这个法庭上最后一次慷慨激昂地宣扬自由理念。但是，就像她父亲所说的，汉斯已经死了，白玫瑰也灭亡了。她不必和他们一起死。所以她出卖了自己原本相信的一切，就只为了父亲，为了不让父亲孤独无依。芙兰卡被判六个月监禁。法官说希望她能利用这段时间反省自己交友不慎的问题，等出狱之后好好履行应尽的义务，嫁个忠贞的德意志国民，最好是在前线服役的军人，然后为他多生几个孩子来报效元首。法警带她走出法庭的时候，她哭了。她羞愧到难以承受。威利、亚历斯和启迪他们思想的大学教授施默瑞博士都被判处死刑。他们才是真正的英雄。

芙兰卡幸免于难，没被关进集中营。集中营已成为德国不容提及的恐怖话题，就连最坚定的纳粹支持者也不愿承认。她和几个白玫瑰的成员被关进慕尼黑的斯塔德尔海姆监狱，这里也是汉斯和其他人被处死的地方。她沮丧至极，每天夜里都梦见白玫瑰那些逝去的英灵。随着日子一天天过去，她也越来越消沉。父亲常写信来，而期待下一封信到来成了支持她继续撑下去的唯一力量。他那充满希望的温柔文字，是这个被剥夺一切美善的世界里仅存的爱与美好。但十月之后就再也没有信来了。她的父亲在盟军的空袭中被误炸身亡，距她预定出狱的日期仅差三个星期。在这场令人憎恨至极的无谓战争里，她的家人成为交战双方的受害人。他们夺走了她的一切。

出狱之后，她在慕尼黑待了一个多星期。这座城市已没有什么回忆值得珍惜。她不再属于这个地方，也不能再假装自己是这个社会的一分子。被空袭炸毁的建筑上仍然有无数面旗帜飘扬，从东部战线运回来的无数棺木也依旧覆盖着纳粹党徽。她父亲的律师从弗赖堡寄来一封信，说他要准备宣读遗嘱，但全家只剩她一个人可以出席。她就是在那时决定结束自己的生命。她已一无所有。回到生长的家乡，离她曾享受过最多欢乐的地方更近一点，就是她最想要做的事情，那里似乎是最合适的长眠之地。

她听律师宣读遗嘱，忍受着坐在希特勒肖像下的他露出不以为然的目光。第二天，她去探望父母亲的墓地。他们并肩长眠在山丘上，俯瞰他们生前所居住的城市。此后，她立刻躲回小木屋。最痛苦的回忆都是在夜里袭来，独自入睡简直是难以忍受的酷刑。痛苦的程度已非她所能忍受。那天晚上她出发时，心中并没有方向，也不知道自己为什么要一直不停地往前走。但眼前永远有另一座山要爬，有另一排树要穿越。最后，她就发现了他。

芙兰卡讲完故事，快要燃尽的蜡烛影影绰绰照亮房间。屋外夜色依旧静寂——任何声响都没有。

"芙兰卡，弗雷迪呢？他是怎么死的？纳粹对他做了什么？"

"我现在没办法谈他的事。我得走了。"

她走出房间，关上门，留他一个人在半昏半明的卧房里。

第八章
最后一块拼图

从她发现他到现在已经过了一个星期。他双腿的疼痛慢慢减轻了，但还是只能躺在床上，只能被困在小木屋里。屋外的日光逐渐变暗，夕阳穿透积雪的窗户，为他的房间染上一片鲜艳的橙红色。他一再回想芙兰卡的故事，想找出前言不搭后语的破绽。从昨晚说完故事离开他房间之后，她就再也不见踪影。他早就听说过白玫瑰的行动，也很难告诉她说自己不知道。他回想着自己所受的训练，以及学过的侦讯技巧。她的眼神透露了大部分的真相。他知道她并没有骗他，但也知道她还有所保留。她说出了大部分的实情，但还有部分缺漏。不过无论如何，他都很难想象她是盖世太保的特工。要是她知道他不是德国人并举报他，那他现在就会被关在没有窗户的房间里，瞪着日光灯发呆。她是曾经投身反政府事业而且因此坐过牢的人。她之所以没上断头台，只因为审问她的那几个男人太过低估她。她猜出他的身份了吗？是怎么猜出来的？他伸手端起摆在床边的杯子，喝了一口凉水。如果她已经猜出他不是德国人，那她还拼凑出了哪些事情呢？

今天天气很好。窗户结了一层厚厚的霜。虽然很难确知未来天气的状况，但雪停了。小木屋对外的道路很可能已经通了。外面世界的人随时可以入侵他们的藏身之处。他四下张望，小木屋里没有房间可以供盖世太保密探窃听，他们也没法在墙上挖洞监视他。他侧耳倾听，听见她拖着木柴进屋，听见她在厨房里煮咖啡。稍早的时候，他听见她在洗澡，还知道她现在正待在起居室里，听着收音机，坐在摇椅上看书。她在他面前表现得肆无忌惮。她听违禁的电台节目，也常谈起她对纳粹政权的憎恨。如果他真的是德国空军军官，并检举揭发她的违法行为，那么盖世太保肯定会狠狠地折磨她。她说她知道，这绝对是实情。没有其他的解释。她就是知道。

起居室传来的声音让他知道她起身走进了厨房。她的脚步声朝他而来，接着是敲门声。门开了。她面无血色的脸拉得长长的。他很少在白天看见她，除非她有特别的理由要到他的房间来。她通常只在用餐时间出现，但现在离晚餐时间至少还有一个钟头。

"你还好吗？"

"我很好，小姐。"

他所受的训练严格要求他压抑本能反应，免得泄露身份。他夜里听见她床垫弹簧嘎吱嘎吱响，现在又看见她的黑眼圈。

"芙兰卡，你不必有罪恶感。"

"什么？"

"他们死了，而你活下来，这并不是你的错。你不必因为自己想活下来觉得羞愧。"他脱口而出，不假思索，也没有别的用意，连他自己都吓了一跳。

"我出卖了我唯一相信的事情，"她转头面向他，声音微弱，眼睛盯着地板，"我这辈子已经一无所有，要是我能大声说出——"

"那你就没命了，我也一样。那又有什么好处呢？又能帮得了谁呢？汉斯死了，但这并不表示你不能活下去啊。"

"太荒唐了——我没对其他人提过这件事，而我甚至不知道你是谁。"

"当今这个世道，确实很难对别人推心置腹。"

他能信任她吗？她告诉他的是事实吗？碰到像她这样的人概率有多大？他很想相信她，但办不到，在他不知道她瞒着什么事情之前不行。

"芙兰卡？我可以这样叫你吗？"

"可以，当然可以。"

"我想谢谢你，告诉我你的故事。"

"你要举报我吗？"她说。

"举报什么？"

"说我收听违禁的电台？诋毁元首？"

"我不是纳粹。"

"那你是什么人？"

"又不是每个穿制服的德国人都是纳粹，你应该比我更清楚才对。"

"也不是每个穿纳粹制服的人都是德国人。"

"战争期间我们没办法质疑政府。"他觉得自己的话空洞无力。

"但白玫瑰的看法恰恰相反。"

"你认为自己是真正的爱国者，就因为大声疾呼反抗政府？"

"我以前确实是，但现在已经不配叫爱国者了。在我做了那些事情之后。汉斯和苏菲，威利和亚历斯，他们才是真正的爱国者。"

房间里突然静了下来，静默的气氛沉重非常。时机到了，机会就在他面前，触手可及。

"你有些事情没告诉我。"他说。

"你在说什么？"

"我可以看透人心，这是我工作的一部分。我受过训练，要是有人隐瞒什么，我很快就看得出来。而我现在就发现你有事情瞒着我。"

"那么你呢，葛拉夫先生？"她用讽刺的语气喊这个名字，"你又有什么事情瞒着我？"

"我们现在谈的不是我的事情。"

"哦，不是吗？"

他知道枪就在枕头下，也知道如果伸手拿枪会对他们的谈话、对一切造成什么样的后果。

"你心里有些事情没告诉我。"

"你自己才什么都没告诉我呢！"她咆哮着。

"我不能透露我正在进行的任务……"

"我知道，都是为了德意志。你要我掏心掏肺，但我老实告诉你之后，你却只要求更多。"她站起来，"你说你不是纳粹，但你的所作所为和他们没有什么两样。也许你才是有事瞒着我的人。"

她走出房间，用力摔上门，但没上锁，所以门还是微微敞开着。她乒乒乓乓走向厨房，整幢小木屋也跟着吱吱嘎嘎响。他听见她把椅子拉近餐桌，接着就听见她啜泣的声音。

他拼命压抑自己，不准自己心软。

她独自哭泣。

他被困在床上，困在这幢小木屋，困在深山里，又能怎么办呢？他能信任她吗？他脑海里始终盘旋着这个问题，一再反复，从未改变。她能做到他所不能做的吗？她确实对他吐露了很多真相，但他看得出来，她还有事情没说。他感觉得到。她弟弟弗雷迪究竟怎么了？她没再提起他，仿佛这个弟弟莫名其妙就消失了。如果弗雷迪住在附近的疗养院，她为什么不去看他？这是最后的一个谜，是拼图的最后一块。一旦揭开谜底，秘密也就揭晓了。到时候，他塞在枕头底下的这把手枪或许就是他唯一的依靠了。他必须百分之百确定。这将决定她的命运。

过了好几个小时，晚餐并未送来。他的水杯干了，尿壶也没人收走清理。他听见她在外面，每一个脚步声都清清楚楚，但他没作声。

他知道这是个关键的转折点，下一步要怎么走，应该由她主动。他等待着。玄关的咕咕钟响了，十一点。屋外漆黑的夜色让窗户变成一面镜子，反射着油灯昏黄的火光。

她的脚步声近了，在门口停了几秒钟，油灯的火光映照着她的蓝眼睛。他没开口。

"我会把你想知道的事情告诉你，但不是为了你，是为了我。"她的声音微弱，没有高低起伏，"我已经埋在心里太久了。我只告诉过汉斯，但其中有些细节，我对他都没说。"

她目光茫然，一个个字从她颤抖的嘴唇里说出来。

一九三九年被送进疗养院时，弗雷迪十四岁，体形开始给他带来负担。他身高将近六英尺，但随着身体抽长，四肢却似乎越来越萎缩。他走路的画面已成为回忆，托马斯每天必须抱着他上下轮椅。芙兰卡就要到慕尼黑开始新生活了，父亲大力鼓励她，简直像是要强迫她接下这份工作邀约似的。他坚称她有自己的人生要过。而且，弗雷迪已经不是他们两个人可以照顾的了，最好还是由专业人士接手。芙兰卡没有抗议，默默接受了爸爸的意见，但她心知肚明，她之所以离开，是因为自私，是因为她想过独立自主的生活。她那年二十二岁，除了丹尼尔，没交过其他男朋友。她想要体验更丰富的人生，而弗赖堡如今似乎只会害她不幸。慕尼黑这座大城市会为她带来新的希望。

弗雷迪是很善良的人，比她所认识的每一个人都要善良得多。仇恨、恶意、报复、蔑视等支撑纳粹政权的负面情绪，在他身上都找不到。他浑身散发的就只有爱。认识他的人都感受得到他的爱。他的爱令人无法抗拒。听到要住进疗养院的消息，他还是保持一贯的乐观态度，欣然接受，还说这样他就有机会交上几百个朋友。事实也的确如此。一九三九年十一月，他才住进疗养院几个星期之后，芙兰卡回来探望他，他看起来却像已经在那里住了一辈子。每个人都认识他，每个人都喜欢他。他花了几乎一小时的时间，介绍她认识自己的新朋友。护士咧嘴灿笑迎接他，卧床无法行动或无法言语的病人也对他点头，或者扬起手和他打招呼。他的开朗感染了每一个人。

　　芙兰卡尽量抽时间回来。她差不多每隔三个星期就回弗赖堡一趟，和父亲一起去探望弗雷迪。疗养院的人都叫得出她爸爸的名字。弗雷迪好像很开心，状况也很好。她爸爸再三安慰她，到最后她自己也相信这就是实情，抛下他们到慕尼黑去的罪恶感也渐渐消失了。医生并没给他们弗雷迪可以被治愈的希望，但他四肢萎缩的速度减缓了。弗雷迪可以自己滑着轮椅，在疗养院里到处转。他总是有地方要去，有人要见，有人需要他去鼓励。

　　疗养院里有几位护士是芙兰卡念护理系时就认识的，她也一直和她们保持联系，以便随时掌握弗雷迪的状况。时间一天天过去，芙兰卡和父亲越来越放心。他们和弗雷迪的新生活都比以前更好。这似乎是多年以来，父亲第一次可以喘口气。芙兰卡不再那么担心弗雷迪，也让她可以热情充沛地投入新生活。他们好像终于找到平静的生活了。

但坏消息来得非常突然。一九四一年四月，芙兰卡在上班的时候接到电话。是疗养院里一位她认识的护士打来的，一面说一面哭。

星期二下午，党卫军的黑色面包车毫无预兆地开进疗养院。那天天气很好，所有的病人，包括精神分裂症患者，都被带到外面。年纪稍微大一点、可以站起来的病患，被要求排成一排。护理长出声抗议，但被推开，并立即遭到逮捕。身穿白袍、不知道是不是医生的男子开始检查病人的嘴巴。工作人员安抚病人，说这只是例行检查，很快就会结束。病人被分成两组，有些人胸膛被盖上戳印。其中一组获准回到病房，但人比较多的那一组被带到面包车旁。病人上车，有些坐轮椅，有些拄拐杖，还有些躺在担架上。有个小孩问党卫军的指挥官说他们要去哪里，他回答说他们要去天堂。于是病人绽开微笑，放心地上车。

弗雷迪非常紧张，仿佛本能地知道党卫军是在骗他们。他挣扎着，拼命地对护士挥手，哀求她们让他留下来。护士惊叫着想去帮他，却被步枪的枪托打倒在地。一名面露微笑的党卫军手贴着弗雷迪肩头，说他们很快就可以回来，到时候会有很多好玩的故事可以讲给其他人听，而且他们要去的地方有免费的冰激凌可以吃。在谎言的安抚下，弗雷迪安静下来。这名党卫军推着弗雷迪的轮椅，让他和其他人一起登上黑色面包车。党卫军在歌声里带着孩子们启程，仿佛是要带他们去参加游园会。当车门关上时，弗雷迪对车外的人挥手。车子驶离医院，孩子们的歌声也逐渐在风中消失。

芙兰卡的父亲拼命追问儿子的下落，却处处碰壁，无人理会。饱受折磨数日之后，他接到一封信，通知他说弗雷迪因为心脏病发作过世，遗体已经火化。信里附有死亡证明，底下还有一行官腔官调的敬语："希特勒万岁！"

这是希特勒亲自下达的命令。元首本人虽效率不高且行动缓慢，经常只给含糊不明的指令，但只要一下达命令，就希望属下迅速执行。他以前提到过，德国精英青年在战场牺牲生命，而"无用米虫"却在家里耗费粮食。应该把"不值得活下来"的人赶出医院，让出病床给从前线归来的伤兵，或是可以生下儿子补充前线兵源的母亲。在国家奋战的此时，这些无法治愈的病人、身体与心理失能的人，以及老人，究竟有什么用处？剥夺他们的公民权，能造就更健康、更有活力的国家，能迎来雅利安人更光明的未来。希特勒指派一组医生，由他们来决定谁能活谁该死。数万人就这样被挑出来，被终结生命。

托马斯·戈尔伯被击垮了。弗雷迪的死让他所有的生命力、爱与喜悦全部消失殆尽。他一直以来的活力和乐观都不复存在。没过多久，他就失业了，每天用酒精麻痹自己。他内心痛苦的程度远远超过芙兰卡的想象。她哭了好几天，吃不下也睡不着。对纳粹的恨像滚烫的玻璃熔液在心头沸腾。杀害弗雷迪的凶手被当成英雄，接受表扬，而要负最大责任的人甚至被奉若神明。她无所遁逃，因为谋害弗雷迪的凶手无处不在。每一个戴上纳粹臂章或别着纳粹徽章的人都是凶手。每一个党卫军，每一个忠贞的雅利安人，每一个纳粹青年团的成员，每一个睁大眼睛拉高嗓门欢呼"希特勒万岁"的人都是。有没有人知道死在纳粹安乐死计划之下的人数有多少？有没有人知道有多少人只因为是犹太人、吉卜赛人、共产党员、贸易联盟领袖、政治异议分子，甚至只是不小心说错话，就惨遭屠杀？芙兰卡知道德国社会已经分裂，在凶手和受害者之间画了一条界线。有成千上万的人犯下了汉斯所说的集体罪行，但这个政权还有更多受害人——家人被送进集中营，或因为"不值得活"而被杀害的人。只要犯下这令人发指罪行的政权继续统治德国，这些受害者的家人就一辈子都要活在这没有围墙的无边牢狱里。

弗雷迪没有遗体可以下葬，也没有人会因为他的死背负法律责任。芙兰卡回到疗养院，希望能找到答案。护士们一看到她就崩溃大哭。打电话给她的那个朋友哭倒在她怀里，恳求她原谅自己无力阻止他们。芙兰卡没待太久。这个地方变得阴森森的，工作人员都相信党卫军迟早会回来抓走其余的病人。芙兰卡回到慕尼黑，想用音乐和工作或任何可以让她不想起心中痛苦的事情来麻醉自己。她愿意付出任何代价，只要可以不再想起过往。她去找汉斯。他非常理解她的痛苦。他们同仇敌忾，都愿意为德国人民牺牲自己的性命。

弗雷迪始终未曾离去。无论她在什么地方，她每天都能看见他的脸、听见他的笑声。他太善良、太纯洁，不应该活在这国家越来越污秽的偏见与仇恨的阴沟里。这个国家已经不容天使存在了，只有被仇恨和恐惧扭曲的人才能在这里生根发芽。

★ ★ ★

风吹得窗户咔咔响，接着又平息下来。她讲完故事，两人沉默不语，足足两分钟，房间里只有她哭泣的声音。

"我说得太多了。"她说，"应该让你好好睡觉了。这没有什么好处——"

"芙兰卡？"

她正走向门口，但听到他的声音就停下脚步。

"我名叫约翰·林奇，"他说，"从美国宾夕法尼亚州费城来的。我需要你的协助。"

第九章
上尉的身世

一九四二年十一月，瓜达尔卡纳尔岛[1]

    风稍微吹散酷热，约翰摘下头盔，用手肘抹去额头的汗水。他感觉到自己浑身大汗。周围的人都脱下背包和步枪，很多人拿头盔垫在屁股底下。上方山丘抽长的野草在微风中轻轻摇曳，飒飒作响。约翰伸手拿出挂在后腰的水壶。他干燥的双手上有一条条刮伤，拿起水壶喝水的时候，手不停地颤抖。他没多喝，只勉强润润喉咙，就把壶盖重新旋上拧紧。他们已经好几天没得到补给，水就快没了。但对高级军官来说，这似乎不是什么需要优先解决的事。他全身好像有无数个痛点，没有一处不痛。经过一整天的行军，就连蹲下来都是一种享受。

---

1 瓜达尔卡纳尔岛（Guadalcanal），位于南太平洋所罗门群岛的岛屿，第二次世界大战太平洋战区同盟国部队于一九四二年在这周边发动攻击，成为盟军在太平洋反攻的转折点，也是日军的重大挫败。

他们整排弟兄坐在山脊下休息。他把步枪靠在岩壁旁。有些人拉开配给罐头，用脏兮兮的手指挖着吃。香烟烟雾缭绕。有人呻吟，有人说话。他们都知道眼前有什么在等待他们。他们知道这只是个短暂的休息。他们必须拿下这个山头。

原本在堪萨斯州务农的艾伯特·金恩递给他一根烟，但约翰摇摇头。

"干吗，嫌我的烟不够好啊？"金恩说，"我猜你那尊贵的屁股连坐都坐不下来了。"

"是啊，我还在等我的贴身男仆来。这段时间什么像样的服务都很难期待。"

他们先听见少校的声音，才看见他阔步穿过精疲力竭的士兵行列。他停在约翰和金恩面前。

"我需要自告奋勇的人。"班纳特少校说，"我需要五个人爬到山顶上去看看。"他往前走了几英尺，沉甸甸的目光扫过每一个人，"我们安安稳稳坐在这里，但如果有个敌人带枪躲在山顶上——我猜肯定有——那他就可以杀得我们片甲不留。我需要五个人上去看看。炮兵刚刚扫射过，所以我想你们很可能只会看见一堆黄种人的尸体。谁要去？"

疲惫的士兵里，有几个人不情愿地举起手，约翰是其中之一。班纳特第一个就挑中了他。五个人围在少校身边。"林奇负责带队。要是上面有拿枪的人，就直接干掉。稍后向我汇报。"

约翰爬上山脊，其余四个人跟在他后面。随风摇摆如波浪的野草蔓生三百英尺，直到山顶。太阳西斜，仿佛超凡入圣的艺术家为天空染上橘红与金色。光线变得浓稠起来，仿佛一伸手就摸得着、感觉得到。约翰汗湿的手掌在褪色的军服上抹了抹，招手要其他人跟着他过来。他蹲下来，眼睛只略略高出草丛。草丛浓密，在他周围飒飒作响。其他几个人散开来，金恩和卡本特在他左边，史密斯和穆尼萨在他右边。他们悄悄前进，穿过浓密的草丛，步伐沉重地往前走。他们离其他战友约有一百码了。他打个手势，要大家停步。他们蹲下来，迅速在草丛里隐去身影。约翰从腰带间抽出望远镜。什么也没有，山顶被凸起的山岩挡住，他看不见。

约翰站起来，挥手要其他人跟着他慢慢前进。其他四个人以他为中心，向两旁散开约三十码，齐步平行前进。留在他们后面的队友已经远在山坡下，完全看不见了。约翰呼吸急促，觉得心跳得更快了。迈出的每一步都比前一步更痛苦。他双脚起了水泡，破了皮，袜子因被血浸湿而变硬。这里什么也没有。只要越过挡在面前的山岩，看清楚山顶的状况，他们应该就可以叫留在后面的战友放心前进了。他转头去看和他一起上山的其他四个队友，差不多就在这一瞬间，他们到了山岩前面，机关枪的声音骤然响起，穆尼萨的胸口整个被炸开，鲜红的血液如喷泉溅洒开来。步枪开火，史密斯的头迸出血迹，身体往后翻倒。约翰立刻趴到地上，子弹落在他面前，溅起泥土。他侧滚开来，看见金恩躺在十码之外。他爬向金恩，机关枪的嗒嗒声震耳欲聋。

"我要死在这里了。"金恩说。他仰躺着，胸口处的军服一片血红。

约翰拉着他的手。"你不会死的，阿亚。我会带你离开这里的。"

约翰再次抬起头，视线正好可以看见约一百码外的碉堡。他举起望远镜，看见正在扫射的那把枪。子弹又在他面前的泥土上砸出一个洞，他马上趴倒在地。几秒之后，他抬起头来。其他三个人都死了。卡本特躺在他左边约三十码外，穆尼萨在他后面。史密斯滚下山坡，身体撕裂，汩汩流出鲜血。汗水淌下约翰的脸庞，他撕开金恩的衬衫。伤口在他的右胸，肺部下方，要是可以及时救治，应该不至于送命。但问题是他要怎么把金恩带下山坡？只要他们一有动静，机关枪肯定又要开始扫射。他自己可以匍匐爬下山，但金恩怎么办？待会儿也必须面对这挺机关枪的其他战友怎么办？他们必须拿下这座山头，没有办法绕路而行。

他握着金恩的手。"我得上去瞧瞧，我会回来的。他们对你和其他人下的毒手，我肯定会让他们付出代价的。"

金恩放开手，约翰越过史密斯的尸体爬回山岩下方。他伸长脖子，看见了碉堡，但没有子弹射来。机关枪朝着金恩所在的位置盲目地射了几发子弹，还有几发步枪的子弹掠过约翰身前的地面，但没有子弹朝他的位置飞来。他攀上山岩，开始匍匐前进，利用高达两英尺的草丛当掩护。他双手颤抖，喉咙干得厉害，恨不能爬回史密斯尸体旁边，看他的水壶里还有没有水。他自己的水壶和背包一起留在山下，和其他弟兄在一起。他内心发出疯狂的惨叫，要他转身奔回山下，但他压抑住了本能，继续前行。往前爬行的每一个动作都违背他的本能，几近疯狂，但他还是继续前进。

约翰爬过山岩，如他所想的，右边是一片平坦的空地。他猜那里还有一整营的日军，而这几秒钟将会是他人生最后的时刻。他想起潘妮洛普，想起他登船出海前，在檀香山的饭店房间里，阳光照亮她脸庞的画面。他几乎还感觉得到她的抚触，几乎还听得见她的声音。他想起父亲、母亲、兄姐，努力压抑心中的痛楚。他不想要这样的感觉，此刻不行。他想起宾夕法尼亚州的秋天，铺满他家后院一地的红叶，他和诺曼小时候踢着落叶玩的画面浮现眼前。

并没有枪林弹雨。他手里抓着步枪，用手肘撑着身体前进。碉堡看得更清楚了，就在他左边约一百码处。碉堡旁边有一圈护墙。他们正在等待盟军来袭，准备要把敌人炸成碎片。日军坐在护墙旁边，眼睛盯着金恩和其他人的位置。碉堡直接盖在泥土地上，从阴暗的窗户里伸出笨重的机关枪。日本兵不停转动枪口，搜寻任何动静。约翰翻身仰躺，步枪贴在胸口。他想起金恩。他应该回到金恩身边，想办法带他回到队里吗？日军还没发现他摸近了，现在这个位置是从侧翼发动攻击的绝佳位置，因为机关枪扫射不到这个角度。但他如果企图夺下碉堡，更有可能的下场是被直接撂倒。日军绝对不会留他活口让他去通风报信。

他继续往前爬，爬到距护墙约五十码处。日本士兵仍然盯着山坡下方，没发现他。距离近得听得见他们在讲话。其中一个在哈哈大笑。约翰跳起来，步枪扛在肩头，迅速开火。他冲向他们，同时再次扣下扳机。一个士兵被射中脖子倒地。另两个慌忙拿起步枪，同一时间，机关枪也开始扫射，但什么也没射中。约翰看见自己的子弹击中一个日军的胸口。最后一个士兵举起枪，但约翰已经瞄准他发射了最后两发子弹。两发都射中了他的头部。约翰继续跑，热热的空气从他肺部大口吸进吐出。他伸手拿起腰带上的手榴弹，在护墙前把手榴弹丢进碉堡入口。当手榴弹触地的时候，正好有两个日军走出来，在飞溅的泥土和鲜血里，两人化为无形。他跑向碉堡，然后拔下另一颗手榴弹的保险，从六英尺外扔进了碉堡入口。爆炸几乎掀掉了碉堡的天花板，冲击波震动着他周围的地面，让他摔倒在地。另一个人惨叫着冲出碉堡，手举武士刀，焦黑的脸上只见一双神色疯狂的眼睛。约翰举起步枪，再次扣下扳机，但只听到撞针咔嗒一声——子弹没了。浑身是血、严重灼伤的日本士兵跌跌撞撞朝他冲来，约翰一闪，武士刀戳进地面。约翰伸手抽出自己的佩刀。这个日本兵的脸有一半都不见了，皮肤一片片垂挂着。他再次把刀挥向约翰，但这一刀软弱无力。约翰抓住他的手臂，用身体压住他，把刀刺进他的肚子。温热的血喷涌出来，日本兵的眼睛睁得圆圆的，他身上的生机渐渐消失。一切又归于平静。约翰放开日本兵，浑身是血，跪起身子。风吹过草丛的飒飒声又出现了，夜幕低垂，赶上山支援的弟兄们在夜色里几乎看不见，只有模模糊糊的轮廓。

一九四三年，美国华盛顿特区

他们烫约翰的衬衫时上了太多浆，因此衣领硬得不行。

"别再拉领子了，"潘妮洛普说，身穿红色亮片洋装的她艳光四射，"会把衣服拉皱的，你这个笨蛋。"她好像生气了。

"没关系的，潘妮，有什么关系呢？"

"当然有关系，大家都在看。"

她拉着约翰的手，带他走进大宴会厅。他觉得格格不入，仿佛自己并不在这里似的。他的心还在他那一排弟兄身上。回忆不断拉他回去。他身上真正重要的部分仍然在那里，永远都在那里。

约翰看着妻子。她很美，和他梦里的人影一样美。尽管他们在一起，手挽着手，但她却难以接近。她的微笑、她在车站月台迎接他时的温言婉语背后，肯定潜藏着什么。她只在意别人怎么想，反而让他们两人之间比以往更生疏。他们在大学里认识的时候她就是这个样子了吗？他想起普林斯顿的那个秋天的傍晚。那一场会晤是两大家族协商联姻的盛会。起初好像是出于强迫，因为在她爸妈的豪宅举行的这场舞会可以说是专为制造他俩见面的机会而筹办的。他的第一反应是拒绝配合表演这出戏，但她的美貌，以及他爸妈的催促，让他还是去了，他确实也曾爱上了她。但直到后来他才醒悟，他并不希望自己成为她所期待的那种人。他爸妈站在宴会厅另一头等候他们。当他俩穿过一张张餐桌走向他们时，他感觉到她的手渐渐松开了。

约翰的父亲是多位参议员和州长的好友。一九三八年，总统到费城参观工厂时，父亲也见过总统。他和总统的合照至今还挂在书房的桌子上方。父亲利用人脉，让约翰回家休了一个月的假，虽然约翰并未提出这样的要求。

丛林的岁月在约翰心中烙下印痕，但伤疤已渐愈合。他花了好几天的工夫才把自己弄干净，刮掉了指甲里的泥垢，终于可以出来见人了。大家都在看他。他父亲和他握手，欢迎他。他拥抱姐姐珀儿，和哥哥诺曼握手，但他没办法直视哥哥的眼睛。打从回来之后，他头一次和他们见面。这是他们可以带他在朋友面前亮相的机会。潘妮洛普亲吻他的哥哥姐姐，等待他帮她拉开椅子，让她就座。他的座位一边是潘妮洛普，一边是珀儿。珀儿的丈夫是空军，驻扎在英国。盟军已展开对欧洲大陆的空袭，尽管她极力掩饰，但她的眼神还是流露出担忧。

致辞的时间到了，每个致辞的人都在强调购买战争债券的重要性。轮到约翰父亲致辞的时候，他在讲台上指着儿子，要约翰站起来。约翰恪尽职守，在瓜达尔卡纳尔岛战役歼灭机关枪阵地，并且救了金恩一命，获得了银星勋章。整个宴会厅两百多人都站起来鼓掌。约翰感觉到珀儿的手搭在他肩上，潘妮洛普也站起来，和其他人一起鼓掌。掌声一停歇，他就坐下，顿时感觉到肩头的重量消失了。

晚宴结束，家族朋友和致意的人川流不息地上前。约翰并不是每一个都认识，但他们来和他握手，说他们有多敬佩他所做的一切，说他们如果不是年岁已高，肯定要和他并肩上战场。他握手握到手腕酸痛，脸也笑到肌肉僵硬。潘妮洛普的魅力征服了每一个人，老先生们纷纷掏出支票簿打算表示一下。

当音乐响起时，父亲招手要他过去。站在父亲身边的是一个身穿晚宴西装、头发银白的男子。他年约六旬，身材略微矮胖。

"约翰，我来介绍一下，这位是威廉·多诺万[1]。比尔，这是我

---

1 威廉·约瑟夫·多诺万（William Joseph Donovan, 1883—1959），外号"疯狂比尔"（Wild Bill），美国律师与外交官，第二次世界大战期间获罗斯福总统授权，成立"战略情报局"（Office of Strategic Services, OSS），为美国中央情报局（CIA）前身。

的儿子约翰。"父亲说。

"很高兴见到你。"多诺万说完，用力地握了握约翰的手。

"约翰想要的，我给不了。"一旁的父亲接着说。

"爸，您在说什么？"约翰知道接下来的对话会怎么发展。他和父亲的谈话常常如此，父亲总是让他觉得很愧疚。

"我本来打算让他继承我的事业，"约翰的父亲说，"但他不想要，我的心简直碎了。还好我另一个儿子，诺曼，做得挺好的。"

"孩子，你为什么不想继承父亲的事业？"多诺万问。

"我不适合。"

"说来惭愧，虽然我从小培养他当企业家，但他一直不愿意。他想走自己的路。"父亲又说。

"我们可以晚一点再讨论这件事吗？"约翰说。

"是啊，也许另外找时间再谈比较好。我还是让你们聊聊吧。"父亲只好说。

多诺万等约翰的父亲走开，才再开口："首先，我要感谢你为国家所做的贡献。"

"谢谢您。"

"你知道我是谁吗，约翰？"多诺万讲话的语气让约翰确信他是个军人，只不过他穿的是便服。

"我不知道，先生。我不想妄自猜测。家父似乎很想让我们认识。"

"这是有原因的，孩子。我是令尊的老朋友。上次大战的时候，我们一起服役，那时你还只是个小宝宝呢。"

"那我们之前怎么没见过您呢，先生？"

"令尊和我有一段时间失去联系，好多年没见面，直到去年圣诞节前，才在一场像这样的晚宴上碰见。"多诺万伸手到口袋里掏出烟盒，递了一根烟给约翰。约翰婉拒了。多诺万把烟盒塞回口袋，自己也没点烟。"令尊提起你，也谈到你对我们国家的杰出贡献。他说你是个爱国者。"

"我确实是，先生。"

"你也懂德文，因为你在德国待过，对吧？"

"二十年代，情况还没失控之前，我们在柏林住过几年。家父在那里盖了几座工厂。"

"你的德文现在如何？"

"恐怕有点生疏了，但讲得还算流利。待在那里的头几年，我还是家父的翻译呢。珀儿和诺曼年纪比我大，他们当时留在国内念寄宿学校，暑假才到柏林去。"

"你和欧洲的关系这么密切，为什么反而到太平洋战区去？"

"我只想报效国家，先生。我知道大家都认为像我这样背景的人，应该成为精英军官。我也理解，但是我想要——"

"你想要证明你也可以放下身段到最基层，和其他适龄青年一起服役。"

"这样说也没错，先生。"

"你听说过战略情报局吗？"

"略有耳闻。"约翰说，他总算明白他被召回国的真正原因了，

"听人私下提起过，说有个谍报机构成立了。"

"不只这样，但谍报确实是我们工作的一部分。我去年设立了战略情报局，整合了陆海空军的情报部门。我们的工作是协调军方所有的敌后情报活动。目前有超过一万名工作人员，男女都有。"

"那在战略情报局成立之前呢？"

"就只有几个老太太在战争部整理档案柜。"

约翰其实不是略有耳闻而已，他听说过"疯狂比尔"和他的宝贝计划，但直到这时他才知道眼前的这位多诺万就是外号"疯狂比尔"的那位多诺万。战略情报局是人脉丰富的人在战时可以发挥资源优势的地方。多诺万利用他的老同学关系网为战略情报局招募人手，成员来自常春藤联盟大学、顶尖法律事务所和大银行。看起来，那就是个约翰极力想摆脱的特权阶级俱乐部。

"我们现在两头作战，在太平洋和欧洲敌后都派有特工。这些自愿为国效劳的人，不分男女，都在随时准备猎捕他们的敌人之中行走。没有接应，身处敌营腹地，通常连安全屋或朋友都没有。军方这些最英勇的特工，每一天都为我们提供宝贵的情报。"

一位身穿黑色洋装的银发女士拍拍多诺万肩膀，他亲吻她的脸颊。多诺万说他再有几分钟就过去，等到她走开之后，才继续说："这是新形态的战争。只在战场上兵戎相见的战争早就成为过去了。如今，能在战争中取得胜利的，是最能掌握对方在想什么、在采取行动之前就知道该怎么做的那一方。"

"您为什么要告诉我这些呢，先生？"

"过去这几个月来，我常和令尊聊天。他只要一提到你的名字就眼神发亮。他说他想要你继承家族事业，但你想做别的。他也告诉我，从你哥哥接掌公司之后，你和哥哥就常意见不合。"

约翰不禁思忖，此人究竟有多了解他。多诺万对他这么感兴趣，原因可能就只有一个。

"家父告诉您，我不赞同哥哥对家族企业的经营方式？"

"也还有别的。我们常聊起你。他说你不像你哥哥能在这个世界如鱼得水。"多诺万扬起手，指着他们置身的宴会厅，"我知道你从军的真正原因是要证明你可以靠自己的力量缔造成就。我知道，因为我在你身上看见了我自己的影子。在上一次大战爆发之前我原本是律师，但我不为此感到满足。我想要有所贡献，不仅仅是对我的国家。我想要证明我自己。"

这人拥有令人难以抗拒的吸引力。他讲话轻声细语，但有着不容置疑的权威感。

"你有兴趣加入战略情报局吗？"

"您想找的是什么样的人，先生？"

"我想找的是有良心又身手敏捷的窃贼；我需要的是理智胜于感性的人，诚实但懂得耍诈，不起眼但大胆无畏；我需要的是热血沸腾，但又随时保持冷酷镇静的人。

"你已经在战场上证明你拥有卓越的技能和工作态度，所以我们认为你是我们组织理想的人选。"

"想必您已经查过我的服役记录了？"

"我们非常谨慎，约翰。我们必须这样。我们在战争里承担的角色太重要了，不容丝毫闪失。"

约翰转头，父亲站在四十英尺外的吧台前，手里端着杯酒。多诺万说得没错，他父亲的确是以他为荣。

潘妮洛普的信是三个月后寄达的。当时约翰正在弗吉尼亚乡间的一处模拟成德国的公园接受战略情报局的训练。几位教官指导他和其他的新人如何在敌后求生。这个新成立的机构没有训练设施，所以占用了威廉王子森林公园的部分区域，把旧的夏令营区改造成秘密训练基地。约翰因为实地演练，好几天晚上都睡得很少。回到营区，洗个热水澡，上床睡一觉，简直就是极度的奢侈。邮件处理员交给他一封信，信封上的邮戳是两个星期之前的日期。约翰坐在床上打开信。他已经六个星期没见到潘妮洛普了，但少了她，他并不觉得生活里缺了什么。还没打开信，他就已经猜到了信的来意。易地而处，他也会做相同的决定。读到开头的几个字，他差点笑出来。这已经是战争里用到滥的老梗，如今竟也发生在他身上。

亲爱的约翰：

　　我认识了一位空军军官，我想嫁给他。请你同意离婚，为我俩的情缘画上句点。我已经不爱你了。你不再是我当年所嫁的那个男人。我爱的是别人，就让我离开你吧。为了我们曾经拥有的爱，请让我走吧。我知道我们还会永远关心彼此，我们过往拥有的爱如此深刻，永远不会真正消失。但我们的婚姻生活已经结束。你有了另一个人生，没有我的人生。我们的灵魂已不再契合，不再像以前一样密不可分。

对不起，请原谅我，请和我离婚，让我可以带着完整无缺的心灵离开你。

潘妮洛普

他很多年没哭了，甚至不知道自己还能哭。在这样的地方突然情感流露感觉很奇怪。他转头张望，确定没有人看见。信还紧紧捏在他手里，无法放下。他不知道自己竟然还爱着她。他只知道，他一向深藏起对她的感情，想等待时机成熟时再说。或许等到战争结束吧，或许到那时他就可以再爱她。但如今一切都来不及了。他拿起摆在床边的铅笔，在纸上草草写了几个字。他永远不会恨她，因为是他自己的错。他又读了两遍来信，然后回信给她——"我们离婚吧"——隔天就寄了出去。

一九四三年十二月，德国西南部

轰隆的引擎声几乎盖过了所有不相干的噪声。约翰感觉到震动贯穿全身。他神经绷紧如铁丝，心脏狂跳。他想起顶头上司所说的话，字字言真情切，说他们不确定他身上的伪造证件是不是够拟真，也不知道他们为他捏造的虚构身份能不能瞒骗得过敌人。他们没有太多前例可以判断目前的状况。战略情报局从未让特工跳伞进入德国境内，更不要说是只身前往，毫无后援。他知道风险有多高，但还是自告奋勇，而且还打败许多特工，才争取到完成这项任务的机会。

飞机驾驶员双手圈住嘴巴，大声压过引擎声说："我们接近目标了。大约再过三十分钟就抵达。"

约翰点点头，驾驶员又回到驾驶舱。约翰移动几英尺，靠近窗边。夜空仍有云朵飘旋，下方的地面一片漆黑，只偶尔有几盏灯光点缀。他搓搓身上的德国空军制服，在脑海里第一百万次演练他的伪装身份。他觉得韦纳·葛拉夫已经盘据他的心灵，仿佛葛拉夫才是真正的他，而约翰·林奇反而是伪装的身份，又或者只是他另一段人生的回忆。似乎再也没有必要成为约翰·林奇了。念念不忘旧时岁月只会破坏任务，要了他的命。等韦纳·葛拉夫完成使命之后，他就可以再次成为自己了。

飞机遇上乱流，颠簸不已。他整个人往前冲去，还好有安全带扣住他。有位教官警告过他，盖世太保会检查他胸口和大腿的安全带瘀痕。这个念头才出现，他就立刻抛在脑后。现在没必要担心这个，因为担心也没用。

砰的一声巨响，盖过了引擎的轰隆。约翰抬起头。又一声，再一声。约翰知道他们已经进入德国境内了。他从来没想过，在抵达空降地点之前，飞机可能会被高射炮击落。其他的情境他几乎都设想过。他反复思索过可能会被问到的各种问题，练习口音腔调和身份掩护的故事，次数多到他都记不得多少次了。但他从来没想过飞机会被击落。机长从驾驶舱探出头来，告诉他说飞机遭高射炮两面夹击。约翰竖起拇指，机长又回到驾驶舱。但舱门才刚关上，就传来猛烈的爆炸声。爆炸的威力让飞机侧面裂开一个大口，离约翰的座位仅仅几英尺。冷风骤然灌了进来。约翰抓紧背包，双手用力到指关节发白。机翼像纸张般撕扯断裂，引擎冒烟，发出像老人干咳的声音。约翰摸索着找到他的降落伞。他很清楚原定的降落地点可能远在百英里之外。高射炮的炮弹不断从两侧袭来，飞机颤抖着往下掉。爆炸声越来越大，每响起一声飞机就震荡一次，使约翰在座位上前后甩动。飞机又一阵剧烈晃动，是炮弹从另一个方向袭来，但没命中。高射炮持续射击着。

飞机不断往下坠。机长再次打开舱门查看飞机受损的状况。高射炮的炮火少了，爆炸声也变得稀稀疏疏。约翰看看窗外，引擎冒出浓密黑烟，发出噗噗声，看来很快就会停止运转了。机舱长头又伸进驾驶舱，约翰只隐约听到吼叫声。机长跌跌撞撞朝他走来。

"我们到不了预定的地点！"他大声说，但约翰早就知道了，"我们的飞机不行了。右引擎损坏，我们没办法飞回基地，只能掉头，想办法飞到瑞士境内。如果你想跳伞，就只能现在跳了。"

约翰点点头，解开安全带。他们现在的高度够吗？飞机好像才一眨眼就失去原本飞行的高度了。距目标还很远，但只要能安全着陆，他就可以想办法到那里去。要是他留在飞机上，最好的情况就是向上级汇报，说他任务失败——要是这架飞机还能撑得够久的话。高射炮的炮击暂时停止了。他们已经飞过高射炮所保护的那座城市，此刻下方又是一片漆黑。

　　机长和约翰握了握手，但他说出的祝福被风声淹没了。跳伞口已打开，风呼呼灌进来。约翰走到跳伞口，感觉到强劲的气流。调度员检查他降落伞上的拉绳，然后对他竖起大拇指。飞机摇晃震荡，绿灯一闪一闪亮起。他强迫自己将精神集中在眼前的任务上，回想正确的动作，身体挺直，双腿并拢，下巴缩紧贴近胸口。他感觉到飞机速度变慢了，随后调度员拍拍他的肩膀，他跳出飞机。猛烈的冷风袭来，宛如瀑布奔腾的水幕。他感觉到大腿和腋窝一紧，伞面张开了。飞机消失在夜空里。夜色寂静，他独自一人。引擎的轰隆声远去，耳边只有他自己的呼吸声和风的呼啸。他冲向黑不见底的陆地，降落伞渐渐塌扁下来。他不知道自己会降落在什么地方，但从漆黑无光的周遭看来，他是在某个荒郊野外没有人烟的地方。这或许是他可以利用的机会。他知道他跳伞时的高度不够，但那也是没办法的事。他想要开口祈祷，但是当麻木的嘴唇含含糊糊念出祷词的时候，地面仿佛无声无影的火车碾轧过他。他的身体撞上积雪的地面，双脚剧痛。他睁开眼睛，四周是无边无际的白雪。他感觉到身体瘫软，意识里一切慢慢淡去，然后消失。

第十章
大胆计划

芙兰卡坐在椅子上一动也不动。起居室的炉火熄灭了，小木屋里的温度明显降低。瘫躺在她面前的他如此无助。她现在得知了真相，证明她的想法没错，而且脑袋也没问题。她的怀疑是正确的。她从雪地里救回来的、如今躺在她父亲的小木屋里的这个男人是美国人，是一名间谍。她几天前就已经知道，他不是美国人就是英国人，但听他亲口说出，还是宛如谜底揭晓。她想起丹尼尔和盖世太保。这样一来，她肯定脱不了罪了。藏匿间谍是要上断头台的重罪，但经历盖世太保的刑讯逼供之后，很可能会觉得死亡反而是慈悲的解脱。她如释重负。自从首次发送传单，看见汉斯目光里的热情与自豪之后，这还是她头一次有了重生的感觉，真正的重生。不只是呼吸、吃饭、睡觉，不只是打发时间，而是真正过着有意义的生活。

"我去给壁炉添点木柴。"她说，留下他一个人在房间里。

各种想法在她脑海盘旋，互相碰撞。她已经知道所有的真相，现在只剩下"为什么"。他为什么会在这里？他的任务是什么？他要她帮的是什么忙？她把木柴丢进壁炉里，火花噼里啪啦响。她在壁炉前站了好几秒，暖暖手，然后才走进厨房。她饿了。剩下的食物已不多，她一个人的配给要分给两个人用原本就困难，而储存的罐头已吃完，更让情况难上加难。她考虑明天要到镇上补给一些。这次没必要大老远跑到弗赖堡。她靠在餐桌旁，双手抱胸，闭上眼睛，一会儿之后才回到他的房间。

"现在你什么都知道了。"他说。

他的口音并没有改变，但她现在听得出破绽了。她心想，若是被抓去审问，他的伪装可以撑多久？因为那些受过专业训练、专门挑毛病的人，肯定可以比她更快找出破绽。

"你的德语非常好，一点都没有生疏。"

"受训之前已经有点生疏，但很快就熟练了。语言还算是比较容易的部分。"

"难的部分是什么？"

"学习对抗审问。我们也模拟刑讯逼供。"

"我被盖世太保审问过。"

"我知道。"

"他们不必刑讯逼供，因为他们什么都知道了。"她顿了几秒钟，走到窗前，"你会想念你的家人吗？你在美国的家？"

"我尽量不去想。我努力成为韦纳·葛拉夫，但是约翰·林奇那

165

颗讨人厌的脑袋瓜还是不时探出来。”

“你伪装得很好。”

“那你怎么会起疑心？”

“我找到你的时候，听见你在梦中说英语。你那时候大概有幻觉吧，嚷着英语。”

“我没想到会碰见像你这样的人。我不知道德国还有你这样的人存在。”

芙兰卡以前就听说美国人非常热情真诚，和他们往来是全然不同的体验。

“我有个问题想问你，你既然不想接管你父亲的企业，为什么还要反对你哥哥的做法？”

“我不喜欢他的做法。他很快就会拖垮整家公司，我父亲的心血会付之东流。”

“要是家族企业对你来说这么重要，你为什么不自己去接掌？你放弃继承的权利，让自己父亲伤心，却又批评哥哥的做法。”

“你就是不放过我，是吧？”

“你没回答我的问题。”

“我不想走上一条只以赚钱为目的的道路。我还想追求别的。如果战争没爆发，天晓得会怎么样。我很可能还待在家里，和我哥哥诺曼一起工作。”

“而不是和他吵架。”

“我只是想帮忙。”

芙兰卡觉得够了，不能再逼他。"你一定饿了，整天都没吃东西。"

"是的，我快饿死了。"

"吃的快没了，我明天得到镇上一趟。"

她走进厨房，热了最后一点炖菜，撕下一块她准备用来就着吃的面包。他不到两分钟就吃得精光。她等到他吃完，才开始问问题。

"你为什么到这里来？"

约翰拿起她摆在托盘边缘的餐巾，揩揩嘴角。

"我确实应该告诉你。"他放下餐巾说，"我本来不是要到这里来的。我预计空降的地点是斯图加特城外几英里。我们规划出飞抵那里最安全的路线，避开布署了大量地对空火力的大城市。我想他们没料到弗赖堡周围也有高射炮，那肯定是最近才架设的。"

"是在炸死我父亲的那场空袭之后才架设的。在那之前，弗赖堡没受过太多攻击。弗赖堡迟早也会和德国其他城市一样，被盟军夷为平地。"

"你父亲的事，我觉得很遗憾。战争总是会害无辜的人送命。"

"炸弹落下的时候，他还躺在床上睡觉。我想他甚至不知道是什么东西击中了他。他永远不会知道是谁害死了他。"

"你父亲遇难是运气不好。"约翰话才出口，就为自己的遣词用字懊悔不已。

"运气不好？他是我在这世界上仅存的亲人，你们把他从我身边夺走，现在还开口要我帮忙？"

"你的敌人是纳粹，不是盟军。那天晚上飞到弗赖堡的战斗机并不知道……"

"你是要告诉我,他们不知道自己炸死的是老百姓吗?那汉堡、科隆、美因茨的空袭呢?燃烧弹炸死了成千上万无辜的平民。"

"伦敦也死了好几千人,还有伯明翰,以及其他被占领的领土也是。"

"但你们总是说盟军代表正义。杀害几十万德国百姓算什么正义?"

"战争是可恶的禽兽。老实说,在派出轰炸机的军事将领心中,德国百姓的性命并不重要,就像德国将领也不在乎英国和苏联百姓的死活一样。"

"那你呢?"

"你指的是什么?"

"德国的百姓,他们对你来说重要吗,约翰?你以前在德国住过的。"

"芙兰卡,我在新闻影片里看到,德国民众对希特勒宣示效忠。我们家乡的每一个人都看过。盟军的轰炸是为了击溃德国人民的战斗意志。"

"你们难道不明白,德国人民的意志根本不重要?纳粹早在几年前就已经让德国人民臣服于他们的意志之下了。'意志'这个词汇已经没有任何意义了。"

"情况或许确实如此,但始作俑者是纳粹。美国还没参战之前他们就已经开始轰炸华沙和伦敦了。纳粹把德国人民拿来当盾牌固然很可悲，但无法阻止盟军追求胜利的意愿。"

"要是你爸爸被德国人给炸死了，你还愿意帮助我吗？"

"这样的情况不可能发生。"

"但如果发生了呢？如果你的爱国热忱在政府与人民之间拉扯怎么办？政府原本应该为人民的利益而服务，但你会为了人民利益而反抗自己的政府吗？"

"这样的情况绝对不会发生。"

"以前也没有人想到德国会发生这样的情况啊。这可是德国啊，身为现代工业大国、科学与艺术堡垒的德国！"

"如果你想问的是，承受了死亡的巨大痛苦，我还会不会像你这样反抗自己的政府，我的答案是我不知道。"

"你会违背自己同胞的意志，协助外国情报员吗？"

"如果我所爱的每一个人都因为他们而丧生，如果他们粉饰一切，只为了让美国显得伟大、高贵、正义——是的，我会的。"

"罗伯斯庇尔[1]说：'带着武器而来的传教士没有人喜欢。'"

"我不是你的敌人，芙兰卡。如果你不相信我是什么样的人，当时就不会救我，也不会让我住在这里。这是你带我来到这里的原因。也许德国有一天会感激盟军所做的努力。"

"如果未来还有德国存在的话。"

"这话听起来或许有点讽刺，但盟军是德国人仅存的希望。请好

1马克西米连·弗朗索瓦·马里·伊西多·德·罗伯斯庇尔（Maximilien François Marie Isidore de Robespierre，1758—1794），法国大革命时期的政治家，雅各宾专政时期的实际最高领导人。

好利用我，芙兰卡，给我机会，让我替你铲除纳粹。"

芙兰卡从他腿上端起托盘，一根叉子"哐当"一声掉在地上，她弯腰拾起。

"我痛恨纳粹。我不想要这样的感觉，但这感觉却没有一天不存在。只要想到他们所做的——"

约翰提高嗓音打断她："抛开痛恨吧。为德国人民的未来，为令尊，为弗雷迪尽一份心力！"

"我不知道，你要我替你做什么？"

"很简单的事。几乎任何人都做得到。"

"我需要一点时间。"

她把托盘端回厨房，摆在餐桌上，心沉重得像石头。她把手浸到装了水的水槽里，用水泼了泼脸。她想起自己认识的人，那些被纳粹党谎言诱骗、洗脑的人。她和他们不一样。她是个罪犯，是被判刑确定的国家公敌，而今她还庇护另一个敌人。她不可能和纳粹合作，不可能举报他——她宁可死，也绝对不会举报他。那要怎么做？她可以放他走，默不作声，任由他偷偷溜进德国中心地带。但在他离开之后，她要去哪里？她要做什么？难道她要再度回到森林里，做她发现他的那天晚上没能完成的事？或者就只是设法在这场战争里苟且偷生？如今约翰提供给她更多的选项。

"继续说吧，"她回到房间之后说，"告诉我，你为什么会到这里来。如果你需要我帮忙，那我必须先知道完整的内情。"

"高射炮击中我乘的那架飞机，我跳伞，掉落在山区，然后你就发现我了。"他停顿了两秒，又继续说，"我的任务目标是一个男人。"他所说的每一个字似乎都透着紧张气息，"他叫鲁道夫·韩恩，是个科学家，世界上最聪明的人之一。他开创了物理学研究的新领域，可以让德国在战争中扭转劣势。我们有一个德国特工渗透进他的研究室，和他取得了联系。他同意向美国投诚。我就是来带他离开的。"

"为什么和他联络的特工不能带他走？"

"那名特工是个外交官，这个任务比较危险的部分不能交由他执行。盖世太保好像盯上他了，所以他得淡化自己在这件事里扮演的角色。韩恩还在原来的研究单位工作，他们还没逮捕他。"

"那你打算怎么带他离开德国？"

"等等，别急。"

"你不是需要我帮忙吗？"

"是没错，可是——"

"你现在什么也做不了。他住的城市离我们有二十英里远，而你两条腿都断了，只能困在床上。"

约翰拿起床边的那杯水，喝了一小口。

"所以你需要我帮忙，但还是没办法完全信任我，不能告诉我详情。"她说。

"那你能试着相信我，同意我的立场吗？"

他的问题没得到回答。她沉默以对。

"我们打算从慕尼黑南方翻越阿尔卑斯山，进入瑞士境内，因为那边的山路是穿越国界最隐秘的路线。虽然要抵达那里可能并不容易。我们有个向导，而且我在战略情报局接受过山地训练。结果这下可好了。"他看着自己的腿，摸了摸打在腿上的石膏。

"那位科学家要怎么扭转战争局势？他做的是什么研究？"

"我没办法去见他。"约翰不理会她的问题。

"他究竟做什么研究？"

"你这是在逼我告诉你，对吧？"

"如果我要冒着生命危险帮你完成任务，那我就必须知道是为什么。我想知道我是在为什么而冒险。"

"韩恩教授和他的同事正在研究一种新科技，叫作核裂变。他们在一九三九年发表过一篇关于这项课题的论文，从那时开始，盟军就一直关注他们研究的进展。"

"这个核裂变有什么特别的吗？"她好不容易才念出这个名词。

"就算他们告诉过我，我也没办法再讲一遍给你听，可是我想应该是很重大的突破，才能扭转战局。没有韩恩，这个项目就会终止。他是整个研究计划的领导人物。纳粹不知道他们能取得什么成就，所以官僚体系不重视他们的研究，也没给他们足够的经费。希特勒满脑子都是喷射推进引擎，纳粹只重视那一个方面的研究。"

"这位韩恩教授为什么决定投诚？"

"他不喜欢纳粹政府对待犹太人的态度。战前，他很多朋友、同事都是犹太人。纳粹因为种族政策，把所有的犹太人赶出了这个研究计划。很多人都死了，再不然就是流亡到其他国家。美国也收留了不少。缺少经费也让他很不满。等我把他带到美国，他就可以得到他所需要的一切经费和支持。"

"这样一来，美国就可以发展这个新科技了。"

"我们必须赶在纳粹之前研究出来，甚至要领先苏联人。这是一场可以决定战争结果的竞赛。如果纳粹知道他们手中握有什么样的潜在优势，很可能一切就改变了。只要韩恩失踪，他们就办不到。我们需要他的知识和技术。要是他们的研究已经有了突破，我们也必须掌握。"

"我能帮什么忙？"

"我们的计划是，我先去和韩恩接触，取得他的信任，然后劝说他跨越边界，到瑞士去。"

"你要我带他跨越边界？"芙兰卡睁大眼睛说。

"不，我只需要你去找他，告诉他我出了什么事，然后……"这句话很难说出口。

"然后怎样？"

"然后带他来这里，等我恢复之后，就可以带他越过边界。"

"你还要再过一个月才能走路，而且就算可以走路，也肯定没办法爬山。"

"这些细枝末节就留给我担心好了。"

"这可不是什么细枝末节。你希望我去斯图加特找这个人，对不对？"

"我没有别的办法可想。"

"我没受过谍报训练，也从来没做过这样的事情。"

"只是去找他，听他讲话，传递信息而已。"

"要是他不肯和我说话，或是我被捕了，怎么办？"

"除非你去自首，否则我看不出来你有任何被捕的可能性。我会给你一句暗号，他听到暗号，一定会听你把话讲完。你愿意吗？愿意帮我吗？"

"我不知道——感觉很……"

"这比想象中简单。你办得到的。你可以扭转一切。"

"好吧。"她说，同时闭上了眼睛。

"谢谢你。"他说，然后伸手拉着她的手肘。他们以前除非出于必要，否则从未有过肢体碰触，这是第一次。她打了个寒战，这太荒谬了。

"按照计划，我们要在公园和他碰面。他会坐在长椅上看报纸。"

"在这种天气？"

"他只会在那里待一小段时间，从下午五点五十分到六点。而且一个星期只去一次。他只在星期一去。所以，今天下午他应该是在那里等我。"

"他下个星期一也会去吗？那我应该出发了吗？"

"这个星期六是圣诞节，我想他应该会去柏林，所以下个星期一不会出现在公园里。我想最好是再下个星期一，一月三日再去。这样我有多一点时间可以养伤，你也可以有多一点时间准备。你不必做什么了不得的事，只需要去见那个人，告诉他我出了什么事。"

"他怎么知道我不是盖世太保？"

"暗号。他一听到暗号就知道你是我的伙伴。你只需要和他联络上，也许可以劝他等我恢复得差不多的时候到这里来，但这一部分不着急做决定，等我再想想。我们时间充裕。"

"两个星期。"芙兰卡说，"我得帮你弄副拐杖来。不能让你整天困在床上不动，这样你会开始长褥疮。你最好起床走动走动。我明天到镇上去弄点吃的，顺便找副拐杖。"

"配给食物的店里也会有拐杖？"

"不，我想不会，但我在那里的医务所有点关系。我会替你弄到。"

清晨冷得吓人，和往常一样。但今天早晨感觉很不一样。失眠已久的她，昨夜睡得很好。虽然还有很多问题没得到解答，但不必急着现在就拿这些疑问来轰炸约翰。他们还有别的问题要解决。首先，他们需要食物。她拿起约翰给她的配给券。她知道这些是伪造的，但店员会发现吗？没有这些配给券，他们只靠她一个人的配给度日，绝对不够。他们会饿死的。她把他的配给券拿到灯光底下，详细检查上面的每一个字。文字看起来非常逼真，但如果看得够仔细，还是看得出来有些笔画不太稳定，略有疑点。她愿意冒险试一试。另一个选项是在黑市采买。愿意花大价钱的人可以买到最好的食物，但这样很可能会引来警察的注意，风险太高。

她端早餐进房间的时候，约翰已经醒了。

"早安，小姐。"

"相信你睡得很好。"

"是睡得很好。可以说是这么久以来，睡得最好的一个晚上。我们昨天讨论过的事情，你觉得怎么样呢？"

"紧张，困惑。我觉得你给了我很大的责任。"

"如果不是觉得你能够胜任，我是绝对不会告诉你这些事情的。我知道我的决定没错。"

芙兰卡坐下来看着他吃早餐。今天的早餐是奶酪和前一天晚上剩下的一点炖菜。她没告诉他，家里的余粮只够让他一个人吃早餐。他们聊起天气，谈她那天进城的经过，以及他的伤势。他的身份和任务，似乎都没有必要再提起。她前一天晚上就已经下定决心不再逼他了。芙兰卡走到前门，推门出去。这两天没有再下雪，但前几周下得太多，她的车还埋在雪里，道路也无法通行。寒冷的阳光洒下，除了让地上的白雪反光以外一点用都没有，于是她戴上了太阳镜。

丹尼尔·贝克尔的阴影笼罩着弗赖堡。回她生长的那个城市太过危险，就算不会碰到他，那里也有太多认得她的人，太多乐意协助盖世太保的人。而且，她已经不需要像上次那样到药店采买药品。离这里只有几英里的圣彼德虽然是小镇，但有家杂货店，有医务所，应该可以满足他们目前的需求。她穿好滑雪屐出发了。芙兰卡想着约翰·林奇，想象着费城的市景。她想着鲁道夫·韩恩，思索着见到他该说什么。

一路上没碰见任何人，走到杂货店门口才看见排队的人龙。她站在队伍末尾，把滑雪屐靠在墙边。没有熟悉的脸孔盯着她看。镇上那些她认识的人大部分已经因战争而离开，或已经死了。没人认识的感觉让她松了一口气。芙兰卡把自己的配给券和约翰给她的混在一起，好让伪造的配给券不那么显眼。这招成功了。店员完全没注意。她压抑住兴奋的心情走出杂货店，背包里装满了配给券所能换到的各式商品。

圣彼德小镇窄窄的街道上一片死寂。芙兰卡低着头，沿人行道一路走到医务所。推开医务所大门的时候，一个手臂打着石膏的少年抬头看她。坐在他旁边的两个男人瞎眼缺臂，一个坐着轮椅，一个拄着拐杖。战争侵蚀了德国社会的每一个角落，无人得以幸免。堆满文件的黄褐色木桌后面，坐着一个脸色惨灰的老太太。芙兰卡走上前，在一位抱着小宝宝的母亲后面等候。轮到芙兰卡的时候，桌子后面那个老太太抬起疲惫的眼睛看着她。

"我要找玛蒂娜·克鲁格。她是这里的护士。"

"你找克鲁格护士什么事？"

"我是她的老朋友——是私事。"

"克鲁格护士很忙，你何不——"

"我只耽误她几分钟。"芙兰卡说。

老太太低声咕哝。

"也许刚好轮到她休息一下。"

"等我一分钟。"老太太穿过她背后的门，没了踪影。

两分钟之后，门又打开了，玛蒂娜绽开微笑，伸开双臂拥抱芙兰卡。她们俩是发小，从幼儿园的时候就认识了，然后一起上学。参加德国少女联盟的时候她们也在同一个队里。自从一九三九年去慕尼黑之后，芙兰卡就再没见过她了。玛蒂娜没怎么变，还是一样漂亮，一头褐色长发，一双闪亮的绿眼睛。老太太瞪了玛蒂娜一眼，玛蒂娜蹙起眉头回瞪一眼，拉着芙兰卡到外面去。她给自己点了根烟，也递了一根给芙兰卡，但芙兰卡摇摇头。好几分钟的时间，她们聊着玛蒂娜的家人。她有两个女儿，丈夫派驻在法国。芙兰卡是很信任她没错，但没信任到要开口问她要吗啡，或会害她惹上麻烦的其他东西。不过，开口要副旧拐杖应该没什么大碍吧？

"你怎么回来了？"玛蒂娜说。

芙兰卡很好奇她知道多少——很可能什么都知道吧。

"我是回来参加我父亲的遗嘱宣读仪式的。"

"听到他过世，我很难过。我在报上看到他的名字，简直不敢相信。"

"谢谢你。那个城市以前很少被轰炸，只能算是运气不好吧。"

"空袭越来越密集，盟军迟早会把我们都害死的。"

芙兰卡当作没听见，尽管怒火像一把刀戳在她心口上。

"很不好意思，这么久没见面，一开口就想请你帮忙，但是我需要点东西。"

玛蒂娜又点了一根烟，说："没问题，你需要什么？"

"我现在住在我爸妈的山间小屋。你记得那里，对吧？"

"当然记得。"

"我的男朋友也来了。"

玛蒂娜眼睛一亮。"你没跟我说过你有对象，是认真交往的吗？"

"大概是吧。他是一个医学院的学生，但刚从前线回来。我们尽量多争取时间相聚。只是这回碰上大麻烦了，他跌断了腿，偏偏又被大雪困住了。"

"噢，天哪。"

"很麻烦。我好不容易才帮他把两条腿打好石膏。"

"我还以为他只跌断一条腿。"

"不，是两条腿。两条腿都断了。"

芙兰卡感觉到心脏在胸腔里怦怦狂跳。玛蒂娜的表情转为严肃。

"他没事，已经打好石膏，只是不能走动。我需要拐杖。我在想，你们手边有没有旧拐杖，可以借我几个星期，用到积雪融化的时候。"

"他需不需要医生？我是不是应该——"

"不，不需要。我只需要拐杖。我把他的腿骨接好了，而且看起来愈合得还不错。"

芙兰卡不再多说，玛蒂娜抽完烟，丢在地上用脚踩灭。她四下张望一下，看有没有人听见他们说话。

"你什么时候需要？"

"现在，如果可能的话。"

"等我几分钟，我去想想办法。"

芙兰卡在冷风里等了十五分钟，正开始怀疑玛蒂娜究竟会不会再出现时，她就回来了，腋下夹着一副拐杖。

"这副拐杖已经用了好几年，很旧了，但应该还派得上用场。我想，它不见了也没人会找。"

"太谢谢你了，"玛蒂娜把拐杖交给芙兰卡时，芙兰卡说，"对汤米来说，这太重要了。"

玛蒂娜又和芙兰卡聊了好几分钟，等休息时间结束，两人才道再见。芙兰卡把拐杖绑在背包上，回到镇上，对拦下她的卫兵解释说，这副拐杖是给她从前线退役的男朋友用的。卫兵没再多问就把证明文件还给了她。

芙兰卡回到小木屋，挥舞着拐杖，活像赢得了什么战利品。约翰把拐杖夹在腋下，想办法撑起身体。走动还是很困难，他得拖着两条腿往前走，但是情况已经大有改善，和困在床上相比简直是天壤之别。他的第一段路程是到厨房。芙兰卡端出一顿有汤、面包和奶酪的餐点，两人一起坐在餐桌旁，吃的仿佛是他们的最后一餐。

这天稍晚的时候，玛蒂娜·克鲁格苦苦思索，回想和老朋友的这次会面。芙兰卡为什么不让她的男朋友去看医生？就算骨折愈合得不错，让医生确定一下不是更好吗？整个圣诞假期，甚至一九四四年的新年，她都在想这件事情。她甩不掉芙兰卡看她的那个眼神，也忘不掉芙兰卡的请求有多不寻常。玛蒂娜怀着懊悔的心情到本地盖世太保的办公室，举报了自己的朋友。很可能没什么大不了，她想，而且芙兰卡肯定也没什么事情瞒她，但这种情况最好还是交给专业的人来处理。她抛开往昔的姐妹情谊，因为在这样的战时，最重要的是效忠元首。毕竟芙兰卡·戈尔伯曾经犯过罪，玛蒂娜并不想因此惹上麻烦。她还有自己的家人要考虑。盖世太保特工同意她的看法——她做得对。

★ ★ ★

圣诞节到了，他们一起过节，一聊就是几小时。她细细说明白玫瑰所主张的每一个理念，约翰则表示他听说过慕尼黑学生大量发送传单到全德各地的事情。这是她的圣诞礼物——知道他们付出的努力没有白费，让她默默得到满足。她谈起在山区度过的童年。时间很多，够她谈起在这里度过的每一个夏天，以及她所拥有的每一个回忆。他教她一些英文句子，大部分都是军事用语。他谈起费城、他爸妈的房子、在海边度过的晴朗夏日。他提起父亲的事业，说他生长在特权阶级，不过因此觉得很不自在。但他的口吻和以往不同了，不再挟带怨气。他要留着这条命做更重要的事，就算要死，也要为更重大的目标而牺牲。

他聊起和前妻在普林斯顿初识的经过，说他们头几年的生活非常美满。离婚才一个星期，她就嫁给了那个空军军官。又过了一个月，约翰就离开美国本土了。他从来没对其他人讲这么多——关于他的前妻、他的童年、他的双亲，以及他成长的地方。他从来没有这么多时间。他把自己所知道的鲁道夫·韩恩详细地告诉她。所有的细节，包括韩恩的研究工作，尽管这部分约翰自己也所知无多。这项任务有些内情就连他也不清楚。他也并不需要知道一切。

他们讨论如何把韩恩带回小木屋。最好等约翰腿伤痊愈之后，很可能要到一月底，他们才能启程前往边界。在谈天说地共度佳节的这段时间，他们从未提起未来。他们始终没有谈到，等约翰带韩恩启程前往瑞士之后，芙兰卡要做什么。重要的只有任务。他在心里一再反复对自己说，直到这句话像咒语似的成为他赖以生存的箴言。

芙兰卡再次移动他的床，盖住撬起的地板。他们开始演练，万一盖世太保来找他的话，应该怎么办。他们练习了好几十次。如果盖世太保来到小木屋，他们要听见汽车停下的声音才会知晓。万一发生了，约翰必须立刻回到房间，躲进撬起的地板下面。她已经尽可能把那个藏身空间弄得舒服一些了。床铺会盖住地板，地板会盖住他。如果盖世太保在屋内进行彻底搜查，他肯定无处可逃，但他们有理由这样做吗？本地报纸并没刊登寻找盟军空军人员或间谍的消息。看来他们并不知道他在这个地区，更不可能知道他躲在她父亲的小木屋里。

新年到来。自从两个星期前去过一趟小镇之后，她除了他再没见过其他人。而那趟小镇之行，她也只和玛蒂娜、要求她出示证件的卫兵以及一路造访的各家商店店员讲过话。现在约翰多数时间待在卧房外面。她每天散步回来，通常会看见他坐在壁炉前的摇椅上阅读禁书。纳粹如果发现她藏有这些书，肯定会把她丢进大牢里。但他只想读这些书。可能因阅读而受到的刑罚越重的书他越想读。这会儿桌上就摆着他看了一半、夹着书签的书，是托马斯·曼的《魔山》[1]。他们只

<hr>

[1] 托马斯·曼（Thomas Man，1875—1955），德国小说家、散文家。曾获1929年诺贝尔文学奖。《魔山》（Der Zauberberg）为其代表作之一。

听被禁止的外国电台，享受着与世隔绝的自由。他提起在其他地方进行的战争，苏联与意大利战场、太平洋战役，她总听得入迷。

她大多时候煮炖菜当晚餐，他则帮忙切蔬菜，切得非常非常细，一含进嘴巴里就能溶化。从圣诞节那天起，他们就一起用餐，如今已成习惯。

一月的这个晚上，他们默默吃饭。他的餐桌礼仪优雅得体。他曾形容过在战场上和战友吃配给罐头食品的情景，但她很难想象那个画面。

他拿起餐巾擦掉嘴角的面包屑，然后继续吃。

"我发现你在看着我笑。"他说，"想到什么好笑的事情吗？"

"我只是想象你和其他你所谓的'美国大兵'在一起的情景。"可以用上他教她的美国俚语，她觉得很自豪。

"接受基础训练的时候，有些人花了很长的时间才接纳我。他们知道我们都在同一条船上，用偏见对抗自己人很可能会害自己送命……不过，我更乐意认为是我用实力赢得了他们的尊敬。"

他放下叉子，饭还没吃完。

"我知道明天的事情让你很紧张，"他说，"不会有问题的。你只需要和他讲几分钟的话。没有人会怀疑的。据我所知，并没有人监视他。"

"据你所知……"

"当然，我们不是什么情况都能掌握，但我不会随便把这个任务交给任何人。"

"你别无选择。"

"我当然有选择，我可以等。在这段时间，韩恩可能会改变主意，或结束研究工作，甚至被捕或碰上其他的状况。但我没办法等，也没办法自己去。"他的手越过餐桌，握住她的手，"你究竟要到什么时候才会明白，对于我的任务来说，你是多么宝贵的资产？能碰到你简直令我难以置信。如果不是你，我早就死了。"

芙兰卡缩回手，捧起面前的咖啡。"你怎么确定我能办得到？"

"我在你身上看见了力量。若不是这样的力量，你怎么可能完成这一切，并且继续往前走？"

"我得给壁炉添柴了。"

"先别忙。壁炉可以等会儿再管。"他又握着她的手，温暖而有力，"你办得到的。你身上具备所有的条件，可以完成这个任务。你很勇敢，而且——"

"我并不勇敢。我很懦弱。"她觉得泪水就要夺眶而出了。在他面前落泪，她觉得很羞愧。"我为了活命出卖了我的信念。我假装不知道发生了什么事，假装不知道汉斯和其他人在干什么。"她转开脸，走到墙角拿起木柴，丢了几根到壁炉里，火花噼啪作响，"他们才是真正的英雄，愿意为自己的信念牺牲生命。"

"他们是牺牲了生命没错，但这并不会让他们变得比你更英勇。你想，如果他们有机会，会不会选择活下来呢？你死了又有什么好处？再多牺牲一条人命，又能达成什么目标呢？"

"我应该坦白说出我所做的，我所知道的。我假装自己是个没脑

184

子的金发女生，我假装自己是个白痴女孩。”

"你只是做了能让自己活下来的事。如果我是你，也会这么做的。你很勇敢、很聪明，而且你还活着。就因为你活着，所以我才能保住一条命。你长着金发，你是女人，但你是我所见过最不蠢，也最不懦弱的人。"

约翰这番温柔的话并没让芙兰卡止住不哭。她泪如雨下，泪水越流越快，顺着下巴往下滴。他拄着拐杖撑起身体，站起来走向她。

"你是我所见过最勇敢的人，芙兰卡·戈尔伯。"

"我背弃了他。"她说。

"你在说什么？"约翰说。

她的声音微弱如风中飘飞的灰烬。

"是我害死他的。我丢下他不管，我爸爸没办法自己一个人照顾他。"

"噢，不，不是这样的。"约翰可以感觉到她贴在自己皮肤上的暖意。

"我不应该离开的。都是因为我弗雷迪才会死。要是我留在弗赖堡，我们就可以一起照顾他，他就可以留在家里，他们的魔掌就不会伸到他身上。那他就会活着。"

"弗雷迪的死不是你的错。是纳粹害死他的。"

"我为什么要去慕尼黑？我为什么要离开他？"

"你想要一个全新的开始。你当时才二十二岁。"

"话是这样说没错，可是——"

"弗雷迪的死不是你的错。他们会不会到你家来抓走他呢？谁也不知道。你无能为力。你永远也不知道他们会做出什么事情来。"

　　"他很可能不会死。"

　　"你现在有机会痛击杀害你弟弟和男朋友的政权。他们不知道核计划的重要性，我们必须赶在他们发现之前，让他们中止这个研究计划。根据韩恩的说法，他们已经领先我们。要是我们让纳粹先完成这个研究计划，那就没办法让他们为杀害弗雷迪、为杀害其他许多人的恶行付出代价了。"

　　"太迟了。伤害已经造成了。"

　　"永远不会太迟，只要你还有一口气在，只要你还活着，就永远不会太迟。全欧洲有好几百万的纳粹受害人。你现在有机会为他们实现正义。"

　　"是复仇吧？"

　　"怎么说都可以，"他说，"是正义，也是复仇。我们之所以要这样做，有太多理由了。复仇只是其中一个理由。我必须知道你是不是百分之百肯定，芙兰卡。只要你有一丝犹豫，就会危及我们两个人的生命。你愿意和我一起努力吗？"

　　"我愿意。百分之百。"

第十一章
空袭

　　天还没亮，芙兰卡就醒了。她看着黑暗逐渐被早晨阴霾的灰白色的天光取代。她等了一小时才起床，小木屋凛冽的低温迎面扑来，让她皱起脸来。从弗赖堡到斯图加特要坐两小时的火车。道路还是不通，她的汽车无法派上用场，只能提醒她之前是怎么来到这里，之后又要怎么离开。热咖啡让她暖和起来。她去查看食物够不够约翰吃，虽然她很清楚存粮有多少，但还是再次查看了一下。他的声音从他房里传来。她端着冒热气的咖啡走进他房间。他正坐在床上。

　　"你绝对办得到。你只不过是去斯图加特见个人。"

　　他们花了几分钟讨论这趟旅程，然后她才到浴室洗漱。她出来的时候，他已经在厨房了，冰凉的空气让她头发底下的头皮冷得刺痛。他们坐下来一起吃早餐。约翰把行动的细节从头到尾又说明一遍，尽管她早就牢记于心。她已经打点好一切，准备十五分钟之后出发。他走到大门口，和她握手道别。

"明天见。"她说。

她努力表现得平静，想掩藏快把她整个人侵蚀殆尽的忧惧，但她也看见了他眼神里的不安。

火车开进斯图加特中央车站的时候，芙兰卡依旧坐在位子上，一动也不动。她脑袋一片空白，像落在山区的大雪一般白茫茫一片。坐在她对面的士兵好意想帮她拿袋子，但她紧紧搂住袋子，客气地谢绝了他。士兵碰碰帽沿对她致意，然后站起来准备下车。芙兰卡强迫自己起身。她知道自己脸色想必非常惨白。上车之后，她这一路没吃也没动。她把颤抖的双手插进大衣口袋，站起身来。芙兰卡随其他乘客走下火车，站在月台上。火车准时抵达，墙上的时钟显示现在是三点十五分。去见韩恩之前，她应该有足够的时间可以找家旅馆。几名穿制服的盖世太保在川流不息的人群中拦截民众要求检查证件。他们没拦下她，而是比较注意适役年龄的男人，是在搜寻逃兵。

走出车站，冷风扑面而来。这是个多云有雾的日子。一排五十英尺高的柱子上挂着大幅的纳粹旗帜，但在阴霾里几乎看不见。车站入口有幅高达十英尺的希特勒肖像。芙兰卡伸手招了辆出租车。

在旅馆登记入住之后，她强迫自己吃了点东西，然后才出发去王宫广场。这是斯图加特市中心最大的广场，韩恩会在那里待上宝贵的十分钟。她从容穿过广场的巴洛克花园，走到广场正中央的纪念柱。纪念柱顶端是约一百英尺高的罗马和谐女神雕像，高耸入云。广场周围的建筑都遭到过空袭轰炸，几乎全部倾颓倒塌。有些建筑正在重新修复，有些则没有。一面很大的纳粹旗帜在风中飘扬，几名下班的士兵悠闲漫步。一碰触他们的目光，芙兰卡整个人就僵硬起来。敌人似乎无所不在，她觉得经过身边的每个人都在看她，那眼神仿佛水蛭般吸附在她皮肤上。芙兰卡找了张可以俯瞰广场的长椅坐下。真希望自己可以抽根烟来安抚紧张的情绪。她很想看看手表，但还是压抑住冲动。有个男人穿过广场停下脚步，接着又继续往前走。一秒钟宛如一天那般漫长。

这时，她看见他了。一名五十多岁、身穿米白防水风衣的男子走过广场，在距她三十码外的长椅坐下。他戴着帽子，留着约翰形容过的灰白胡子。他翻开报纸，就像约翰说的那样。她应该直接去找他吗？她转头看看左右，想装出在等人的样子。一名三十多岁的男子在她身边坐下，瞥了她一眼。

"这里很漂亮，对吧？"他说。芙兰卡的心脏简直要停止跳动了。

"是啊。"她快说不出话来了。

芙兰卡不敢抬眼看他，虽然她知道他在看自己。她瞄了一眼手表，然后看着那个穿米白风衣的男人。韩恩再过八分钟就要离开了。坐在她身边的这人是谁？她鼻子里满是香烟烟雾的气味。

"你要来一根吗？"这个人说。

他对她递出烟盒。她摇摇头。他绽开微笑，露出歪斜的门牙。他脸颊上有个深色的疤痕，灰色的眼睛深不可测。

"我不抽烟。"她说。

"抽烟是坏习惯。元首本人都公开反对过。"他深吸一口说。

"我从来就不抽烟。不好意思。"

她站起来，没再多说一句，缓步走开。穿米白风衣的那个男人还在看报纸，她在他旁边坐下，他也没有任何反应。

"在这个季节，今天天气算是不错了。"她说，"孩子们肯定很开心。"

一听到这句话，韩恩就转过头来。他用了好几秒才恢复镇静。和约翰说的一样，他身边有一把伞。

"是滑冰的好天气，但对想喂饱我们前线英勇战士的农夫来说，可就不太好了。"

他这句话经过精心练习。这是他们的暗语。他翻过一页，仍旧把报纸举在面前。

她知道接下来要说什么，不过眼睛却瞄着抽烟的那个男人。那人也在看她，但一发现她转头看自己就移开目光。一名穿党卫军制服的士兵从他们面前走过。

"这里说话安全吗？"

"大概不安全。"他说，但并没挪动，"你和我期待的不太一样。"

"原本要来的那位出了问题。他没办法来。"韩恩转头看她，她继续说，"他没死，身体也很好，只是出了一点状况，要再过几个星期才能出门。"

她讲话的时候，眼睛盯着前方。她感觉到他尽管竖起报纸，却还是瞥着她看。

"我要走了，"他说，"我会在那边那条街的转角等你。五分钟之后过来，我们可以边走边谈。"

他折起报纸，夹在腋下，站起来。她好几次想看手表，但都勉强压抑住。刚才要给她烟抽的那个男人，正在和坐在他旁边的人讲话，似乎已经忘了她的存在。一挨过五分钟，她马上就去找韩恩。韩恩和她握了握手。

"你知道我是谁，但我不知道你是谁。我应该怎么称呼你？"

"我叫芙兰卡，是德国人。"

"所以你是替我们的盟军朋友来传话？你可以替他们做出承诺？"

"是的，我可以。"约翰已经向她保证过这一点了。

"你说那个人不能出门。他究竟出了什么问题？"

"他的两条腿摔断了，目前在弗赖堡附近的小木屋疗养。"

韩恩没马上接话，等一名士兵挽着女友从他们旁边走过。

"这确实是个问题，因为计划有变。"

"什么变化呢？"

"我要带我太太一起走。"

"我以为你们已经离婚了，而且你女儿不是住在瑞士？"

"海蒂是在瑞士没错，但把我太太一个人留在德国我会良心不安。最近几个星期以来，空袭越来越频繁。盟军好像已经在德国拥有了绝对的制空权。已经有好几千人丧生。要是苏联军队也来了，我们就只能祈求老天保佑了。我不能留下她一个人面对这样的命运。"

"我看看我们能不能安排。"

韩恩停下脚步。"要是她不能一起走，那我也不走。"

芙兰卡想象约翰一跛一跛地拖着两条还没痊愈的腿，带着一对五十几岁的夫妇穿越冰封的森林到瑞士。这看来是不可能实现的计划。

"我会转告我们的朋友。我也有好几个问题要问你。"

芙兰卡四下张望一番，没有人站在听得到他们讲话的范围之内。他们继续往前走。

"我相信你们已经安排好我所要求的房子了。我要一栋位于海边的房子，两部汽车——一部德国车，一部美国车。"韩恩径自微笑，"我希望研究小组由我带领，研究成果由我控制。"

"一切都安排好了。"芙兰卡说，"你的研究有什么进展？"

"我们已经快要有突破了。"

"纳粹的领导阶层呢？他们开始注意到你们的研究了吗？"

"我上个星期收到希姆莱[1]的信，他对我们的研究成果表示赞赏。据说他非常喜欢这个项目，也希望我们能成功。他打算用我们的研究成果去讨好希特勒。他正在安排行程，准备亲自来视察。要是希姆莱能得到希特勒的同意，我们就会拿到所需要的经费，也可以研发我们的武器了。"

"武器"这两个字听来很刺耳，也引发了芙兰卡更多的疑问，但

---

1 海因里希·希姆莱（Heinrich Himmler, 1900—1945），纳粹政治人物，曾任内政部长、党卫军首脑，第二次世界大战德国战败后服毒身亡。德国《明镜周刊》曾称他为"有史以来最大的刽子手"。

她还是按照计划，继续提出约翰要她问的问题："你没办法制止研究的进展吗？"

"我们是一个团队，要是我刻意制造错误，其他人会发现。万一我被赶出研究项目的话，你们就没有人可以在里面当内应了。另外，我也不能那样做——那样有损我的名声。况且，你们的主子在偷走研究成果之前，也希望我能尽量在研究上有所进展。他们不相信纳粹领导人会给我们必要的支持来完成研究。他们认为等我们研发出真正可以利用的成果时，战局就将逆转。"

"他们的想法正确吗？"

"或许是，也或许不是。很难说。他们玩的是危险的游戏。"

"如果少了你，这个研究项目还进行得下去吗？"

"是可以，不过我是这个研究项目的主导力量，同时也是这个领域有声望的人。少了我，像希姆莱这样的人就会失去兴趣，那么这个项目就会被喷射引擎项目比下去。因为希特勒一心相信喷射引擎可以扭转战局。宣称能拯救德国的项目很多，我们的研究项目只是其中之一。只不过我刚好知道我们的研究成果真正的潜力有多大，偏偏这又很难让其他人理解。希姆莱亲自视察，很可能决定这个项目的生死存亡。"

很难判断韩恩究竟是不是反纳粹。她开始相信，要是他们不把他偷带出境，他就会在德国完成研究成果，而纳粹也就可以利用他说的这个可能研发出来的武器。说不定他只是想利用美国优越的设施和充足的经费。说不定对他来说，项目本身才是最重要的，他在意的就只是科学研究成果，而不是这项成果为哪一方所用。除了研究，没有任何忠诚可言的人是危险的。

他们默默走了几分钟，离开王宫广场，穿过了好几条街。周围尽是宏伟的石砌建筑，暮色渐浓。街灯亮起，有些灯破了，有些还完好。

"你们接下来的计划是什么？"

"我们要你静候两个星期，然后到弗赖堡去。"

"到时候你们就会带我和我太太到美国去，继续进行我的研究。"

"夫人多大岁数？"

"五十三岁。"

"带另一个人，特别是五十几岁的女人同行，会让穿越瑞士边境变得更困难。相信像你这么聪明的人，应该会理解。"

"除非带上她，否则我不走。"

芙兰卡想象约翰会怎么说。也许约翰会一次带一个走，先带韩恩太太，再回来带韩恩。虽然可能性很小，但终究还是有可能的。

"你有办法带着研究成果一起走吗？"

"我已经拍下蓝图和项目方案并做成微缩胶卷了。带上这些应该不会有问题。"

"微缩胶卷在哪里？"

"藏在安全的地方。"

她正要他再解释得清楚一些，就听见空袭警报凄厉响起。

芙兰卡看见韩恩眼里的恐惧。"空袭。"他说，"我们得躲进防空洞。"

"在轰炸开始之前，我们还有多少时间？"

"因为这座城位于河谷，加上今天有雾，所以很难说。飞机可能已经到我们头顶上了。你要跟我来吗？"

"我没别的地方可去。"

大家开始跑，妈妈们手里拉着孩子。

"前面有个防空洞，要走几分钟。"韩恩说。一声尖锐的咻咻声打断他的话，他们背后的马路传来爆炸的巨响。几百码之外的一家店铺炸开了，砖瓦碎石喷到路面，店家的防盗警铃响起。空袭警报还在响。人们四散奔逃。芙兰卡回头看见柏油路上躺着几具尸体。炮弹落下的咻咻声再度出现，韩恩拉起她的手腕。街上有上百人在奔跑，根本不可能知道防空洞还有多远。她什么都看不见，只看见满街奔逃的人影。韩恩跑得很慢，另一颗炸弹落在他们背后一百码处时，几乎是芙兰卡把他拖走的。一名男子被炸飞到房子旁边，仿佛是狠狠挨了巨人的一巴掌。他的尸体摔落下来，变成一堆残骸。又一颗炸弹，再一颗。炸弹击中了街道两旁的建筑，到处都是玻璃和砖瓦碎片。芙兰卡转头，看见有个男人跑在她后面，浑身黄色的火焰，旋即倒地不起。人群四散，惨叫声不绝于耳。所有的人都惊慌失措。又一颗炸弹，正中他们前方的建筑，尘土瓦砾散落在面前的路面上。前后的路上到处都是死去的人。炮弹的咻咻声依旧不断回响。韩恩的脚步慢了下来。

"防空洞还有多远？"她高声喊叫。

"大概还有半英里。云这么厚，飞机通常不会这么快就到才对。"

又一颗炸弹爆炸，他们周围的空气为之震动。芙兰卡看见他们方才跑过的街道已成为一片火海。好几个人身体着火，仿佛是幽微暮光中的火炬。头顶上的天空越来越黑，几乎看不见飞机。她看见一颗炮弹拖着暗黑的火光击中地面，炸毁一家杂货店，玻璃和装蔬菜的木箱粉碎飞旋如彩纸。又一颗炮弹落下，一名老妇人残缺不全的尸体滑过柏油路面，躺在他们面前几英尺处。死者的衣服全被烧光，皮肤焦黑如炭，下巴裂开。芙兰卡绕过她身边时，又一颗炸弹在他们背后爆炸。在浓烟里，她看不见韩恩，过了好几秒，才发现他在左边约五十英尺处。她才刚刚看清楚他，一颗炸弹又落下，炸起更多碎石瓦砾。周围有好几十个受伤的人躺在地上，凄厉惨叫。还有更多人在奔跑。芙兰卡停下脚步，揉揉眼睛。她又看不见韩恩了，于是转头四处张望。

一声爆炸巨响，几乎震破她的耳膜，把她震倒在地上。周围的建筑陷入火海，阵阵黑色浓烟直冲天空。她抹掉钻进眼睛里的碎石砾，尽管耳朵还嗡嗡响，却拼命想要让眼神聚焦。她检查自己身上发现并没有血，还可以走动，只是稍微有点痛。她站起来，大部分人都远远跑在她前面了。

又一颗炸弹爆炸，这次落在几百码之外。她猛然想起自己现在是孤身一人，而且得赶紧躲到防空洞。她看见防空洞就在几条街之外，前面的人都继续往那个方向奔跑。但韩恩人呢？她感觉到一股暖意滑过脸颊，伸手一摸，手上沾满了血。刺耳的空袭警报声混杂着伤者的痛苦呻吟。她踉跄着穿过瓦砾与碎玻璃，寻找韩恩。从站着的地方，她看见周围五十英尺之内就有七名死者，有些断手断脚，有些被压在砖石底下。炸弹的咻咻声再度响起，但距离比之前远了。战斗机飞过天空，但并不代表不会再飞回来。她还是必须躲进防空洞里，留在空旷处无异于等死。

芙兰卡看见韩恩的时候，不禁惊叫起来。韩恩在街对面，侧身躺在一大摊深红鲜血里。她跌跌撞撞地向他走去，经过好几名伤员身边时他们都伸出手，哀求她帮忙。芙兰卡身上的每一个细胞都本能地叫她不能坐视不管，但她不得不对他们视而不见。她脑袋里有个隐约的声音提醒自己，把注意力集中在任务上。

"韩恩。"她叫他。她的声音仿佛在体内回荡，像是暗黑山洞里产生的回音。她俯身靠近他，更多炮弹的爆炸让大地摇晃。大家都还在奔逃。有个年轻人喊她一起逃，想要抓她起来，但被她甩开了。韩恩睁开眼睛，抬起头，血从他嘴角涌出。他咳嗽着，目光瞟向她。他的衣服已浸满血，不到一秒钟，他前面的那摊血就变得更浓稠了。他的眼神在恳求她帮忙，但她知道现在做什么都于事无补。从房子上掉落的一大块水泥压在他腿上，把他紧紧压在地上。她想要丢下他，逃向防空洞。但她想起约翰，还在小木屋等她的约翰。

"韩恩，微缩胶卷在哪里？"

他眼睛眨了眨，但只发出一声咕哝。

"别让你的研究成果和你一起死在这条街上。你说过的，纳粹不重视你的研究。你启动的项目，就让美国人来完成吧。"他睁开眼睛，看着说话的她，"微缩胶卷在哪里？让我来保护你毕生的心血吧。"

韩恩想转头，想把那一大块水泥从腿上移开。芙兰卡伸手到水泥块下方，使劲想搬开，但没成功。韩恩认命地躺回原来的姿势。他的呼吸变浅了，脸色也越来越白。芙兰卡知道他撑不了多久了。

"韩恩博士？别让你的心血落入纳粹手里，让美国人用它来做有意义的事。"

韩恩在血泊中张开嘴唇，露出令人毛骨悚然的微笑。"就像他们今天在这里做的一样？你真的知道我在做什么吗？"

"核裂变？我不知道那是什么。我只知道可以扭转战局——"

"那是一种炸弹，有史以来威力最强大的炸弹。可以夷平一整座城市的炸弹。"

"一颗炸弹就可以毁灭一整座城市？"

"几秒钟之内，就可以夺走成千上万条生命。"

"那更不能落入纳粹手里。想想看，他们对你的犹太同事和朋友做了什么。想想看，他们要是拥有这么强大的力量，会拿来做什么。"

韩恩闭上眼睛，片刻之后又睁开，芙兰卡知道这很可能是他最后一次睁开眼睛了。"在我的公寓里，克隆尼街四三三号。离这里不远。"他又咳了一声，"一定要让他们完成研究。全部都在那里。快去，趁警察在防空洞躲空袭的时候，快去。"

"在公寓的哪里？"更多炸弹落下，离他们只有几百英尺远。芙兰卡知道她得走了，轰炸机马上就会回来。

"我母亲的照片，"他的声音更微弱了，"在那里……"

他头往后倒，胡子上满是鲜血，一双眼睛茫然盯着前方。

街上的人们还在奔逃。芙兰卡是唯一一个能跑却没跑的人。韩恩的公寓有人监视，否则他怎么会要她在盟军疯狂轰炸的时候去呢？这是芙兰卡唯一能够完成任务，打败害死汉斯、弗雷迪和她父亲的恶人的机会。

她花了好几秒钟在韩恩的口袋里翻找钥匙。没有人注意她。她离开他身边，和其他人一起跑，强化水泥的防空洞就在马路尽头。天空满是烟雾尘云，防空警报还在响，周围有好几栋建筑起火燃烧，死尸散落在街道上。突然一个名字映入眼帘——"克隆尼街"。整条街空荡荡的，没有警察，没有士兵，没有盖世太保，当然也没有韩恩太太在等着前夫回家。这是个绝无仅有的机会。她停下脚步，呼吸很急促，鲜血濡湿了她的头发。两百码外的防空洞不会移动，不会离开，可以等等再去。

她跑进克隆尼街，一边跑一边抬头查看屋子前面的门牌号码。炸弹又开始落下，击中她后面的好几处地方。顷刻之前被炸成废墟的建筑残骸耸立在她身边，冒着浓烟，随时会倒塌在路面。任务！任务！她看见四一一号，四三三号还得继续往前。一颗炸弹落在她右边，炸飞的砖石、玻璃落在她面前的街道上。她蹲下来等了一会儿，确定没有炸弹再落下才继续前行。她看见一幢公寓建筑，快步冲到还完好无缺的玻璃门前，掏出钥匙。她试了第一把，不对，再试一把，锁开了。门内是一段大理石楼梯。不远处有部电梯，但现在搭电梯太危险了。她右手边的信箱标明了韩恩居住的，或者说曾经住过的公寓号码，2B。她爬上空无一人的楼梯，落在附近的炸弹震得整幢房子晃动不止。此刻生死纯粹靠运气决定。她蹲在楼梯上，等待爆炸的声音平息，才继续往上跑。满脸通红、气喘吁吁的她终于找到了2B。她把钥匙插进锁孔，打开门。这时她猛然想起，韩恩的前妻说不定还在屋里呢，但没有时间犹豫了。她跑进客厅，心里一遍又一遍念着他临终时讲的那句话。

"母亲的照片。"她环顾房间说。每一张桌子都摆满放在相框里的黑白照片，墙上也挂着好几张。哪一个是他母亲？哪一个像这样的小相框后面会藏着他的微缩胶卷呢？她注意到一扇关上的门，于是上前推开。里面是卧房，床后的墙上挂了一张加框的照片，上面是个神情严肃、身穿传统服饰的妇人。芙兰卡取下照片，面朝下放在床垫上。外面传来更多爆炸声，但也开始出现高射炮对着轰炸机射击的声音了。照片背面盖有一张褐色的纸，和相框四边齐平，离照片本身约一英寸。芙兰卡撕开这层纸，看见相框内侧一角粘着一个黑色的小东西。这肯定就是微缩胶卷。芙兰卡小心地将它剥下来，放进口袋里。

跑下楼梯的时候，炸弹再度来袭。她等到爆炸声平息，才继续往下跑，冲出公寓大门，跑到满目疮痍的街上。几分钟之前对着她喊叫求救的男人已经咽气了。走过他身边时，她很难不看他。她手插在口袋里，一路上都紧抓着微缩胶卷不放。防空洞大门紧闭，她抡起拳头猛敲，喊着要他们放她进去。门开了，气喘如牛、浑身是尘土与血的她身体一软，倒向里面。好几百个人转头看芙兰卡，她手紧紧插在口袋里，仿佛被铸在铁里。

过了好几个小时，空袭终于停止了。医务兵贴在她头上的绷带开始发痒。他要她放心，说伤口很浅，而且头部的伤口看起来总是比实际的伤势更严重。她不言不语，等医务兵一讲完就对他微笑点头。旁边的一个男子要把外套给她，但她拒绝了，只问了原本登记入住的那家旅馆的方向，希望那里还完好。她想到丢下炸弹的那些盟军飞行员，想知道他们清不清楚自己正在做什么，知不知道自己的炸弹正在杀人？防空洞里有这么多人可以指证他们，但他们会成为战犯吗？又或者，战犯的定义是由胜利的一方决定？她想，这场战争的战犯是永远不会被正义制裁的。站在胜利一方的人会被当成英雄赞颂，他们的罪行会被当成典范。世界各地的街道和火车站会以他们的名字命名，尽管他们的成就是靠战争期间的罪行累积起来的。

众人从防空洞出来的时候，天色已黑。芙兰卡拖着慢吞吞的脚步踏进已幡然改变的街头。轰炸造成的火焰依旧在夜色里燃烧。有人说这是斯图加特所遭遇的最严重的一次空袭。尸体要花好几天的工夫才能清理出来，丧生人数也要到那时才可以计算。到那时芙兰卡早已离开了。斯图加特的市民穿过漆黑的街道，宛如一个个鬼魂，跨过砖瓦石砾，以及运气不如他们的死者尸体。呼啸的警报声已经停止了，取而代之的是哭号，以及幸存者沉默的罪恶感。

第十二章
千钧一发

　　自她出门之后，约翰大半的时间都坐在窗前。他想起潘妮洛普。她如今已属于另一个人，有另一个人在等待她的信。他想象那个空军军官把信封举到鼻子前面，嗅着她香水的甜美气味，就像他以前一样。自从接到她的最后一封信，他就很少再想起她。而那封最后的来信当然也没有洒香水。他回想起他们以前一起哈哈大笑时的情景，回想起他有多么以她为荣，他们又是如何缠绵床第。他内心的痛苦已经渐渐淡去了，但还是很希望能再见她一面，亲口告诉她说他有多抱歉，说她做了正确的决定。对于约翰来说，她的幸福曾经是天底下最重要的事，比他自己的幸福更重要。他希望她能在第二任丈夫的身上重新找到她的幸福。他绝对不可能生她的气，因为一切都是他的错。他从未出轨，也从来没想过要追求别人，可是他也没有守护着她。他知道没有所谓的完美道别。他们会再见到彼此，或许是在某个穿正式礼服的场合，隔着一屋子的人，远远望见对方。也或许他们可以交谈，祝福彼此。他至少可以怀抱这样的期待。

对芙兰卡的念想似乎压过了他心中的其他思绪。他想要从意识里抹去她的存在，但徒劳无功。她一再回到他心头。她的脸仿佛是铭刻在他心里的刺青。他拼命压抑着对她的担忧。他大可以把她当成普通的市民，只在必要时刻发挥作用的市民。但清晨醒来，意识到她不在家，他感觉到了小木屋的冰冷。整个屋子也显得空荡荡的。他下了床，挂着拐杖离开卧房，走进厨房。咖啡在炉子上，就在他之前放下的地方。除非他动手，否则什么东西都不会有人动。这感觉好奇怪，也很不可思议，肯定是被困在这里太久的缘故。没错，他已经很久没见过像芙兰卡这样的女人了。他对她有亲近感是很自然的，因为她救了他的命，因为她勇敢、真诚，而且美丽。他无法克制这样的情感也情有可原。他不由自主地想起她脸庞的每一个细节和弧度。他完全控制不住自己。

他以干果、不新鲜的面包和果酱当早餐。吃完之后，他走到起居室。他的书摆在壁炉旁边的桌子上。壁炉还没生火。他想，柴薪大概还可以再撑三天，之后芙兰卡就必须再出门去砍柴。让她一个人跋涉雪地实在不太好，但她从无怨言。她一句怨言都没有，不管对任何事情。他花了好几分钟才把壁炉的火生好，终于可以坐下来休息一下。他真希望能在小木屋里多做点别的事情，但他瘸着腿，只会帮倒忙。

他不是在利用她，因为她是自愿的。有机会扭转战局，打倒摧毁她家庭、她所爱国家的这个政权，她非常乐意。那他为什么会有罪恶感？他为什么会觉得是他把她只身一人送进虎口呢？他已经告诉她，韩恩这个人很难搞。约翰相信她应该可以搞得定，毕竟，她只需要和韩恩碰面就行了。

午餐时间到了，约翰还是窝在壁炉旁边，摆在桌子上的书碰也没碰。屋外阳光灿烂，他听得见雪水滴落的声音，积雪融化的漫长过程就要开始了。他拉开盖在胸前的毛毯，伸手打开收音机。英国国家广播电台新闻播报员的皇家腔英语通过电波传了出来。约翰见过许多英国人，但像这样讲话的并不多。播报员念出一连串昨夜空袭的地点。听到他提到斯图加特，约翰的血液仿佛瞬间冻结了。

"英国皇家空军轰炸机昨天对德国工业大本营斯图加特展开大规模轰炸。消息指出，这是该城市自开战以来遭遇的最严重的空袭。"

比起对汉堡和科隆的密集轰炸，斯图加特空袭的规模相对较小，但已被盟军认为是重大胜利。伤亡人数究竟是多少？他亲手把她送进盟军这头猛兽的利爪之下！他满脑子都是可怕的想法。播报员继续播报下一条新闻，对犹在约翰耳中回荡的字句丝毫不以为意。

"该死！战争还在进行啊，"他自言自语，"她明白这个风险的。"

他眼睛紧盯着玄关的咕咕钟。现在一点钟。一分钟仿佛一个月那么漫长，好不容易才熬到五点。大门打开时，天已经黑了。起初他看不见芙兰卡，因为她在玄关脱滑雪屐。他没出声叫她。芙兰卡出现在玄关那头，额头贴了一大块白绷带。她放下袋子，慢慢走进来。

约翰松了一大口气，但勉强压抑着不表现出来。"你见到他了？"他问。

"我见到他了。"她走进厨房，几秒钟之后，端着杯水出来，"我和他在一起的时候，碰上空袭。整座城市都烧起来了。"

"你受伤了？"

她摸摸额头的绷带。"只是擦伤而已。我算运气很好。死了好几百人甚至几千人。韩恩死在街头。"

"什么？你确定？"

"我亲眼看见的，他就在我面前咽气。"

她的头重得几乎撑不住，跌坐在他对面的椅子里。

约翰尽力集中思绪。韩恩死了，意味着他为纳粹所做的研究也完了。但如果纳粹还是设法继续进行核裂变的研究怎么办？少了韩恩的研究成果，美国科学家可能无法及时赶上纳粹的研究进度。无法拿到韩恩的研究成果加以利用，约翰的上级长官绝对不会满意的。过了好几秒钟，他才恢复镇静，再次开口。

"你没受伤吧？"

她摇摇头。

"怎么回事？你们谈了多久？"

"就只有几分钟。结果他并不是什么异议分子，只是贪图利益。比起打倒纳粹，他更在乎的是赶快完成科学突破，而不是用他的技术反抗纳粹。他并不在乎哪一方先完成，只是相信美国会给他经费和他所需要的设备。"

"我们会给他的，没错。"约翰说，"我听说了空袭的事。你还活着，我真的松了一口气。究竟怎么回事？"

芙兰卡把见到韩恩，一直到他死在街头的经过原原本本告诉约翰。

"那微缩胶卷呢？"约翰说。

"等我一会儿。"芙兰卡说。她走进卧室，一会儿之后，带着一个小小的塑料容器回来。她表情严肃，半丝笑容都没有。

他拄着拐杖，想要站起来。但她却走向他，所以他又坐下。

"你拿到了。"

"他死了之后，我去了他家。"

他伸手要拿她手里的这个小容器，但她把它紧握在掌心。

"这个计划的内容，他告诉我了。"她说。

约翰往后靠在椅背上。壁炉的火光跃动着，映照在她线条柔和的脸上。

"我已经把我知道的一切都告诉你了。我只听令行事，不问问题。"

"他正在研发一种可以摧毁整座城市的炸弹。韩恩正在研发的，是人类有史以来威力最强大的武器。"她紧握住微缩胶卷。

"我不知道他在研发炸弹，我只知道那是可以扭转战局的科技。我们得赶在纳粹知道他们手中握有什么之前，把这个微缩胶卷送给盟军。要是被纳粹抢先做出炸弹……你能想象他们会拿来做什么吗？他们绝对想也不想就马上使用，到时候会有几百万无辜民众送命。"

"已经有好几百万无辜的民众垂死挣扎了，我亲眼看到的。我亲

206

眼看到盟军的轰炸机对德国人民造成的伤害。"

"这场战争是纳粹发动的，"他看着她走向壁炉，"别这样，芙兰卡。"

"你像个小孩，争辩是谁先动手打人的。这又不是小学生打架。每天都有成千上万的人死掉。"

"你握在手里的那个东西，可以让我们提早结束这场杀戮。这个科技迟早会研发出来的。美国最出色的科学家夜以继日地在进行研究，你手里的东西可以帮助他们早日研发出炸弹，结束这场莫名其妙的战争。"

"说不定也会多害死几百万人。"

"这不是我们所能决定的。"

"但我们确实是做决定的人。东西在我手上，要怎么做，由我决定。"

"在仓促动手前，你先好好想一想。毁掉这个微缩胶卷，并不能阻止研究的进行。什么都阻止不了。"

"至少我不必对可能丧生的那几百万无辜民众负责。"

"这是一场竞赛，盟军和纳粹之间的竞赛。万一纳粹先研发出炸弹怎么办？你觉得他们会犹豫要不要把这种炸弹用于伦敦、莫斯科或巴黎吗？"

"那谁能保证盟军不用？我亲眼看到他们是怎么伤害德国人的。"

"这炸弹迟早都会研发出来的，我们无法选择。我们能选择的是，要帮谁赢得这场竞赛。你想帮谁赢——盟军还是纳粹？"

她张开手掌，把微缩胶卷交给约翰。

"我懂你心里的感受。"

"怎么可能？你怎么有办法了解我心里的感受？"

"我知道这或许不是三言两语就能说清楚的，但我们并不是做最后决定的人。我们应该坚定我们的信念。你这样做是对的。"

"协助创造出人类有史以来杀伤力最强的炸弹？不好意思，我看不出来这有什么道理。"

"是很讽刺没错，我承认。但是盟军一旦有了这么强大的武器，纳粹就会知道自己赢不了这场战争。"

"你以为纳粹会因为有大批德国人民可能遇害就屈膝投降？纳粹对本国国民重视的程度，和你们对掏出的耳屎差不多。从一开始，人民就只是他们达成自身目的的工具而已。威胁人民的生命并不会让他们终止行动，除非摧毁纳粹，否则谁也制止不了他们。"

约翰把微缩胶卷的外盒摆在身旁的桌子上，端起咖啡。虽然咖啡早已凉掉，但他还是喝了一小口。

"谢谢你的帮忙，"最后他说，"不只谢谢你协助这项任务，也谢谢你救了我。"

"你接下来要怎么做？"

"我必须越过边界，把微缩胶卷送到瑞士。"

他低头看着自己的两条腿。打着石膏、伸直在面前的两条腿。

"你的腿伤恢复得很好。再过两个星期左右就可以取下石膏了。"

"没办法更快吗？"

"如果你想让腿恢复完好，那就需要这么长的时间。我是护士，不是魔术师。"

"我可不这么认为，芙兰卡，你是创造奇迹的人。"

"阿谀谄媚，你只会这招？"她说完就走开了。

芙兰卡没能如愿泡个热水澡，但能在浴盆里装进三英寸深的温水仍然让她觉得是莫大的享受。人坐在浴盆里，斯图加特街头那一具具燃烧的尸体却仍在她脑海里盘旋。约翰还需要两三个星期来养伤，然后就会离开了。他走之后，等着她的会是什么呢？她已经不再想结束自己的生命了。他让她知道，她并非一无是处，她仍然可以做出贡献，可以改变别人的生活。但现在有哪家医院肯雇用她？她是背叛德意志的人，曾经因煽动叛乱而坐牢。看来她在德国没有太大的生存空间。她的积蓄大概还可以撑上一年，但之后呢？要是她没办法找到工作怎么办？她在慕尼黑有舅舅阿姨，表兄弟姐妹则住在全德各地。他们肯接纳她吗？纳粹给她贴上叛徒的标签，他们是不是也会视她如叛徒？大部分的亲戚，她已经很多年没见面了，妈妈娘家的那些表亲现在更无异于陌生人。对她来说，只求眼前的生存并不够。

战争很快就会结束，一切都会改变。只要活得比希特勒和纳粹政权更长，她就算胜利了。这也会是其他几千万人的胜利。她渴望见到汉斯和苏菲所倡议的理想再度成为德国的道德规范，如此一来，他们在德国人民心中的形象便可由叛国贼逆转为英雄，而她也可以得到宽恕。无论要等多久，活着看到那一天的到来对她来说才算足够。

她心头再次浮现约翰的身影。说来荒谬，但他确实是她此生最接近真正伴侣的人。没有人能比他更近了。她从未向任何人坦露这么多心事，而他很快就要离去。她想象着美国。像约翰这样的人，相信自己的国家，而且能保有人性，真好。他效忠的是祖国的人民，而不是某个号称"为人民服务"的政权。她认识的那些"爱国者"已经为背离正道的理念所扭曲、所腐化了。对纳粹政权宣誓效忠简直令人发指，更完全违背了生而为人所应捍卫的一切理念。真正的爱国者，应该对政府和政府每一个行为背后的动机保持适度的怀疑。真正的爱国者，不应该被纳粹慷慨激昂的论述煽动和迷惑，而应该时刻不忘自己是什么样的人，就像汉斯和苏菲一样，就像她父亲一样。真正的爱国者，或许应该敞开胸怀，迎接即将带着武器踏进他们国境之内的传道人。

★ ★ ★

墙上的月历标示着今天的日期：一九四四年一月二十日。丹尼尔·贝克尔伏首办公桌上。最近这段时间，他耗在办公桌前的时间越来越多。他的工作主要是翻阅报告、核查消息来源、调查邻居与失和朋友之间的龃龉。告发邻居有可能让邻居遭逮捕甚至入狱，所以被惹毛的人发现自己有了新的权力，可以报复他们所讨厌的人。很多人被邻居举报为国家公敌，往往只因为占用了邻家的部分土地，或偷了邻人的报纸。一个星期之前，他处理过一个案子，吃醋的丈夫举报了他家隔壁的帅气男子。特勤人员刑讯逼供这个男子，什么严酷的招式都用上了，最后这人招认他给举报的那人戴绿帽。特勤人员放了他。刑讯逼供也是讲究技巧的。如果刑讯逼供过度，这个人最后大概会招认他想暗杀元首。刑讯逼供的诀窍就在于找到平衡点。每个人，不论男女，都有极限点。审问经验丰富的人知道什么时候该继续施压，什么时候该停止；什么时候该用什么方法，什么时候该停手。他们用鞭子痛打这个英俊的男子，但没把他吊起来，更没电击他的生殖器。更为极端的案子才用得上这些手段，只不过这样的案子近来更为常见。

高层下达的命令越来越严苛。贝克尔回想战争爆发之前的日子，那时情况简单得多。战前，对于部分人民自由多元的想法，他们虽然不鼓励也不接受，但还是容忍的。但如今，在德意志领土上，没有这些理念存活的空间。高层越来越执着于搜捕自由主义者与所谓的"思想家"。很难相信他们所在的这个国家有这么多敌人，而且还有更多藏身于民众之中。尽管很难相信，但事实就是如此。盖世太保比以往更忙碌。传统的做法，例如"证据法则"与"程序正义"，都早已被人遗忘。盖世太保拥有绝对的权力，凌驾于民众之上。而贝克尔对引发人民的恐惧乐此不疲。若非拥有这么大的权力，那些人对他肯定是不屑一顾的。

贝克尔对自己的工作非常自豪，唯一的遗憾是和家人相处的时间太少。他的时间永远不够用，没办法一边高效率地完成工作，同时又和儿子多相处。办公桌上有好几张儿子的照片，都装在相框里。牺牲家庭生活固然难受，但也是他对国家做出的贡献。他的人生奉献给了更宏大的事业，他们总有一天会感谢他。他这一代人愿意为下一代的福祉而努力，建立一个和平繁荣的德意志，难道不是他所能给予儿子的最佳礼物吗？这是身为父亲最大的责任，也是推动着他每日奋勇前进的动力。

贝克尔端起已经凉掉的咖啡，但又放下了，因为他想起刚才把一根烟蒂丢进了杯子里。他从口袋里掏出香烟，用摆在办公桌上的火柴点燃。烟灰缸已经满了，所以他继续用咖啡杯替代。桌上的台灯划破黑暗，照亮一叠叠文件，都是等待他拨出时间仔细翻阅的报告。屋外天色已暗，但温度比前一阵子回升了。雪终于开始融化，大部分的道路也重新开通了。有人敲门，他喊那人进来。

进来的是亚敏·沃格，出生于艾斯巴赫的盖世太保探员。"丹尼尔，还好吗？"

"很忙，亚敏。我在想下一个应该先抓谁进来。是批评战争必输无疑的餐厅服务生，还是暗中举行弥撒的神父？"

"老问题啊。"

沃格在贝克尔对面坐下，也点起一根烟。贝克尔放下手中的报告，很庆幸有借口可以休息一下。

"我有件事想告诉你。"

"什么事？"

"我收到一份报告，你或许会有兴趣。我记得你提到去年底曾经碰到一位老朋友，芙兰卡·戈尔伯。"

"是啊，我年轻时候的女朋友。她怎么啦？"

"几天前从圣彼德镇转来一份报告，说芙兰卡·戈尔伯在圣诞节前鬼鬼祟祟的。她替他的男朋友去找拐杖，说他滑雪摔断了腿。"

"真的吗？"贝克尔深吸一口烟，"她告诉我说，她圣诞节要回慕尼黑。"

"哈，她没走。我的手下前几天才在镇上查验过她的证件。看起来没什么大不了，不过我想我应该告诉你。很可能没什么事……"

"但怀疑是我们分内的工作。"

"没错。我应该早一点告诉你的，但我和你一样，忙得焦头烂额。"

"我了解，谢谢你。我知道她住在哪里。既然路差不多都通了，我应该去拜访一下她和她的男朋友。拜访老朋友很正常，你说是吧？"

"绝对是。"

沃格站起来，敬个礼，贝克尔向他回礼。

沃格离开之后，贝克尔坐了一会儿，才起身到地下室。他知道她的档案在那里，不费什么工夫就找到了。这份档案拿在手里很轻，她的人生就只总结成短短几行摘要。他已经读过太多遍，其实不需要再看。她说她就要离开了，人却还在这里。她为什么需要拐杖？其他的案子他可以等等再处理。

★★★

这一年一月的天气异常暖和，冻住她车子的冰雪差不多就要融化了。她从外面拖着木柴回来时，约翰正努力练习走路。她踢掉鞋子上的雪泥，出声喊他，让他知道她回来了。几秒钟之后，他就出现了。

"再过几天，我们就可以看看你的腿恢复得如何。你已经熬过最惨的阶段了。"她说。

"多亏你。"他回答说，同时走到门外帮忙拖木柴进来。她拉着装满木柴的雪橇进屋。他想办法帮她，但一如既往，她叫他坐下。她挑拣柴薪，把最干的木柴摆进壁炉旁边的篮子里。她当初坚持说他腿上的石膏必须打满六周。今天是一月二十一日，再过四天就满六周了。然后他就要离开，再也不会与她相见。她只不过是他人生中偶然交会、即将消失的另一张脸孔。他越过她，开始挑拣她还没整理的第二堆木柴。橘色的火花噼啪作响，黄昏临近了。

"我走了之后，你打算怎么办，芙兰卡？"

"我不确定。很可能去找份工作吧。"她继续挑拣木柴，"护士向来都有需要的，特别是在战时。"

"像你这样有案底的护士？"

"我没说找工作会很容易，但也有可能这种职业真的很缺——"

"你有没有想过要离开？"

"离开哪里？黑森林？我早就离开了，我住在慕尼黑。"

"不，不是黑森林，是德国。你想过要离开德国吗？"

她戴着手套的手正抓着一根粗达两英寸的树枝，这会儿放了下来。"当然想过，但我能去哪里？除了德国，我对其他地方一无所知。就算我有想去的地方，又要怎么去呢？"

"我再过几天就得离开，你可以和我一起走。"

"去哪里？费城？"

"我也希望是。我还要再过一段时间才回家，但我可以带你越过瑞士边界。你可以重新开始。像你这样有一技之长的人，到哪里都会有人需要的。你可以找到工作，而且很安全。"

"穿越瑞士边界，可不是出示护照，然后盖世太保的那些小子祝你假期愉快那样轻松如意的事。边界已经关闭了。谁也不敢保证我们能过得了关。"

"边界的问题我很清楚，是很难没错，绝对是。但你留在这里做什么？"

"约翰，我一辈子都住在这里。你怎么会问我这个问题？这里是我的家呀。"

他挣扎着站起来，一边跟着她走进厨房，一边低声咒骂自己。她走到壁炉前面，又开始挑拣她带进来的另一堆木柴。他坐在餐椅上，离她蹲着的地方有一段距离。

"你最起码考虑一下吧。"

"我一无所有地到一个人生地不熟的国家，能做什么？"

"你可以得到自由。你可以重新开始。"

"在瑞士？"

"如果你愿意，甚至可以到美国。我可以帮你申请美国签证。"

"战争还在进行，你如何能帮一个德国人弄到美国签证？"

"我有几位很有权势的朋友。要是我父亲搞不定，我老板肯定可以。"

屋外的光线已消失，夜色一片漆黑。芙兰卡站起来点亮油灯。

"你是我所见过的最勇敢的人。你究竟在怕什么？"

"我从来没去过美国，而你是我唯一认识的美国人。"

"我得先警告你，不是每个美国人都像我这么好喔。"

"美国人都这么有自信吗？你对越过边界充满信心，可是你明明连走路都还有困难。"

"我的腿好极了。你自己说我的腿伤愈合得很好。胶卷已经到手，我实在没办法枯坐在这里耗时间。我必须把东西送到瑞士的领事馆。我一定要想办法做到。"

"你知道你这话听起来有多荒谬吗？你根本哪里都去不了。你现在还没办法走路。"

他站起来。"我展示给你看看。我不只可以走路。来吧。"他把拐杖夹在腋下，对她伸出一只手。

"你要干吗？"

"跟我来就对了。"

她脱掉手套丢在一旁，但没拉他的手。约翰耸耸肩，作势要她跟他一起到客厅。他走到收音机前将它打开，是英文播报的新闻节目。

"你要干吗？"

"等一下。"他说。他开始转动旋钮，寻找频道。"你真是急性子，"他转到一个音乐频道，"我不只可以走路。"他笑起来，抬起双臂，拐杖"咔啦"掉在地上，"我有荣幸邀你共舞吗，小姐？"

"你真是太胡闹了，这样很危险。"

她拉着他的手，随即意识到自己身上穿着陈旧的羊毛大衣。他把她拉近到跟前，两人的脸仅仅隔着几英寸的距离。他一手搂着她的腰，另一手拉着她的手。"我以前舞跳得可好呢。"他说。

他的脚前后移动，勉强保持着平衡。他身体非常僵硬，她很怀疑，若不是搂着她，他是不是还能保持最基本的平衡。

"看得出来，"她笑着说，"你的动作太优雅了。"

"我是'断了脚踝的野牛'。"

他比她高约六英寸。他俩脸上映照着火光，许久都没有说话。曲子结束，她抽身后退。

"我们跳一整夜的舞，如何？"

芙兰卡忽然听见屋外有辆车正开上山坡，内心开始恐慌起来。

"有车来了，"她轻声说，"快躲进藏身的地方。"拐杖在地板上，芙兰卡帮他捡起来，他一语未发地走进卧室。他关上房门，把拐杖摆在撬松的地板旁边，然后拉开地板。汽车引擎熄火了，车头灯熄灭，她听见车门打开的声音。约翰躲进地板下方的空间，背包在他脚边，里面塞着他的德国空军制服。他顿时置身黑暗之中。

敲门声响起，芙兰卡拖了几秒钟才去开门。约翰的咖啡杯和他的书摆在壁炉旁边，除此之外，没有他在屋里待过的痕迹。他们向来很小心。他所有的东西都和他一起塞在地板下的空间。她深吸一口气，走向大门。才开门，一股风就灌了进来。贝克尔只身前来。

"希特勒万岁！"贝克尔喊道，尽管围巾裹住了他的下半张脸。

"希特勒万岁！"她回答说。她发现自己的手在发抖，于是把手插进口袋藏起来。

"你不打算邀我进屋吗，芙兰卡？"他解开围巾说。

"当然要啦，贝克尔先生，请进。"

他穿过她身边，脚先在门垫上搓搓，才脱掉黑色的军装大衣。他理所当然地把大衣交给她，即便他明明看见大衣挂钩就在他面前不远处。他穿着盖世太保的全套制服，上面挂着捍卫德意志杰出贡献的所有勋章。她帮他挂好大衣。他已经自顾自地走进客厅，四处打量这个老地方。她匆匆跟了进去。

"太不可思议了，"他摇摇头说，"已经多久了，八年？这地方一点都没变，只是墙上的照片不见了。"

"应该有八年了。"

"好多回忆。"他摘下黑色帽子。

"是啊，没错。"她勉强挤出这句话。

"你不打算请我喝杯咖啡？"

"当然要，我实在太失礼了。"

他跟着她走向厨房，站在门边。

"听说你还在这里，我很意外。你让我相信你在圣诞节前就要回慕尼黑。"

芙兰卡把烧水壶摆在炉子上，转身在柜子上拿了个马克杯。

"是啊，我改变计划了。积雪太深，我的车开不出去，所以我决定再多待几个星期。"

"我看你那辆车已经开得动了，而且几天前道路就已经通了。"

她转身面对他，几乎可以感觉到他凌厉的眼神穿透她。

"是啊，这是离开的好时机。我想我只是有点懒。"

约翰屏住呼吸，手贴在胸口，希望能让心脏别再怦怦狂跳。厨房里传来讲话的声音，但他只能勉强听见几个字，很难知道他们是在谈什么。他手伸到背包里找手枪。金属的冰冷让他知道自己找到了。

"一个人待在山上，一定很孤单。"贝克尔说，"你向来很外向的。"

"我父亲过世之后，我需要一点时间独处。小木屋是隐居的好地方。"

"确实是。"他点头说。他盯着芙兰卡看了好一会儿，等她把煮沸的咖啡倒进两个马克杯里。热气在冰冷的空气里蒸腾如雾。"谢谢你，芙兰卡，"她把马克杯递给他时，他说，"可以到起居室吗？我们有好多事要聊聊。"

"当然可以。"她说。勉强挤出的微笑几乎让她脸颊疼痛。

他当先回到起居室，径自坐在约翰之前坐的那张壁炉旁边的椅子上。约翰那本《西线无战事》封面朝下摆在贝克尔旁边的桌子上。光是家里有这本书，就够她在牢里被关上好几天了。贝克尔啜了口咖啡，把杯子摆在这本老旧的平装书旁。芙兰卡坐在他对面，眼睛努力不看那本书。贝克尔往后靠在摇椅的椅背上，双手交叠搁在肚子前面，帽子摆在大腿上。

"嗯，这里有好多回忆。我们曾在这里度过很美好的时光，对吧？"

芙兰卡点点头，仿佛有条无形的铁丝拉住她的脑袋。

"我们那个时候太年轻，"他继续说，"感觉非常不真实。有人说年轻人挥霍青春，但我不这么觉得。你说呢？"

　　"年轻时做的一些愚蠢决定，现在想起来确实很后悔。我想我了解为什么会有人这样说。"

　　"可是我已经不再同意这么感情用事的说法。我的意思是，年轻人总是会做蠢事没错，但做我这样的工作，慢慢就会了解，做蠢事的并不一定是年轻人。我每天都会碰到。上个星期，我审问一个四十几岁的男人，他是五个小孩的父亲。他喝醉酒，对着周围的人咆哮，说除非每个人都死了，否则元首是不会停止行动的。他骂元首是骗子、是恶棍，甚至是杀人凶手。你敢相信竟然有这种人吗？"

　　"很难想象，怎么会有这种想法。"

　　"还好有很多人愿意做该做的事。有十个目击证人出面指证。知道有这么多忠诚的德国人愿意挺身而出，知道我们之中的好人远远多过坏人，让我觉得很安心。"他又喝了一口咖啡，把帽子摆在原本放马克杯的桌子上，"我的一个年轻手下用两根金属棒夹断那人的手指，拔掉他的指甲。那人很快就招认了，我想我这个手下之所以用这么严酷的手段，主要为了报复他对元首的不敬。我们把这样的事情当成个人恩怨。"

　　芙兰卡的手用力压着大腿，想控制住颤抖。"这是很重要的。"

　　"非常重要。我们是德意志与国家公敌之间唯一的屏障。我们国家之内的战争早在和盟军开战之前就已经开始，而且我们正一天天朝胜利迈进。"

芙兰卡想接话，但嘴唇却动不了。她说不出话来。

"嗯，我们已经变得很不一样了，你和我，对吧？"他问。

"是吗？"

"噢，我想是的。我们以前很像的。"

我认得邪恶的面目。你拥抱邪恶，你把自己变成了邪恶本身。

"如今，很多人会说你已经变成我努力想从德意志彻底消灭的那种恶疾。有人或许会说你代表了我们社会最恶劣的一面。"

芙兰卡拼命压抑笼罩全身的恐惧。这人拥有绝对的权力可以对付她。他可以把她从小木屋拖出去，丢进大牢里，而且没有人会知道。他可以一时兴起就杀了她，没有人敢质疑他的动机。没有任何司法程序，没有任何更高的权力可以介入。纳粹党把丹尼尔·贝克尔变成神，他可以随心所欲地执行他的权力。

"我以为德意志还有我这种人可以容身的地方，我已经服完刑——"

"我的意思并不是这样，芙兰卡。"他兀自笑起来，"噢，你向来就是个冒傻气的女孩。你这么容易被诱骗，我也不意外。"

"我很迷惘。在我弟弟死了之后，我很难分得清什么是对，什么是错。"

"是啊，我听说那件事了。"他盯着壁炉里的火说，当他的目光转回她身上时，眼睛里有着火光的跃动，"很不幸，但却是必要的。"

"必要？"她真实的情感如利刃般刺痛着五脏六腑。提到弗雷迪，就仿佛在她内心的怒火上浇了一桶油。她竭力忍耐，不让怒火爆炸。

"当然，"他说，"元首本人亲自指出，终结无法痊愈、肢体残障或心智不足的病人的痛苦，是最慈悲的行为。我们英勇的战士为国家前途在前线作战，从他们口中抢走粮食的无用米虫应该被灭绝。这是普通常识，是种族优生学最关键的一部分。唯有这样做，我们的国家才能在世界列强中占有一席之地。"

"失陪一下，贝克尔先生。"她说，随后站起来走进浴室。她背靠着关起的门，浑身发抖，落下泪来。她必须撑过去，现在不再只是她一个人的问题。她疑神疑鬼地想起在斯图加特请她抽烟的那名男子。难道贝克尔知道微缩胶卷的事？会有更多盖世太保的人来吗？贝克尔是在逮捕她之前逗弄她吗？

不，他不可能知道。他什么也不知道。你得靠自己去搞定这件事。

芙兰卡拿起毛巾，擦掉眼泪。她照照镜子，恨意会蒙蔽她的判断力，她要努力把仇恨搁在一旁。当她回到起居室时，他还是坐在壁炉旁边。她回到他对面的椅子上，他的眼睛盯着她看。

"我怎么有幸蒙你大驾光临，贝克尔先生？特别是在这么晚的时候。"

"保卫德意志的工作是一天二十四小时不休息的。就算是深夜，暴乱也不睡觉的。还有，拜托，请叫我丹尼尔。我们都认识这么久了。过去的一切永远都是我们人生的一部分。"

她觉得仿佛有只蟑螂在她皮肤上爬行。

"好吧，丹尼尔。在这寒冬深夜，有什么可以效劳的？"

"我今天不是来聊天的，虽然我很希望有时间可以和你聚聚。你自己一个人在这里吗，芙兰卡？"

"当然啦。嗯，除了你以外。但没错，我是自己一个人。"

"你住在这里的这段时间，都是自己一个人？"

"是的。"

贝克尔端起马克杯，又喝了一口咖啡。

"那么，拐杖是给谁用的？"

芙兰卡浑身绷紧。"噢，"她想办法挤出微笑，"拐杖是给我男朋友用的。他来待了几天，但已经离开了。我应该提起他的。我这脑袋真是不中用。"

"你老是说自己笨，实在是太有意思了。我想说，我的感觉恰恰相反。我和你很熟，也向来觉得你是最聪明、意志最坚定的人。你绝对不笨，也不会轻易被人牵着鼻子走。"他放下马克杯，"你这位男朋友是谁？"

"他叫韦纳·葛拉夫，从柏林来的。他是德国空军的飞行员。"

要是他找到约翰，他的这个掩护身份还瞒得过吗？不，他找不到约翰，因为约翰躲在地板底下。她不能泄露任何信息。说谎是她唯一的机会，但这人受过严格训练，专门拆穿谎言，她相信他会看穿她。

"空军飞行员，呃？"他说，"这让我很意外啊，我们英勇的飞行员竟然会自贬身份，和你这样的贱货在一起。"

"他……他几天前离开了。"她说。

"你给他看了你漂亮的小屁股了，对吧？你骗他，让他以为你是个效忠国家的好女人，而不是背叛国家的贱货？"

他拿起摆在身边桌子上的小说。

"好啊，看这儿。这个贱货竟然在看禁书。你知道吗，光是这样，我就可以逮捕你了？"

"这只是一本旧书，丹尼尔。我只是拿出来看看。对不起……"她在椅子里缩起身体，看着门口。她知道自己没办法及时冲出大门。

"你之前骗了我。现在我又怎么能相信你说的话呢？"

"我不想提起他，因为我们以前的关系。我不想让我们的对话变得尴尬。"

"我是盖世太保的探员，你以为我会让私人感情影响调查？"

"当然不会，可是——"

"我不得不说，我对你很失望，芙兰卡。但是我老早就对你失望了，早在你背弃元首的箴言、去拥抱所谓的自由思想时就失望了。"

"我经常想起你，丹尼尔。我们只是不适合彼此。"

"因为你比我优秀？好啊，现在谁比较强？你知道欺骗我的人会有什么下场吗？你知道我现在可以怎么对付你吗？"

"我当然知道，丹尼尔。但我已经坐过牢，已经受到教训了。你有你太太和小孩的照片吗？我很想看看。"

他起身站在她面前。"你好大的胆子，竟敢提起他们，你这个可恶的贱货！你这张肮脏的嘴巴竟敢提到他们！"

芙兰卡站起来，往后退开，惊恐不已。"丹尼尔，拜托……"

"这里只有我和你，方圆几英里之内没有别人。"他步步逼近，她步步后退。但她背后两英尺就是墙壁，她已经无处可逃。

"你听听自己心里的声音。你是个好人，非常好的父亲，尽忠报国，也全心照顾儿子。我只是个德国女人，别这样。"

"你是个没用的烂货，活在这世上就只有一个用处。不过呢，你身材还真不赖，我念念不忘这滋味啊。"

小木屋的墙壁似乎从四面八方压缩逼近，她眼前越来越暗。她父亲的枪在大门旁边的柜子里，但感觉像远在几英里之外。当他冲上前时，芙兰卡放声大叫。他抓住她的双臂，手指掐进她的肱二头肌，就像猛禽的爪子抓住猎物一样。

"嗯，你可以当我的情妇。也许我可以让你住在这里，每隔几天来看你一次。再不然，我就带你下山，把你关在地牢里，谁想上你都可以。我让你自己做决定。"

他欺近她，她转开头，他的舌头舔着她的脸颊，她简直要吐了。她想用膝盖顶开他，也拼命想甩开他贴近的大腿。

"你先杀了我吧。"

"这倒是不难安排。"

她推开他，跑向房间另一头，但他抓住她的双臂，把她拖向卧房。那是一九四三年那个温暖的夏季当中，她爸妈睡的卧房。她拼命挣扎，拳打脚踢，指甲划破了他的脸颊。他猛力撞开房门，把她丢到床上，门在他背后"砰"的一声摔上。

"嗯，很好，你挣扎吧，这样更好。"

他把她压在床上，撕开她的衣服，露出内衣。她放声尖叫，手指又往他脸上抓，他狠狠打了她一巴掌。她头晕目眩地躺在他面前，他忙着解开皮带。卧房房门突然被撞开，约翰冲了进来，一手拿拐杖，一手拿着亮光闪闪的手枪。贝克尔转身，抓起自己的手枪，但约翰已经一拳打过来，击中他左眼上方。拐杖落地。贝克尔正要往前冲，枪声响了，子弹射穿后墙。约翰靠在门框上，贝克尔展开攻击，踢他腿上的石膏，想办法扯开他的手。约翰往后倒去，穿过敞开的门，倒向起居室。约翰的枪掉在地板上，贝克尔连忙抽出插在腰间的手枪。芙兰卡跳到贝克尔背上，用身体的重量把他压倒在地板上。约翰伸手掐住这个盖世太保探员的脖子，拇指用力戳进他的气管，贝克尔奋力爬开来。约翰再度冲向他，但贝克尔动作敏捷，马上站了起来，再次伸手拔枪。

"所以这就是你的男朋友啰，是不是，芙兰卡？"他解开枪带，哈哈大笑。

约翰爬向落在三英尺之外的手枪，但贝克尔的枪已经瞄准他了。贝克尔手指扣在扳机上，张开嘴巴正准备要说话。

就在这时，贝克尔的胸口炸裂开来。他转过身，手里的枪掉下来，脸上尽是痛苦迷惘的表情。芙兰卡站在他背后，手上握着她父亲的枪，枪口还冒着青烟。

"他不是我的男朋友，丹尼尔。他是盟军的间谍。你说得没错，我一直都很清楚自己在做什么。"

"你这个臭……"他还来不及讲完这句话，芙兰卡就再次扣下扳机。子弹正中胸口，就在他那排奖章下方。他屈膝跪下，接着往后倒在地板上。

"你这个人渣，"芙兰卡哭着说，"你这个可恶至极的人渣。"

贝克尔的血在起居室地板上蔓延开来，晕染成一圈近乎正圆形的深红色。他眼睛并未闭上，直勾勾地瞪着天花板。

"芙兰卡？你还好吗？有没有受伤？"

约翰站起来，扶着墙走到她身边。她一动也没动，手里的枪还指着刚才贝克尔站着的地方。约翰把枪从她手中拿走，放下来，然后搂她入怀。

"盖世太保会来找我们。"她双臂抱着他说，"他们会知道你在这里，我们永远不可能活着逃出德国。你永远也没办法把胶卷送回去给盟军。"

"他们得先逮到我们才行。"

她头靠在他身上，泪水又汩汩流下。"你冒着搞砸任务的风险来救我，为什么要这样做？"

"没有什么任务重要到可以让我袖手旁观。"他说，"再发生一千遍，我也还是会这么做。我绝对不会让任何人伤害你。"

第十三章
逃亡

芙兰卡看着躺在起居室地板上这具鲜血淋漓的尸体。他手臂上的纳粹臂章已经被血浸湿，制服撕裂，满是鲜血，皮带扣解开着。她恨不得再射他一枪。

约翰拿起地板上的拐杖，一手揽着她的肩膀，带她走进厨房。她浑身发抖。他扶她坐下，手摸着她的脸。她贴着他的手，伸手按在他的手上。

"谢谢你。"她轻声说。

"不，是你先救了我。而且，我没能早一点赶到，很抱歉。"约翰深吸一口气，"不过，你说得没错。他们会来找他。我们必须离开这里，今晚就走。"

"我们？"

"我不会丢下你的。而且，没有你，我也做不到。我需要你。这个任务需要你。"

"你的腿怎么办？"

"我要你先帮我拆掉石膏。我的腿已经恢复了，刚才和那个禽兽拼命的时候，完全感觉不到痛。"

"他们要找的人是我。你最好自己一个人走，他们不知道你在这里。"

"我欠你一条命，你一定要和我一起走。你不走我也不走。我宁可死也不会丢下你。"

芙兰卡拉开他贴在她脸上的手。"你应该开我的车走。你的证件没问题。到边界之后，你可以想办法溜过去。"

"别说了。听我说，你不和我走，我是不会离开的。如果有必要，我甚至会把你扛起来，不管你怎么尖叫、踢腿都没用。我们必须一起走。"

"好吧，"她点头，"我们一起走。"

"很好，我需要你。"

"我也需要你。"

"那就说定了。首先，我们要拆掉石膏。然后，我们要打包路上所需要的东西。他们会在公路上找我们，所以我们必须走穿过森林的小路。这是我们唯一的机会。"

"在冬天？"

"别无选择。我们有时间上的优势，至少。现在已经快九点了。我猜，我们躺在地上的这位朋友，通常大概不会不告诉老婆一声就彻夜不归。所以差不多再过十二个小时，他们就知道他失踪了。而且他一定曾经对某人提过，他要到这里来。我们得把这个地方清理干净，藏好他的尸体，这样一来，等他们搞清楚出了什么事，我们早就远走高飞了。瑞士边境距这里大约五十英里。要是我们彻夜开车走小路，天亮的时候可以到那里吗？"

"大概可以到半路吧。小路晚上有点难开。"

"我们没什么选择。走路太远了。我们得试试，能开多远算多远。这里地形险峻，徒步走一天大概只能走个十英里。"约翰拉起她的手，"这一路肯定会非常困难，芙兰卡，但我们可以一起做到。"

"我知道我们可以先到哪里，一个可以暂时停歇的地方。"

"芙兰卡，我们不能相信任何人……"

"我叔公赫曼住在一个叫布绍的小村子，从这里往南约二十英里，就在这里和瑞士中间。"

约翰摇摇头。

"听我说，"芙兰卡说，"他快八十岁了，几乎从来不出门。我好几年没见到他了，但他也讨厌纳粹。他两个儿子都在上次的战争里丧生。我们需要一个可以休息几个小时的地方。我们不可能开一整夜的车，然后天一亮就开始步行。你的双腿不行。"

"我考虑一下。"

"我们可以走偏僻的小路，走车子开得过去的步道，天亮就可以抵达叔公家，然后可以睡一会儿。"

"那你要怎么告诉他？"

"说我远足的时候迷路了，我需要找个地方休息几个钟头。他不会问任何问题的。"

"要是他问了呢？"

"我先和他谈谈，要是他起疑，我们就离开。"

芙兰卡走进客房，地板的那个洞口上还有几根木条。约翰刚才就是从这里爬出来的。她帮他捡起另一根拐杖，他则绕过贝克尔的尸体旁边往回走。芙兰卡默默动手，她知道每一分每一秒都极其关键。她剪开他腿上的石膏，用剪刀挑起，露出底下干瘪泛白的皮肤。和身体的其他部位比起来，他的腿看起来比较细，肌肉也有些无力。他站了起来。

"和以前一样健壮。"他说，但她不太相信。他的腿还需要一个星期才能完全愈合，但时间如水，正从她指缝间流失。刚取下石膏重获行动自由时，约翰像孩子般快活。但一看见躺在地板正中央的贝克尔，他立刻又回到当下。

约翰走进卧室，从地板底下抓起他的背包。背包里有毯子、小刀、火柴、指南针，以及非常充足的弹药。他的德军制服摆在洞底，他把衣服折好，收进背包深处。拉链暗袋里有几张折起来的纸，是他的另一个德国身份：一个四处打工的工人。约翰把文件塞进口袋，但心里希望自己永远不会用得到。

"文件？"芙兰卡说。

"我不会用到的。但我想，最好还是把我来过这里的痕迹都抹除干净比较好。"

"我们要拿贝克尔怎么办？"

提到躺在地板正中央这具尸体的名字，感觉好怪。很难想象这人曾经是她的男朋友，曾经是阳刚帅气的希特勒青年团领袖，只要一走过就能赢得所有女生的注目。

"我们得想办法把他的尸体藏得好一点。"

"藏在外面？你想把他埋起来？外面的地应该都还冻着。"

"我们没时间挖洞，必须尽快离开。帮我一起抬他。"

约翰领头回到起居室。

"我们把他藏在地板底下。他的尸体会让小木屋发臭，但那个时候我们早就走远了。"约翰看着芙兰卡，意识到自己不该这么说的，"我们眼前只有这个地方可以迅速把他藏起来。要是他们只是匆匆搜查小木屋，很可能不会发现他。我们需要几天的时间。藏起他的尸体，可以为我们争取时间。"

芙兰卡努力不去看贝克尔睁着的眼睛，但那双眼睛仿佛牢牢盯着她，不放过她的一举一动，并且随着她在屋里转动。

她抓起贝克尔的脚时还感觉得到他的体温。约翰抬起他的头。芙兰卡看得出来，抬起贝克尔让约翰很费力，但他尽量不皱眉头。血流到地板上，一路滴到卧室。地洞敞着等待着他，他们把他丢进洞里。她拿起贝克尔的大衣，也丢进洞里，盖在尸体上。她一点都不难过，甚至也不为他的妻儿难过。没有他，他们会过得更好。她差点就要对着他的尸体吐口水。他死了，她如释重负。知道他再也无法伤害任何人了，她感觉到了一些安慰。

约翰要她帮忙把地板木条摆回原位之后，他们再次把床推到房间中央，盖住这个洞。芙兰卡到厨房弄了一桶肥皂水，两人花了二十分钟刷洗地板，终于把血迹清理干净，谋杀现场再不复见。没有人在乎她是不是自卫。芙兰卡·戈尔伯马上就会被判定为头号国家公敌，盖世太保也将立即放出猎犬搜捕。瑞士边界是他们唯一的逃生之路。

在清理房间的时候，他们没怎么交谈。工作结束之后，约翰带她到厨房，要她在餐桌旁坐下。

"我们也得想办法处理他的车。我们有地方可以藏那辆车吗？附近有没有什么小路或树林那种可以丢弃车子，在我们离开之前不被发现的地方？"

"是有好几个这样的地方。"

约翰把贝克尔的钥匙丢在车上。"你开他的车，我开你的车跟在后面。"

他们穿上外套走到屋外。芙兰卡拉起围巾遮住脸。就算他们能在叔公家休息一下，他们也至少还有一个晚上要睡在户外。一个多星期没下雪了，白天气温开始回升，但夜里还是冷得要命。芙兰卡呼出的气在面前变成白雾，她仰头看着镶在天空上的星星。

约翰在贝克尔的车子里搜寻了一番。"谢谢你，贝克尔先生。"他说，"这是什么呀？"

"一顶帐篷。不大，但可以让我们躲雨。还有一个医药箱。这我们用得着。我们很快就能用得上。"

芙兰卡把帐篷和医药箱放进她车子的后备厢，然后把车驶离小木屋。车头灯发出白色的光，但只能勉强照亮前方，隐隐约约看得出来小径和周围林木的轮廓。约翰本来建议不开车灯，但后来不再坚持，想必是知道在黑暗中摸索前进无异于自杀。在这么深沉的夜色里，根本分不清哪里是哪里。小路上的雪虽然都清理干净了，但主要是供雪橇和滑雪屐走的。开往她从童年就知道的那个藏车地点时，她的时速始终不敢高于二十英里。

五分钟之后，她到了记忆里的那个地点。一条死路，还有幢始终没盖成的房子。她停在小路尽头，要约翰再往前开几百码，然后她跟在他后面，用树枝落叶把车盖起来。他们是不是把贝克尔这辆奔驰汽车藏匿得很好，实在很难说，因为夜色让他们什么东西都看不清楚。但他们时间不多，只能这样做。这里距离小木屋有一英里远，比较靠近村子，但杳无人迹。至少在冬天没有人来。

"我们可以回去把尸体载到这里来吗？"

"太晚了。我们已经浪费太多时间了。"

"把他藏在小木屋的地板底下，比藏在我们车子的后备厢好，对吧？小木屋很偏僻。"

"只能这么希望了。"

他们回到小木屋时已经快十一点了。她举着油灯查看地板，看有没有遗漏的血迹。约翰在厨房，地图摊在餐桌上。她进到厨房，在餐桌旁坐下。

"你对这里以南的区域熟不熟？"

"不太熟。我十几岁的时候常到那边远足，但是从来没在夜里，更没有在冬天去过。那里山坡很多，有些地方的森林也很茂密。"

"这样更好藏身。"约翰说，手指往下划过地图直到瑞士边界。在地图上看只有几英寸的距离，但实际上穿过森林到最近的关卡大约有四十五英里。"边境区从国界向各个方向延伸五十英里，森林是我们最可行的机会。边境的公路和铁路上有太多巡逻队，我们躲不了的。"

"那边界关卡呢？"

"抵达边界确实很困难，但我们的麻烦从那里才开始。纳粹在国界上设了几十个情报站来监听边境的动静，相隔不到五英里就有一个。情报站之间还派有卫兵和狗巡逻。那附近的道路和村庄都有很多驻军，而在瑞士边界，每隔两百码就设有哨站，里面的卫兵获有授权，白天有人想闯关就拿下，夜里则格杀勿论。"

"所以你才会打算带韩恩从慕尼黑南部翻山越岭到瑞士。"

"是啊，从那里走比较简单。但是我们现在没办法走那条路。"

"我们不能到那里去，因为我是被通缉的杀人犯。"

"没错。我们当然可以试试看能不能在贝克尔的尸体被发现之前就抵达那里，可是我们也必须假设他曾经告诉别人，说他要到这里来。他们很可能明天就会来找你去审问。我们不可能赶得及的。森林是我们唯一的机会。"

"那我们抵达瑞士边界之后又要怎么做？"

"我们吉星高照，偷偷溜过去，然后就自由了。"

"吉星高照？这就是我们的计划？"

"这不是我们的计划。但我们确实需要一点运气才能过得了关。"

"可是我们有打算要闯关的确切地点吗？"

"有的，在伊兹林根附近，但我们还是先想办法让自己活着抵达那里吧。"

"不，约翰，"她一边说，一边对他伸出手，"要是我们分开行动，你越过边界的可能性应该会比较高。你可以搭火车到边界。你有证明文件——"

他甩开她的手。"好了，别再说了。能带多少食物就尽量带。先带轻的——面包和奶酪，能装的都装上。然后，我们再带罐头。还有水和开罐器。我有火柴、打火石，还要带上两把刀。我有睡袋，但你要至少再带两条毛毯。穿戴上最保暖的外套和帽子。手枪所有的备用弹药全带上。还有你手边所有的现金。要是我们运气够好，说不定可以贿赂卫兵，让他放我们过去。我们的车有多少汽油？"

"半个油箱，大概。"

"那应该够了。要想办法避开主要的公路，开到最接近边界的地方。平时通行的道路会有很多卫兵，就算晚上也一样。我们必须用尽一切方法避免被拦下，特别是在他们发现贝克尔失踪之后。别带盥洗用品和换洗衣物，那只会增加行李的重量。只带必要的东西，先从食物和水着手。"约翰折好地图，站起来，"我们办得到的。"他伸出手，她伸手握住，"没有时间可以浪费了。我们十五分钟之内出发，好吗？"

"好。"

约翰觉得双腿无力。他早就知道会这样。他真的很不确定自己要是非跑不可的时候究竟跑不跑得动，更别说要跑过积雪的森林了。他向来觉得自己的身体很可靠，不论是球赛时投篮，还是基础训练时攀墙，都表现极佳。他只希望现在，在最需要体力的此刻，自己的身体不会让他失望，因为有另一个人的生死系之于他，而任务能否完成也完全靠他。他走进卧室，坐在床上沉思，知道接下来好一段时间，他都无法像过去这段日子一样舒心自在了。他把微缩胶卷塞进背包的暗袋，再次拉起拉链。两把手枪都没有问题，他塞了一把到大衣口袋里，另一把放进背包。约翰站起来，准备就绪。他最后一次环顾房间，又低头看看地板，想起被他们塞在下面的那名盖世太保军官逐渐腐坏的尸体。房间看起来很干净，如果只是匆匆搜查，完全看不出来曾经发生过什么事。他拿走油灯，把房间留在黑暗里。

芙兰卡已经把较轻的食物装进她的袋子里，罐头和水瓶还在厨房餐桌上。约翰把罐头和水装进自己的袋子，觉得重量似乎加倍了。但比起瓜达卡尔纳尔岛甚至基础训练中心来说，这点重量都不算什么，他承受得了。

踏出屋外，天空清澄。没有云，意味着不会下雪，但也就没有了掩护。他在德国待了近六个星期，只和一个人讲过话，几乎没离开过小木屋，现在是时候该出发去完成任务的了。

芙兰卡把换洗的衣服叠好，放进已经十几年没用过的帆布背包里。她的手还在发抖，或许是因为刚才发生的事，也或许是想到即将发生的事。这两种情绪缠杂在一起，很难分辨出哪一种感觉是在什么时候消失，而另一种感觉又是在什么时候出现。她在脑袋里再一次复习路线。十几岁的时候，她常在这些小路上来回，冬天滑雪，温暖的夏日远足。但她从没开车走过这些地方。这些小路根本不算是路，应该只能说是森林里勉强可通行的小道。她不太知道他们能开多远，却知道他们别无选择。被抓到的话，盖世太保肯定会杀了他们，绝不会手下留情。

袋子准备好了，她伸手把袋子背到肩上。很重，但她背过更重的。她再次环顾房间，明白这很可能是最后一次看见这个地方。平凡无奇的一切霎时变得珍贵无比。褪色的壁纸如今成了美丽的挂毯，每一件家具都是美好回忆化成的珠宝。摆着她旧梳子的梳妆台，更是值得珍藏并将传给下一代的传家宝。这里是他们和妈妈度过最后一个夏天的地方。

回到起居室，波涛汹涌的情绪同样排山倒海而来，让她无处可逃。她看见爸爸坐在壁炉旁边的椅子上，妈妈因为他的老笑话笑了起来，还有弗雷迪。弗雷迪在地板上玩他的玩具火车。当时他的腿还够结实，可以走路，而且他的心脏也很健康，直到最后都还是很健康。芙兰卡朝大门跨出一步，感觉到冷冽的寒风迎面而来。约翰站在车子旁边。她知道片刻之后就得离开了。墙壁上有一片片阴影，咕咕钟叫响了最后一次。十一点。她走回书架前。照片收在盒子里，搁在架子最底层。她本想带走盒子，但想了想，只拿走了她当初从墙上取下的十来张黑白照片，那是她家人的照片。芙兰卡看了屋子最后一眼，然后走向大门。

芙兰卡坐进驾驶座，约翰坐在她旁边。车子噗噗响了几声终于发动。芙兰卡往山下开，脚踩着刹车不放。车头灯划破黑暗，照亮前方约二十码的道路。轮胎吃力地驶过地面，车子隆隆开下山。

"你知道该走哪条路吗？"

"前面几英里路没问题，但之后就要靠你帮我了。"

约翰从口袋掏出地图和小手电筒。一圈圈微绿的白光随着他的手指划过地图。疲惫已悄悄上身，但芙兰卡觉得这不重要。睡眠是他们眼前没有余裕拥有的奢华享受。

他们默默开了好几个钟头，车子颠簸前进，时速不到二十英里。约翰透过车窗看着四面八方，枪在手里握得牢牢的。他们大致沿着同一个方向前进，偶尔因为树木挡道只好停车，有时甚至无法掉头，只能倒车。森林仿佛打定主意要把土地从入侵林中的小径手中重新夺回来。她记得小时候曾走过的道路，可如今都已阻断，除非最厉害的登山者，否则谁也过不去。越深入森林，人类世界的痕迹就越是渺微。这感觉很好——遗世独立的感觉。

眼前似乎又开到一条死路的尽头，芙兰卡打破沉默。蔽天的林木让他们置身黑暗之中。已经快清晨五点了。

"我们还可能再往前开吗？"芙兰卡问。

"也许，如果我们先倒一下车的话。这地图不太清楚。"

"我们现在在哪里？"

"我想布绍村就在前面，在前面的那个山脚下。"

上回到叔公家来，已经是几年前的事了。以前，她骑自行车碰上住在附近的农夫，总是大声打招呼。但是号称要保护人民的纳粹党，却彻底灭绝了人与人之间的信任。信任会孕育自由言论，而自由言论正是纳粹最畏惧的。

"村子很小，"约翰说，"就只有几户人家。你觉得那里会有卫兵吗？有驻军？"

"很难说。我们已经深入边境区。这整个区域都有驻军。"

约翰勉强打开车门，树木离车子两侧都只有几英寸。他们所在的这条小路，应该好几年都没车子开过了，甚至从来没车子来过也说不定。他蹒跚越过林线，俯瞰下方山坡上几幢宛如坑疤的房舍。月光与星光照亮了倾斜的屋顶。万籁俱寂，屋子里没有亮光，一片漆黑。他转身往回走，脚下是深达六英寸的积雪。

芙兰卡熄了火，坐在前座。

"我们可以信任你叔公吗？"他问，"我们不能太自以为是。"

"赫曼从来不出门，而且我知道他的备用钥匙藏在哪里。"

"你上回看到备用钥匙是什么时候？"

"一九三八年，我保证，钥匙还在那里。我等天亮再和他说。你先躲起来。没必要让任何人知道你和我在一起，就连赫曼叔公也不必知道。"

他们下车，花了几分钟，用树枝落叶把车子盖起来。在阴暗里，很难看出这里有辆车。但他们也不敢心存妄想。万一有人走上这条小径，肯定会发现车子。他们背上背包，悄悄穿过林木，踏进雪地。

芙兰卡领头穿过森林，在山顶上停下脚步，看着下方的小村。约翰蹲在她旁边。周围夜色仍浓，布绍村里没有任何动静。这里和她记忆中一模一样，没被纳粹党染指。没看见纳粹旗帜与海报，这让她觉得振奋，仿佛纳粹并不知道有这个地方的存在。她上次来的时候，村里住了五十个人，她想离开的人应该不多。她招手要约翰跟上，开始往山下走。雪深及膝，他们花了好几分钟才走了大约两百码。

走到坡底时，远远有只狗吠了起来。约翰蹲伏着前进，芙兰卡也和他一样蹲下来，带头接近赫曼家。萝特叔婆一九二几年就过世了，芙兰卡的爸爸说她是伤心过度，因为两个儿子都在第一次世界大战中丧生。

芙兰卡竖起一根手指贴在唇上，另一手悄悄探进木门右边的花盆底下。约翰点点头，她把钥匙插进锁孔，门轻轻"咿呀"一声开了。芙兰卡等了几秒钟，想听听有没有动静。这屋子和她回忆里一模一样，老旧破损。芙兰卡带他爬上楼梯。萝特叔婆的肖像俯视着他们。楼梯上的地毯已经很破旧，中间的部分因无数次的脚步踩踏而变得灰白。他们踩在楼梯板的边缘，但还是发出吱吱嘎嘎的声响。楼梯顶端就是赫曼的房门。他们听见老人家的打呼声。芙兰卡带约翰经过房门口，到走道尽头的另一扇门前。她握住门把手，仿佛怕一碰就会粉碎似的轻轻转动。房里积了灰尘，但很整洁。床单也铺得好好的。

"这是奥图叔叔的房间。"芙兰卡轻声说,"我们可以在这里休息几个小时。"

"你叔公不会发现吗?"

"我猜他大概已经十五年没进这里了,我来应付他就好。我们在这里很安全。"

约翰拿下背包,放在墙角的椅子上。窗帘紧闭,晨光还未透窗而来。他稍微掀开窗帘,查看下方的房舍。他并不想这么做,但他们需要休息,没有其他地方比这里更安全。走到边界只需要几个小时,但卧床几个星期已经让他变得虚弱,此时已浑身疲惫。他要芙兰卡睡床,他自己睡地板。

"别闹了。"她说。

"那样太不得体了。我睡地板就好。"

"我们需要睡眠。床是最好睡的地方。"

她脱掉靴子,躺在床上。

"睡吧。"她侧躺着说。她感觉到他躺在床垫上的重量,睁着眼睛等了好几秒,直到听见他均匀的呼吸声才慢慢睡去。

她梦见了贝克尔。他的手指掐住她的脖子,身体压住她,满眼怒火。她从梦里惊醒。身旁的约翰还在睡。天早就亮了,屋外的天空灰白如水泥。芙兰卡听见叔公拖着脚步在楼下房间走动的声音。墙上的时钟让她知道时间刚过正午。他们已经睡了七个钟头,比他们预期中来得长。白日的天光再过几个钟头就会消退,趁夜穿过森林虽然比较隐密，但也相对比较危险。她首先得去见赫曼，不只因为不打声招呼很失礼，也因为她相信他还保有猎枪，一有危险就可以防身。不请自来的入侵者是他那把枪的首要目标。

约翰需要尽量睡饱，纯粹靠意志力坚持顶多也只能让他撑到这个地步。她让他继续睡，自己走出卧房门口。赫曼坐在厨房餐桌前，用汤和面包当午餐。他满脸皱纹，像一张被揉成一团又摊平的纸。他胡子都白了，头发也是。一看见她走进来，他就放下汤匙。

"芙兰卡？你怎么会在这里？"

"对不起，叔公。我出来远足，迷了路，需要找个地方休息几个小时。我知道您一定肯让我在这里睡一下的。"

"当然没问题。"他说，想要站起来。

"不，您请别站起来。"

芙兰卡在他身边坐下。他要帮她弄午餐，她再怎么拒绝，他都当作没听见。两分钟之后，她就坐在餐桌前喝芜菁汤。他一整个星期都靠喝这汤度日。

"我在这里休息几个小时，希望您别介意。"

"当然不会介意。我好久没见到你了。"

老人走到锅子前面，倒出满满一碗汤，又回到餐桌。

"听到你爸爸的事，我很难过。"赫曼说，"这场战争一天比一天恐怖。这个纳粹疯子害了我们国家，也害好多无辜的人送命。大家都以为三十年前那场疯狂的战争是可以消除所有战争的大战，结果战争又来了，而且比上一次更惨烈。"

"您这里好像没受到太大的影响。"

"大概吧。"

"对于纳粹，您的邻居也和您有同样的看法吗？"

赫曼耸耸肩。"天晓得。我们不讨论这个问题的。不过，我的邻居都还不错。隔壁的那位凯洛琳，每天都要来看看我好不好。她两个儿子都战死在前线。"他摇摇头，"战争的影响无所不在。就连这里也一样。"他喝了一大口汤，继续说，"你是哪一年出生的？我不记得了。"

"一九一七年。"

"我记得你还是个小婴儿的时候，我把你抱在怀里的情景。你那时就有这漂亮的鬈发了。"他放下汤匙，茫然瞪着前方，"大饥荒就是那一年开始的……盟军封锁德国造成的大饥荒。"

"我听说过。"

"英国封锁北海，打算把我们饿死。大家都瘦得皮包骨。我们倒是还有足够的粮食可以活下去，但每个人都瘦巴巴的。你曾祖父得了痢疾病死了，你姑婆得了肺结核，营养不良死了。每一个家庭都受到大饥荒的影响。德皇的疯狂行为、英国和法国的侵略主义，毁了我们一整代人。现在，他们又决定再来一遍。"

他们就这样坐着，沉默了好一会儿。

"我吃过午饭就要出发了，叔公。"

"你不多待一点时间？我好久没见到你了。"

"我也很想待久一点，但没办法。"

"见到你真好。你有机会来看我，真是太好了。"

"我也很开心。"

芙兰卡站起来，椅子在石质地板上发出刮擦的声音。她知道再见到叔公的机会非常渺茫，于是站在厨房正中央，紧紧拥抱他。直到想起约翰还在楼上等她才放开手。

他已经准备好了。她回到楼上时，他已经站在卧房门口了。

芙兰卡要求叔公带她到后院欣赏风景，分散他的注意力，好让约翰可以下楼溜出前门。几分钟之后，赫曼带芙兰卡回到屋里。芙兰卡把他拥入怀里，她知道这很可能是她最后一次拥抱亲人。珍贵的家族记忆很快就会变成她独自拥有的回忆。到时候，只有她能描述妈妈的幽默感、爸爸的歌声，以及弗雷迪对每一个人自然流露的温柔亲切。她过往的种种，不久就会消失于无形。赫曼和她道再见，挥着手，看她走出屋子，然后关上门。

她跟着约翰潜到邻居房子后面，朝树林走去。没有别的路可走。他们默默爬上山坡，进到森林里。林木包围着他们。暗淡的冬日太阳在冰雪覆盖的枝杈后面逐渐失去光亮。他们几乎是在黑暗中前进，尽管这时还是白昼。地面的积雪差不多有一英尺深，芙兰卡的厚底远足靴沾满雪泥，很难行走。她很后悔没带雪靴来。约翰折了根树枝当登山杖。两人蹒跚前进，刺骨冰寒啃咬着他们，汗水濡湿了后背。约翰之前就警告过她，他们前进时必须保持绝对的安静，因此他们并未交谈。

约翰不停地回想他受训时所设想的每一种情境，拼命回忆教官所讲过的每一句话。他想知道眼前这个问题的答案——如何活着穿越边界到瑞士。一定有办法。他想起训练中他们学到过的偷偷溜过边界的方法。这是可能的。边界并没有铁丝网，也没有墙，只有一排情报站。负责警戒的也都是普通人。站岗的时候他们会打瞌睡，会就着烛光读家书。值勤的时候，他们会谈天说笑，会吃东西。有很多漏洞可钻，并且地图会告诉他这些地方在哪里。已经有很多人成功溜过边界了。而且随着德国战况趋紧，说不定他们还裁减了边防人力。他们需要动用所有可能的兵力去东部战线对抗苏联，同时防范西部的盟军进击。

芙兰卡看着走在前方的约翰。他的动作非常小心谨慎。很难判断这究竟是受腿伤的影响，还是他向来的走路习惯。他走路的时候把重心放在手杖上。她想象边界另一头的景象，但那无关紧要。眼前最重要的是到达那里。如今已没有迟疑的余地了。他们唯一的机会就是赶在盖世太保发现藏在小木屋地板下腐臭的丹尼尔尸体之前，先越过边界。盖世太保一发现他的尸体，就会派出所有能派的人力封锁道路，到时候想越过边界到瑞士简直就不可能了。

冻僵的脚每跨出一步，就离目标更近一步。剩下不到二十英里。约翰查看指南针。天空几乎完全看不见，放眼望去只见树木。他的腿好酸，但不知道是因为今天的长时间步行还是因为腿伤还未痊愈。也许两个原因都有。

约翰停在一个干枯的树桩旁等她。芙兰卡拉开遮住脸的围巾，发现他盯着她看，宛如看着什么稀世珍宝。对他来说，完成任务是第一要务，然而他心里还是不时想着要带她回家。

"快五点了。"尽管周围杳无人迹，但他还是压低嗓音，"天很快就会黑了。我想我们大概已经走了六英里。你还好吗？"

"我体力很好。"她说。

"我想我们应该继续走，至少再走两三个小时。在夜里行动比较危险，但我们没有别的选择。他们很可能已经发现贝克尔的尸体，派出兵力来搜寻我们了。"

"我也这么认为。"

"小心一点。前进的时候多注意一下，也许我们可以找到个五星级的山洞过夜。"

"好像不错呀。"

"可别抱怨我没带你到最高级的地方。"

"你很懂怎么讨好女孩子。"

"要是找不到山洞，我们还有贝克尔的帐篷。准备好了吗？"

"准备好了。"她说。他们动身前行。

亚敏·沃格在纳粹党执政之前当过七年警察，转换身份成为盖世太保一点困难都没有。关键在于法律，法律给予他的权力之大，是他在二十年代加入警队时所无法想象的。这样的权力很有说服力。他年轻时所抱持的信念就在纳粹的泥石流里流失殆尽。现在的他大权在握，除了上级长官之外无人可以挑战，而长官也极少质疑他所采取的手段。只要情报源源不绝地涌进，他在执法机构的中枢角色就确保无虞。如今已容不下悲悯或懊悔之心，像他这么重要的人物更是绝对不能有。弱者才会悲悯，挫败的人才需要懊悔。他两者都不是。

电话响的时候，下午两点刚过。沃格推开几乎要压垮他办公桌的文件，拿起电话。听筒贴在耳朵上冰凉凉的。他以前花了好一番工夫才适应他现在那已经如同条件反射般的问候语。

"希特勒万岁！"

"沃格先生，我是贝克尔太太。"她的声音有掩不住的焦虑，"你知道我先生去哪里了吗？他昨天下班没回家，一直到今天早上都不见人影。我知道他有时候必须在外面过夜，但从来没有这么久没消息。我打电话到他办公室好几次，都没人接。"

沃格保证会找到贝克尔，然后挂掉电话。他并不想和贝克尔的太太讲话，特别是在她情绪这么激动的时候。他自己的太太就够烦人的了。他已经在办公桌前坐了好几个钟头，这时站起来，伸懒腰的时候听见关节咔啦咔啦响。贝克尔的办公室在他隔壁，门关着。他开门进去，发现里面没人。贝克尔的办公桌和他的一样堆满文件，但是贝克尔把他的行程记录在皮面的记事本里。他只花了几秒钟就找到本子，翻到昨天的那一页。贝克尔对自己的工作非常仔细谨慎，没错，小木屋的地址就写在记录前一夜行程的字段上。

"你去找芙兰卡·戈尔伯了，对吧？"沃格大声说，"贝克尔，你这个老狐狸。"他把记事本丢回一团混乱的桌上，决定再等一小时再进一步调查。

但只过了十五分钟，贝克尔太太就又打电话来。这一次沃格没办法那么轻易打发她，不得不保证马上调查她丈夫的失踪事件。他没告诉她贝克尔是去见他少年时代的美丽女友。芙兰卡的档案里没有电话号码，只有地址，沃格别无选择。他走出办公室，坐进车里，心想，贝克尔是不是想离开妻子。做这类事情的方式和手段很多，但并不包括把同事也卷进自己的婚外情里。尽管沃格隐隐觉得芙兰卡找人弄拐杖这件事，事有蹊跷，但是在开车进山的途中，他一路咒骂的还是贝克尔管不住自己裤裆里的东西。

沃格抵达小木屋的时候刚过四点钟。下车的时候，他不禁骂了句脏话，因为他得在天黑之后开车回城。小木屋看起来好像没有人，但雪地上的脚印和轮胎痕迹又证明有人来过。他仔细检查地面，发现至少有两辆车的痕迹。有好几个人到过这里，车子很可能有两辆，甚至更多。小木屋里没有灯光，一片静寂。没有电话铃声，没有老婆唠叨，也没有嫌犯因刑讯逼供而哀号哭泣。这样和宁静的气氛是一种很大的享受，他已经好多年没有这种独处的感觉。他敲门，一声，再一声。没有人响应。门锁着。他绕到旁边的一扇小窗，看见卧室里面整整齐齐的，像是最近没有人住过，但床单有点皱，床边的蜡烛痕迹显然也是不久前留下的。他回到前门，抬脚猛踢。踢到第三下，门"咔"的一声敞开。年近五十还有这种力道，他觉得很自豪。

玄关的咕咕钟不停地嘀嗒响着迎接他。他喊叫着，但也知道不会有人响应。他阔步穿过玄关，走进起居室，看见地板上有块区域格外干净，和其余的地板明显不同。他蹲下来用指尖摸了摸平滑的表面。

沃格站起来点亮墙角的油灯，把头探进厨房。厨房很干净，但炉子里的灰烬还很新，顶多两天。沃格回到起居室，检查光秃秃的墙壁。他花了五分钟详细检查，才在靠后方的墙上找到一个小洞。他伸出手指摸了摸，确定这是射穿墙壁的弹孔。光是这个弹孔就足以让他回去找盖世太保了，但他知道情况没这么单纯，于是继续搜查。无论待在这里的是谁，都走得很仓促。他们想办法掩藏形迹，但总还是有忽略掉的地方，不管他们以为自己有多小心。

沃格走进主卧室，搜查衣柜，查看床底，除了挂在衣柜里的几件旧衣服和女人用品之外，什么也没找到。他走进另一间卧室，用力打开衣柜门，翻找里面挂着的男女衣服，但没有什么收获。他又花了五分钟搜查梳妆台和床头柜，最后坐在床上整理思绪。他的重量让床垫弹簧咿咿呀呀响，这时他突然感觉到一丝微风，一丝非常细微的凉风舔上他袜子上方长裤没能遮盖的皮肤。他低头看看地板，发现地板木条之间有条细缝。他站起来，把床推开，露出完整的一条条木板。他到厨房拿来一把刀，撬开木板条。不一会儿，他就发现了一双瞪着的、满是鲜血的死人眼睛，是丹尼尔·贝克尔。

凯洛琳·毕德曼觉得自己是个好人，很贴心的好邻居。起初，她到这老人家里只是出于义务，但随着时间过去，她越来越喜欢赫曼，甚至很期待去看他。她丈夫喜欢整天坐在家里，除了喝自家酿的杜松子酒，就是看报纸、听收音机。她的儿子为德意志牺牲性命，女儿们也很早就离家，一个嫁给不来梅的公务员，一个情定弗赖堡的陆军上校。所以有可以照顾的对象，让她觉得很开心。她差不多每天都去看赫曼，在他坐着回忆美好往事的时候帮他做晚餐。他的政治理念有点接近自由派——"自由派"在当今社会是个肮脏的字眼——但她不怎么放在心上。老人唠叨是天经地义的，他们已经付出得够多了。

她探手到赫曼家大门口的花盆底下找钥匙，发现钥匙和她平常摆放的方向恰恰相反。这让她有点不安。她拿起钥匙。赫曼在安乐椅上打盹，她走进厨房，开始准备做炖煮蔬菜。她切菜的声音吵醒了他，他坐在椅子里喊她。

"不用起来，戈尔伯先生。是我啊。"

五分钟之后，她已切好备料，准备下锅烹煮了。她将锅摆上炉子，然后过去看了看他。

"凯洛琳，你人真好。"

"我只是尽己所能，戈尔伯先生。晚餐再等二十分钟就煮好了。你要我晚点再过来吗？"

"不用，我没事的。"

"今天有人来看你吗？"

"是啊。我侄孙女芙兰卡在这附近远足，迷了路。她一大早就来了，在这里休息了一会儿。我们一起吃完午饭她就离开了。见到她真好。我已经好多年没见到她了。都数不清有多少年了。"

凯洛琳心一惊。"芙兰卡？就是在慕尼黑和反对元首的异议分子一起惹出麻烦的那个芙兰卡？"

"是啊，就是她。但她已经服完刑，恢复自由了。"

"没错，"她说，"每个人都应该有第二次机会的。唉，大部分人啦。我该走了。如果你还需要别的，请再告诉我。没事的话，我就明天再过来。"

离开的时候，老人的道谢声仍不绝于耳，但她的心思却已经飘到别的地方了。很可能没什么问题，但是看看最近的情况，还是小心为好。她相信他说得没错，也相信芙兰卡只是被人带着误入歧途。然而，芙兰卡是众所周知的国家公敌，至少以前是。而且这里离边界这么近，她大半夜的干吗在山里远足？她为什么不请叔公的邻居载她回城里？夜幕低垂，森林里的树木披上暗黑外衣。没错，她最好去报告这件事。本地警察会有兴趣的。

把同事的尸体留在深山小屋的地板底下，这让沃格很伤心，但他知道最好保持好谋杀现场。在贝克尔生前，沃格从未把贝克尔当朋友。但贝克尔是个好人，顾家的人，也是对德意志忠心奉献的人。他的遇害，让沃格更加怀念没来得及在他活着的时候认识到的这些人格特质。开车回弗赖堡的途中，他心中涌现恨意，恨极了谋杀贝克尔的凶手。他握在方向盘上的手用力到指关节发白，咬牙切齿的，几乎要咬伤自己的牙龈。沃格没像平常那样把车子好好停进盖世太保总部外面的停车场，而是随便往人行道一停后，就马上召集值勤的探员开紧急会议。他谈到自己所见的场景，在场的每个人都惊骇不已，也都咒骂这个该死的贱人，竟敢做出这么令人发指的残酷行为。档案里没有芙兰卡的照片，所以他们找来一位画师，依据几个认识她的探员描述，画出了她的肖像。

"她的车不见了。"沃格说，"封锁方圆五十英里内的每一条道路，以及所有通往边界的路。征召驻扎本地的陆军士兵协助搜寻。我敢肯定她想逃到瑞士去。她没有别的地方可去。在国内，没有人可以逃得出我们的手掌心。打电话通知附近所有的警察局和街坊监察站。一定有人有消息。我们知道她几个星期前曾想办法弄到拐杖，说是给滑雪出意外的男朋友用的。很可能有人和她一起。"几个探员交头接耳，他继续说，"我们绝对不能让这个恶毒的贱人逃掉。没有人可以对盖世太保做这种事。我们就是法律，绝对要严惩恶人。"他一拳砸在墙上，"我们要活捉她。我要她活在这世上的最后时刻接受最痛苦的折磨。"

布绍村的街坊监察站在半个钟头之后打电话来，沃格又召开了一场会议，这一次参加的探员比前一场多三倍。他们要在布绍村和边界之间布下天罗地网，让那个叛国的贱人永远没办法活着看见瑞士。

芙兰卡的脚冻得像冰块。这里就算原本有路也都已经被积雪覆盖，他们必须从雪地里高高举起腿来才能慢慢前进。时间已过十点，跨出的脚步一步比一步酸痛。约翰在她前方两英尺，她不时伸出空着的手碰碰他的背，让他知道她还在，也算是鼓励着他。她脑袋一片空白，只想着要把脚一步接一步往前跨。她也只感觉到冷，非常冷。他的眼睛越来越适应黑暗，月亮偶尔从枝叶的缝隙现身，洒下银白的亮光。树木的分布很不平均，有时候他们必须越过一整片空地，有时候是穿过一大片落叶林。树叶落尽,粗大的树干直挺挺高耸入夜空。他们也经过屋里亮灯的农舍,看见烟囱冒着烟。但黑夜一片死寂,他们并未停下脚步。

差不多快到午夜时,约翰竖起手指,她在他背后也跟着停了下来。她双手贴着大腿,弯下腰。他比了个手势,要她直起身体,跨步向前。冻僵了的芙兰卡浑身酸疼灼痛,每一个动作都是一场艰苦卓绝的战斗,她不得不靠在一棵树旁。约翰转身过来,发现她呼吸沉重,大口喘气。

"在那边的岩石里有个山洞,"他指着说,"你看见了吗?"

她其实没看见,但还是说看见了。

"我们得休息几个小时。跟我来。"

约翰往前走了五六步,又回头看。她落在他身后很远的地方。自从停下来之后,她身上的能量似乎就全消失了。他伸出戴手套的手让她紧紧拉住。他们默默往前走,终于看见面前一大片灰色山岩之间有个比较黑的地方,是山洞。约翰从背包里拿出手电筒,芙兰卡不知道他竟还带了这个。灯光一照,有只刺猬从洞里慢慢爬出来。

"我只想确定我们没惊扰什么大型动物或狼之类的。"

芙兰卡想赞赏他的深思熟虑,但已经累得无法开口说话。约翰帮她拿下背包,但一卸下重担她就觉得头重脚轻。他带她走进山洞,让她坐在铺满枯叶的地面,然后从背包里掏出一瓶还剩一半的水。冰凉的液体让她精神为之一振。

约翰捡来木柴,不到几分钟就在洞穴深处生起旺火。

"他们不会看见我们吗？"

"要是他们紧追在后也许会吧。但我们需要火。我们可以在这里休息三小时，然后继续往边界走。"

他掏出地图，在她身边坐下，两人几乎挨在一起。芙兰卡抓起地图一角，他拉着另一角。

"我想我们在这里，"他说，"离边界大约十英里。要是我们可以趁着夜色走快一点，早上就可以到那里。"

"我们要在白天穿过边界？"

"不，要先到那里看看情况。我想我们可以从这里过去。"他指着靠近伊兹林根附近的区域，"这里山脚下的森林有一条小路，越过边界通往瑞士海关。沿着小溪走应该就可以走到。根据地图的标示，那里没有卫兵，没有情报站，是个盲区，是他们忽略掉的一小块区域。你以前去过那里吗？"

"没有。我小时候去过瑞士，但是学校的校外教学并不需要半夜偷偷溜过边界。"

"这会让你的校外教学更刺激一点。"

"你这种冒险精神我们老师可不会赞同。"

"我们先找到这条小溪，然后等天黑之后再穿过边界。明天这个时候，我们就已经安安全全地在瑞士境内了。"

"你说得好简单。"

"这又不复杂。"

"然后你就完成任务了。"

他丢了一根树枝到火堆里。"是啊，我想从某种程度上说，是的。"他站起来，但山洞的高度让他无法完全挺直身体，"该吃东西了。"

他们拿出带在身上的面包和奶酪，几秒钟的工夫就吃完了他们设定的晚餐分量。他打开一罐肉让她先吃，然后他再把剩下的吃完。空罐头丢往山洞深处，"砰"的一声轻响。他坐在她身边，两人一起盯着火堆。

"等我们越过边界，接下来会怎么样呢？"

"我希望在战争结束之前能待在瑞士的居留中心，协助其他逃过边界的难民和战俘。你呢？"

"我要到伯尔尼去。我们在那里有个办公室，我必须去报告任务的结果，接下来很可能会被送回美国，等待下一个任务。"

"哦，英雄凯旋？"

"倒也不是。不过，战争应该不会持续太久。到时候你打算做什么？"

"我不知道。这段时间以来，我满脑子只想让自己活下去，没想太多其他的事。我想我大概会回慕尼黑，开始重新恢复，重建我自己的生活，也重建国家。我的专业技能应该派得上用场。"

"德国早在纳粹出现之前就已存在，没有纳粹，也照样可以发展下去。"

"或许吧，但是他们留下的印记，恐怕得花很多工夫才消除得了。"

约翰咳了几声，声音在半封闭的洞穴里回荡。"等一切都结束之后，希望我们可以继续保持联络，如果可能的话。我欠你的太多了。"

"我同样欠你很多，不只是因为你在小木屋为我挺身而出，也因为我找到了你。"

"你找到我？你说得太轻了，你是救了我的命啊！"

"在我失去人生目标的时候，你给了我活下去的动力。你正是我当时所需要的。"

"你也正是我所需要的。"

柴火噼啪爆裂，约翰俯身丢进更多枯枝。

"你考虑过和我一起去美国吗？那是个完全不同的地方，我知道，那里很远，但你可以去的。"

"去费城？"

"有何不可？"他说，"费城是很棒的地方，但是你可以去任何你想去的地方。"

她拿起一根树枝，拨着火，好一会儿才再开口："我们先专心思考该怎么活过明天吧。未来的事，以后再想。"

"是啊，"他说，"我想我是有点走神了。"他揽着她的肩膀，"睡一会儿吧，我们再过三小时就出发。"

芙兰卡从背包取出睡袋，铺在山洞地上。睡袋比她预期的要软，也更舒服。约翰还是坐着，盯着山洞外面暗黑的夜色。她想着他要何时躺下，想着想着就睡着了。

贝克尔再次来到她的梦里，但这次带着千百名士兵。他们手持利刃刀剑，高举火炬，高声唱着她在德国少女联盟时期经常唱的歌。贝克尔浑身是血，一身破烂，露出他身上被她射中的弹孔。他手里拉着一条阿尔萨斯犬，狗脖子上戴着铁项圈。这群疯狂的暴徒冲进森林搜寻她，火炬照亮夜空，她踩着自己的影子不断往前奔跑。

她心脏狂跳，在火光中惊醒。约翰还是她睡着前看见的那样，好似动也没动。

"凌晨三点了，"他说，"我们该走了。"

第十四章
魔法与英雄

车停下时，沃格揉了揉疲倦的眼睛。他已经好几年没这样熬夜了。需要彻夜工作的任务通常都是给比较年轻的探员，而不是像他这样资深的探员做的。但这个案子不一样。狂烈的复仇之火带给他充足的动力。他抬头迎向刚破晓的天色，摩拳擦掌准备拷问那个老头。睡觉的事暂时搁到一旁。他们整夜在各条道路上搜寻芙兰卡·戈尔伯的踪迹。清晨六点多，他们发现她的车被弃置在布绍村附近一条杂草丛生的小径上。现在他带着武装卫队进入布绍村。驻扎本地的陆军部队提供了七十五名士兵。若是以前，他们应该至少出动几百人。陆军军官和盖世太保之间的关系向来不睦，他们在最后一刻宣称只能挪出七十五名士兵，沃格也只好接受。如果加上警察和盖世太保，他们应该有足够的人力在树林里搜寻一个小女人。

沃格亲自敲门，他迫不及待想看见老头来应门时的表情。沃格先行个礼，自我介绍，接着，他不理会满脸疑惑的老头，径自带着五名士兵走进屋里。他在餐桌旁坐下，老头原本坐在对面的座位喝咖啡，此时马克杯还冒着热气。他想给沃格一杯，但沃格拒绝，并且要他坐下。时间宝贵。

"有什么可以效劳的吗，沃格先生？"

"我听说昨天有人来看你。"

"我的邻居凯洛琳差不多每天都来，她帮我——"

"别糊弄我，老头子，"沃格说，每一个字都是明显的威胁，"我在找芙兰卡·戈尔伯。我听说她昨天来过。她杀了我的一个同事，一个有妻小的好人。你那个侄孙女冷血地开枪打死了他。"

"我不知道你在说什么。我已经好几年没见到芙兰卡了。"

"别浪费我的时间，戈尔伯。我们知道她来过。你再假装也骗不了我。她说了什么？她有没有告诉你她要去哪里？她是自己一个人吗？"沃格抓起咖啡杯一砸，杯子在瓷砖地板上摔个粉碎。

"你以为我怕你？"

"我觉得你应该要怕，这里没有人可以帮你。"沃格转头看看站在自己后面的那五个士兵，个个全副军装，步枪紧贴胸前，"我大可以把你拉出房子当街射杀，全国没有任何一个法庭会判我有罪。我也可以把你关进大牢，活活饿死你，或为了开心好好折磨你一番。现在，我再问一遍，你那个贱货侄孙女告诉你她要去哪里了吗？"

"你积点口德！我还记得我们曾经是个多么伟大的国家，是工业艺术大国。在那个年代啊，像你这样的小流氓都只配躲在阴暗的角落里。现在看看你，戴着臂章和胸章，你以为这就让你拥有权力了？"

沃格掏出手枪，瞄准赫曼。

老人毫不畏惧，不为所动。

"我很多年没有杀人了，别逼我今天动手。告诉我，芙兰卡在哪里。我已经说过了，她杀了我的同事。她是自己一个人，还是有人和她一起？"

"我也告诉你了，我好几年没见到她了。"

沃格手指扣在扳机上，对准赫曼的额头。

"我是个老人了，沃格。死神迟早会找上我的。我并不怕死神，当然也不怕你。所以动手吧，杀了我，因为我宁可死，也绝对不会把自己的血脉亲人出卖给像你这种为虎作伥的纳粹傀儡。"

"那就如你所愿吧。"沃格扣下了扳机。

冷得像冰的寒气让身体的酸痛变得麻木。芙兰卡如今担心的是冻疮。在雪地里跋涉了几个小时，她的脚沉重得像水泥块，已经很难保持平衡。停下来吃早餐的时候，她大大松了一口气。当然没生火。他们压低嗓音交谈。

"要是他们找到我们怎么办，约翰？"

"我们要确保这样的事情不会发生。"

他铺开一条毯子，让他们可以坐下，然后递给她一瓶水。但她渴望的是现在享受不起的睡眠。

"我们要注意，别脱水。"约翰说，"在冰天雪地的环境里，担心脱水好像很奇怪。"

芙兰卡接过他递来的面包和奶酪。面包已不再新鲜，但她大嚼三口就吞下。约翰掏出瑞士边界的详细地图。芙兰卡不知道这地图有多精确，但他们的性命都系于这张地图之上。

"我们离边界可能只有五英里了。你还好吗？"

"我很好。我觉得我们好像马上就会到瑞士了。你还好吗？"

"也很好。"

芙兰卡往后靠在一棵树上，仰头看着往上生长了三十多英尺、高耸入云的树干。清晨的树林弥漫着松树与土壤、冰雪的香味，非常浓郁的味道。这熟悉的味道让她觉得安心。这里是她的疆土，盖世太保才是侵略的人。低垂的云宛如片片略染脏污的棉花，南方吹来的一阵轻风在他们身边盘旋，林木枝叶随之摇曳。约翰从腰带里抽出小刀，切开仅剩的奶酪，递了一片给芙兰卡。

"如果不是战争爆发，你会做什么？"她问。

"我不知道。我想就算没有战争，我也不会去接手家族企业。我肯定会找另一个目标去奋斗。说不定那样我就不会离婚了。天晓得。那你呢？"

"我的情况不像你那么简单。就算没有战争，我们也还是有纳粹，国内还是同样动荡不安。"

"要是纳粹没执政呢？"

"我不知道。他们从我十几岁的时候就掌权了。"

"只要他们不下台，你就不能再生活在这里。"

"我准备好了。我旧日的生活老早就消逝了。"她把奶酪塞进嘴巴里，"我准备好了。"她又说了一遍，接着沉默了一阵，"我在这里已经一无所有。我没有国，没有家，只有孤身一人。"

如果他们活着越过边界，她就可以做出自己的决定。如果。他的腿已经痛了一整夜，所以他不时用手按摩着，希望能减缓疼痛。他的身体渴望睡眠，但他知道如果现在躺在毯子上，他马上就会睡着，然后他们就会找到他，他和芙兰卡就会没命。该走了。他站起来。

"你为什么在雪地里救我？"

"什么？"

"我当时穿德国空军制服。你知道我所属的组织摧毁了你的人生和你的国家，为什么还要救我？"

"因为你是活生生的人，而我是个护士。所以我做了护士该做的事。"

"可是你为了救一个陌生人，不惜冒生命危险，况且当时我的身份还是个德军飞行员。"

"我需要有活下去的动力。"

"我们都是。"约翰扶她站起来说，"快走吧，再有一两个小时就到边界了。"

沃格在餐桌上摊开地图，小心不被溅开的血迹弄脏。他们不可能游泳渡过莱茵河，在冰天雪地的一月更不可能。他们会到伊兹林根，那里的德瑞边界不必跨过结冰的河面。他已经派了五十个人去搜索森林，另外一百个人以此为中心，搜索往外延伸十英里的范围。那个贱女人马上就会像掉进陷阱里的小老鼠一样被擒，到时候就轮到他慢慢报复了。一定要杀鸡儆猴。可不可以效法盖世太保在外国占领地的做法，把她的尸体悬挂在市中心示众？关于这个问题他势必要和上级争论一番。他收起地图，走向自己的车，卫兵跟在他后面。开车到边界大约四十五分钟，他希望他到的时候，手下已经逮到她了，好让他可以看到她脸上的表情。那时她会明白，在她的世界里，没有任何人的权力比他更大。

每一步都是一个小小的胜利。前一天长途跋涉耗费的体力对他们疲累不堪的身体造成了沉重的负担。约翰拖着腿踏过雪地，不时利用身旁的树木支撑身体，靠着他自己做的那根手杖慢慢前进。

"就快到了，"约翰说，"你很快就会获得自由，从你少女时代以来再也没享受过的自由。"

说来讽刺，她竟然要在瑞士的居留中心度过她的自由岁月，而且无法出去找工作。但战争很快就会结束，约翰渴望自己是带给她自由的那个人。任务已经变得不同了。他想象自己带着微缩胶卷，亲手交给"疯狂比尔"多诺万，亲切握手，国旗飘扬，但是她始终在他心头萦绕。他所设想到的每一个未来景象都有她的存在。有她，让他觉得安心且合理。

他们蹒跚地穿过雪地。他确信盖世太保已经找到贝克尔的尸体了，而且盖世太保的搜寻大队已经逼近。可以带他们平安跨过边界的那条小溪就在不远处，再有一英里就到了——要是他的地图正确无误的话。

他们走到一片空地，有一条马路横亘前方，如果要按计划穿过森林，他们就必须先跨过这条马路。约翰要芙兰卡等等，他自己一个人从树林里探出头，看了看马路的左右两边。整条路静悄悄的，极目所见，在马路蜿蜒进山林里之前，都没有人或车的痕迹。这条路离他们藏身的树林只有几英尺，而离另一边的树林约两百码。要跨越马路，他们必须暴露在没有掩蔽的空间里好几分钟。可以带领他们奔向自由的小溪就在半英里之外。附近肯定还有情报站，而且这条路很快就会有车子驶来。

她在他背后。

"我们是靠森林掩护才能活到现在。要是离开森林，我们就死定了。"约翰指着马路，和马路对面的森林，"但我们要找的那条小溪很可能在那片森林里。我们迅速越过马路就可以再次躲进森林里。我相信他们已经找到贝克尔的尸体，开始搜捕我们了。我们除了继续往前，没有别的路可走。他们知道我们不可能在冬天游泳渡河，如果他们往这里来，应该很快就到了。但是我们已经接近目标了。我们一定办得到。"

"你觉得雪地上这些脚印是什么人的？"她问。雪地上有好几组交错的脚印，踏向马路对面的森林。

"很难说。已经好几天没下雪了，看起来是之前留下的。"

"农夫和他的牲口，也许？"

"或许吧。我不敢保证没有人在树林里等着逮捕我们，如果你的意思是这个的话。"

"这里似乎很安静。"

"我们别再浪费时间了。"约翰一边说，一边走出树林，然后压低身体越过马路。芙兰卡跟在他后面几英尺，学着他的动作。约翰在马路边上等了等，然后踏进积雪的草地，再过去就是茂密的森林了。他慢慢往前跑，她脚步踉跄地跟在他后面，背包滑了下来，她把肩带重新拉好。他动作好快，她已经落后他三十码了。他才刚跑进森林，就听见马路拐弯处响起轰隆隆的卡车引擎声。

沃格坐在前座，眼睛忙着张望道路两旁。这时，他突然瞥见一个人影，踉跄穿过雪地，冲向森林。

"停车！"他大声嚷着，驾驶员用力踩下刹车，"在那里，去抓她！"他用力捶打卡车后面的防水布，叫醒车上打瞌睡的士兵。

卡车停下来的时候，芙兰卡转过身，惊恐宛如潮水涌遍全身。她抬起脚，铆足全力想冲过泥泞的雪地。约翰躲进树后，抽出手枪，怀抱渺茫的希望，以为自己或许可以击退跳下卡车的德国陆军士兵。那四名士兵带足了武器，其中一个把步枪架在肩上，开始射击。芙兰卡往前跑，子弹从她身边飞过。约翰拼死一搏的表情鼓舞着她跑向他。

他伸出手。

卡车停在路边，沃格跟着手下踏进雪地。他们总共六个人，追着跑在他们前方一百码的人影。他拔出手枪射击，但她消失在浓密的森林里。

约翰抓紧她的手，拉着紧跟在背后的她往前跑。

"快点。我们得拉开和他们的距离。瑞士边界就快到了，你把背包丢了吧。"

她丢下背包，想起塞在口袋里的家人照片。她转头瞥了一眼追在后面的德军，一个胖胖的军官跟在士兵后面，正费力地穿过雪地。他们似乎慢慢拉开距离了。约翰拉着她的手飞快奔跑，跑上山坡，又跑下坡，周围尽是重重林木。背后的士兵已经不见人影，山坡和树林阻断了他们的视线。

"我们就快到了。"约翰说。她看见视线尽头亮起了一丝光芒。树林只延伸到前方两百码，再过去就是一片亮晃晃的白光。这时，芙兰卡看见了地图上没有标示的东西。树林尽头，是深达四十英尺的悬崖，崖壁全是锯齿状的岩石，朝左右两方各延伸约一英里。

约翰咒骂一声。"不，不！我们可以爬下去。"

"他们就在我们后面。我们往下爬的时候，他们会逮住我们。我们无处可逃，至少我无处可逃。"

"什么？"

"他们不知道你和我在一起。雪地上有其他人的脚印，所以他们也不会注意到你的脚印。他们从卡车上下来的时候你躲在树林里。我看不见你，所以我知道他们也看不见你。你自己走吧。你可以爬下去，在天黑之前溜过边界。"

"我不会抛下你。"

"没用的，约翰。我们没办法一起成功逃脱。想想你的任务吧。你一定要马上离开。"

"一定有别的办法。"

"没有。我要往回走，引开他们。"

"不，我不会离开你。我不会的。"

"想想你的任务吧，那比我们更重要。想想你为什么到这里来。拜托，我们就快要没有时间了。"

她已经听见士兵穿过林木而来的声音，差不多只离他们一百码。

"为了我，快走吧。"她说。

他把她拥在胸前，亲吻她。但她马上就放开他，额头贴着他的额头。

"我不能抛下你。"

"你现在就得走。"她说。

"对不起，芙兰卡。"他说，随后他开始爬下石崖。她低头看了他最后一眼，看见他也正看着她。她转身走向搜捕她的人，高举双手。芙兰卡听见士兵大声叫她趴在地上，双手贴在脑后。她曾经在温暖宜人的夏日傍晚，和爸妈在小木屋里看太阳落下森林，那里距离这里只有几十英里，那个回忆距离此刻只有几年。

胖胖的军官走近前来，大声咆哮着。"芙兰卡·戈尔伯？我是盖世太保的沃格少校。你因谋杀丹尼尔·贝克尔而被逮捕。请容我提醒你，你的生命已经交到我手里任我处置了。你对我朋友所做的一切都必须付出代价。看见你泪流满面，我开心得很，但你的痛苦才刚刚开始。"他把手枪插回枪袋，"你男朋友呢？"

"谁？"

"别想耍我。"他掴了她一巴掌，"你都去替他弄拐杖了。他人呢？"

"他上个星期就离开了。他早就越过边界了，是他告诉我这条路的，他叫我跟着他的路线走。"

"去周围搜查一下。"军官说。他的手下散开来，在附近搜查了几分钟。

沃格慢慢搜她的身，手在某些部位停留得格外久，然后从她的口袋里抽出皮夹和她父亲的手枪。

"没有人，"士兵搜查回来，报告说，"没有其他人。到处都有脚印，看不出来究竟有没有其他人和她在一起。"

她满脑子想的都是约翰，想到他穿越边界逃向自由。他如果逃脱成功，也是她的胜利。她仿佛看见约翰穿越边界，交出微缩胶卷，接受应得的褒奖。只要这样就够了。再多的刑讯逼供，再苦的折磨，只要几个小时就会结束，而他们的成就会永远留存。

约翰留在树林里，他知道他只需要继续往前走就行了。通往边界的道路现在应该畅行无阻，自由与完成任务的荣耀在向他招手。微缩胶卷至为关键，或许可以一举扭转战局。他想象再次与家人见面，看见父亲脸上骄傲的神情。他拼命想把芙兰卡的脸赶出心头。只要跨过边界，他的人生就从此一帆风顺。

士兵们拖着脚步穿过雪地，回到卡车，享受这胜利的时刻。沃格的手枪始终指着芙兰卡的头。谁能阻拦他呢？这是他所掌控的世界，这个贱女人马上就会明白。他们走了十五分钟才到卡车旁边。到了之后，大伙儿抽烟庆祝。沃格逼她跪在马路旁边的雪地上，双手贴在脑后。他则拿出无线电，报告他成功完成任务。在他的职业生涯里有过许多重大的时刻，但眼前的这一刻或许是最光辉的。当他拿起无线电的时候，他想起了贝克尔。遇害的贝克尔即将获得正义。沃格透过无线电报告着好消息，并重复宣告了好几遍。

"我要带你回本地的盖世太保总部。"他说，"那会是你这辈子最后看见的地方。"

沃格把芙兰卡赶到卡车后面，用绳子缚起她的手，因为他匆忙之间忘了带手铐。不过无所谓，有四个士兵看守她，她哪里也去不了。士兵们坐在她旁边。沃格、驾驶员和另一名士兵坐在前座。

"恭喜啦，各位。"车子正准备开动，沃格就高声嚷着，"等回到总部，你们就可以休假一晚！"

驾驶员发动引擎，士兵们大声欢呼。车子上路回城，才开了几百码，他们就看见前面的马路上有个人高声求救。沃格探头出去，看见一名德国空军军官一跛一跛地走来，手里扬着身份证件。他的制服脏兮兮的，满是雪渍和泥土，整个人看起来疲累不堪，甚至像是快死掉了。驾驶员放慢车速，停了下来。

"拜托，帮帮我。"那人喊着。

"又怎么了？"沃格低声说。

这名空军军官站在卡车正前方，高举双手。他站得非常近，沃格连他眼睛的颜色都看得见。

"我在这里待了一整夜。我的飞机执行飞行训练任务的时候在几英里外的森林失事。我以为我就要死在这里了。我刚才听见枪声，所以跑过来。"

"我们有个犯人要押送，这是很重要的事情。从这里往西两英里，就有个小镇。"

"我想我走不到，因为我的腿状况实在不好。拜托，别把我丢在这里。"

沃格想了几秒钟。救了困在森林里的空军军官，说不定会让他的功劳再添一笔，甚至可能得个奖章。如果把这个落难的军官送到那些不可一世的空军面前，他们肯定要对他刮目相看了。他竖起拇指，指着卡车后面。

"我们可以载你进城。"

那人瘸着腿绕到卡车后面。沃格对车后喊着说，他们要多载一个人，他们得有人帮忙拉他上车。

芙兰卡起初没抬头，但卡车后面的防水布被掀起，把她从恍惚的状态唤醒。一看见穿着德国空军制服的约翰坐在身边，她脸上血色尽失。她右手边是他，左边是另一名士兵。其余三名士兵坐在他们对面，步枪贴在胸前。汽车引擎再次发动，卡车隆隆前进。约翰气喘吁吁，身体前倾，前臂搁在大腿上，背包摆在脚边。

"谢谢你们让我搭便车，你们救了我一命。这女孩是什么人啊？"

"犯人。"一名士兵说，"她杀了盖世太保的军官。"

"所以你们逮捕她？"约翰笑起来，"你这么漂亮的一个女孩，竟然会杀了我们敬爱的盖世太保军官？你是不喜欢他的黑色大衣吗？你知道大家是怎么说盖世太保的吧？"

"不知道，是怎么说的？"离他最近的那名士兵说，脸上浮起了笑容。

"说每个盖世太保都绝顶聪明，正直老实，但我不同意这个说法。"

还是那名士兵问："为什么？"

"如果盖世太保绝顶聪明，那就不可能正直老实；要是正直老实，就不可能绝顶聪明；要是他既聪明又老实，就绝对不会是盖世太保啦。"

四名士兵全都笑起来。

"我知道这样讲八成会惹上麻烦，但这只是玩笑话。"

"没错。"有名士兵说。

芙兰卡吓得不敢动弹，觉得不可置信，约翰没给她任何信号。什么都没有。

"我还有个笑话，但你们要保证不告诉别人。"

"绝对不会。"坐在芙兰卡身边的士兵说。

"好吧，这个笑话很好笑。"他说，"基督教和纳粹有什么不同？"

"我不知道。"一名士兵说。

约翰顿了几秒钟。"基督教呢，是一个人为所有的人而死。而纳粹呢，是所有的人为一个人而死。"

四名士兵爆发出大笑。

约翰突然站起来，从口袋里抽出手枪。"芙兰卡！趴下！"他叫嚷着，手枪连续开火，射中对面那排士兵各自的胸口。仅余的一名士兵站起来，准备举起步枪，但约翰对着他的脸连开两枪。卡车紧急刹车，他差点站不稳跌倒，但马上稳住身体，把手枪里的子弹一口气射完。子弹射穿防水布，飞进前座。他伸手拉她。士兵的血溅到她脸上。

"你有没有被打中？受伤了吗？"

"没有，我没事。"

约翰从死去的士兵身上抽出手枪，跳下卡车。芙兰卡跟着他跳下车。卡车前座的门打开，沃格跟跄倒在马路上，伤口的血濡湿了他的胸口。沃格勉强开了两枪，但约翰撂倒了他。他身体扭曲成一团，倒在雪泥里。约翰上前确认，沃格和前座的人都已断气。他靠在卡车旁，芙兰卡走向他。

"你竟然回来了。你早该越过边界了。"

"我告诉过你，我不会抛下你的。"

她上前拥抱他，但一放开他，就发现自己贴近他身体的地方有一块血渍。

"噢，不。"她说，一股寒意蹿过她的脊骨，"让我看看。"

他抬起手臂，露出右胸侧边的枪伤伤口，差不多就在和手肘齐平的位置。

"还好，不算太严重。"她骗他。

"我撑得住。我们得快点动身。会有更多士兵过来的。"

"等等，我先拿点东西。"

芙兰卡跑到卡车的前座，打开车门。士兵身体往前倒下，像破布娃娃那样软趴趴的，鲜血喷溅在碎裂的挡风玻璃上。驾驶员倒在马路上，血肉模糊。医药箱在车内地板上。她转身跑回来的时候，约翰已经坐在雪地上了。她剪下一段纱布，裹住他的胸部，希望能止血。他的长裤上方已经浸满了血。他脱下德军制服外套，丢在雪地上。

"压紧，"她交给他一块厚厚的绷带，"尽量用力压。"

约翰点头，一张脸像瓷器般惨白。他伸手从背包里拿出一件便服外套，想办法把手臂穿进去。不到几秒钟，外套也满是鲜血。

"我们得赶快离开这里。"她说。

芙兰卡从他口袋里掏出地图。他们原本要越过边界的位置已经在好几英里外了。他们得回到有石崖的那个地方。

"我撑得过去的。"他说，"把尸体丢下车，开车到我们刚才离开的地方。"

芙兰卡绕到车子另一边，从驾驶座拉下士兵的尸体。她扶约翰站起来，他的手臂搭在她肩上，一步步走向卡车。她设法让他坐进车里。引擎还没熄火，钥匙还插在点火孔上。她把车子掉头，加速往回开。刺骨寒风扑上他们的脸，死在约翰枪下的那些尸体躺在马路上，已经被远远地抛在后面了。

"你需要看医生，马上。"

"带我越过边界，其余的以后再说。你又救了我一命。你好像在不停施展魔法。"

他们开了几分钟，到了一处石崖看来比较低矮、树林感觉也离马路比较近的地方。他手臂搭在她肩头，下了车，没再费工夫掩藏形迹。终于抵达边界了。从此以后就能迎来自由吗？她接过他的背包，把里面的东西尽量丢掉，减轻重量，然后背到自己背上。他们一起往前走，他靠在她身上，背后的雪地上留下一条红色痕迹。

"我可以撑过去的。"他说。

她拉着一跛一跛的他艰难地穿过积雪深达一英尺的森林，终于再次走到石崖前面。这里崖深达二十英尺。

"拿出绳子，绑在树上，然后放我下去。"

芙兰卡在背包里找出绳子，绑在一棵结实的树上。约翰把绳子另一端缠在手臂上，双手抓牢，让她一寸寸地慢慢放他下去。他双脚踏在岩石上，一路往下。她知道他现在有多疲累，但也知道睡着会带来什么后果。芙兰卡跟在约翰后面下去。爬到崖底的时候，他坐在一块岩石上，几乎挺不直身体。她再次撑起他。

"走吧，海陆弟兄！"她讲的是英语。他教她的。

她听见小溪轻轻流淌的声音，穿过森林，他们终于看见了！小溪边缘结冰，但中间的溪水还流动着。

"到了，"她说，"我们办得到的。"

"我们办得到。"他说，但声音已经非常微弱，每一步仿佛都可能是他的最后一步。他身体又颠了一下，她连忙撑住他。

"快，约翰，我们就快到了。还剩下几步路就到了。"他们沿着溪岸走，一步，再一步。他的脚开始打滑，跌了一跤，让她也跟着跌到他身上。她想扶他起来，但他呻吟着。她不管不顾地强拉起他的手臂，搭在自己肩上。他的手软弱无力，但他们还是得往前走。无论如何都要往前走。

"我们就快到了，别放弃。"

他们就这样艰难地往前走了几分钟，但他的手最终还是放开了，整个人倒在地上。海关就在前方，她已经看得见，越过森林就到了，只差三十码就到了。

"我们办到了！"她大叫，"我们在瑞士境内了。我们自由了。"

"你自由了，"他的声音宛如耳语，"谢谢你，芙兰卡，谢谢你所做的一切。把胶卷拿去吧。"

"不！"她咆哮着说，"我不让你死，我们都快到了，我不会让你死的。给我起来！你听见了吗？起来！我不会丢下你的！"

她俯身，手臂揽着他，用肩膀撑起他全身的重量。

"我们办得到的，我们就要办到了！我不会让你死的！"她一遍又一遍说着，脚步蹒跚地迈向那幢石灰色的海关小屋。黑森林的树木如此浓密，她看不见天空。

第十五章
光芒

瑞士巴塞尔郊区，一九四五年十月

　　西沉的夕阳把地平线染上了红色、橘黄与紫色。芙兰卡拄着锄头，伸展着背部肌肉。远处，黑森林的山丘与林木模糊不清，只是衬在天空上的幢幢黑影。傍晚时分的温度一天比一天低，夏日余温在秋风里渐渐消散。一畦畦绿色的马铃薯朝四面八方延伸出好几百码，只偶尔有几个农忙归来的身影打破单调一致的农田画面。芙兰卡弯腰拿起篮子，准备回谷仓。篮子里装的是她锄掉的杂草。面带微笑的罗莎·高德斯坦在树下等她。她们经常在这棵树下一起吃午餐。

　　"我不知道你还在，芙兰卡。我以为你已经回家了。"

　　"我还在，"芙兰卡说，"也不知道为什么，但我回家的行程延后了。今天是我在农场的最后一天。听起来也许难以置信，但我会很想念这个地方以及在这里认识的每一个人。"

"战争结束了，纳粹也垮台了。我们应该回去过自己的生活，不管是什么样的生活。"

她俩并肩走着，一路有其他人加入她们，回到谷仓时，竟已有二十几个人。她们都和芙兰卡道再见，祝她一切顺利。

晚餐之前，她在和其他十位如今亲似姐妹的女子共享的浴室里洗漱，同时想起了汉斯。他的生命虽然短暂，但他的名言将永垂不朽。汉斯、苏菲、威利，以及为自由目标牺牲的每一个人，很快就会被尊崇为英雄，尽管她早就知道他们是英雄了。她回到房间，坐在自己的床上。宿舍里没有其他人，大家都在夕阳里享受着喝一杯的乐趣。她从床底下拉出装着她随身物品的箱子。内侧口袋收着折起来的传单。她拿出传单，就像这段日子以来常做的那样，读着标题：

"《慕尼黑学生宣言》。"

这是白玫瑰的第六张传单。由一位德国律师偷偷带出边境，复印几十万份，交由盟军轰炸机在全德各地散发。她手上的这张是从乌尔曼来的犹太难民席薇亚·史登给她的。席薇亚跨越边界时随身带了这张传单。一九四四年冬季，芙兰卡初抵营区时，席薇亚为了鼓舞她，就把传单送给了她。芙兰卡从未告诉席薇亚，也未告诉任何人，汉斯和他的妹妹苏菲，以及好友威利写这份传单时，她就在现场。她没有告诉席薇亚她曾经帮忙寄送，更没有说她因此入狱服刑。这是属于他们的回忆。他们值得独自拥有这份荣耀。

她折好传单，塞回行李箱，然后穿过成排的床铺，走到房间尽头的窗前。芙兰卡眺望远方的黑森林。她究竟要回到什么样的地方？纳粹被摧毁了，而他们已经耸立千年的祖国德意志也同样被毁了。那里还有什么等着她呢？她所爱的人几乎都死了，如今只剩下回忆，不时带给她宽慰与哀伤，不时让她沉浸在爱里。她到现在还是会和妈妈说话，还会感觉到爸爸的手臂揽着她，还会在梦里看见弗雷迪绽放的微笑。只要她活着一天，他们就会与她同在。

　　她还是会想到约翰。她还是会感觉到他靠在她肩上沉甸甸的重量，他伤口流出的血淌在她身上暖热的温度，还有她扛着他冲进海关时，关务人员脸上的表情——不知是同情还是惊讶。那人想要说服她放弃，说约翰已经死了，但她不肯相信。她拿枪威胁他，强迫他载他们到三英里外的医院。她以为他们会因此把她关进大牢，结果没有。美国领事馆介入了。微缩胶卷被偷偷送回美国，原子弹炸毁了广岛和长崎。她永远也不会知道，那段时日的恐怖行为有多少是因她而来，但战争终究是结束了。美国说那两颗原子弹拯救了几十万人的生命。能这样想最好，否则就太令人心痛了。或许有一天，她可以接受自己为结束这场战争而扮演的角色。知道她曾经为此付出了心力，或许也就够了。

　　约翰被送进医院之后，她就住进了这个营区，再也没见过他，只收到过一封信，说他奇迹般地活了下来。他写了几封信，谢谢她靠着意志力挽救了他，而且一再重申，他会回来找她。但她还是觉得孤独无助，她无法相信他。而随着两人之间的通信慢慢减少，她心中抱有的希望也日渐消失。

夜幕低垂，白日的天光消逝，只剩远处黑森林上方有一道熹微的光。她没打开墙角的台灯。房间里一片漆黑，黑暗包围着她。既然已经要离去，还在房间里亮起一盏灯似乎没什么必要。时候到了，她再也无法回避。行李箱摆在她床上。她走上前收拾最后的一些用品。关上箱盖时，箱子才装了半满。她拎起箱子，她仅余的人生，单手就足以拎起。

她听见卧室门被轻轻关上的声音。"我告诉过你，我会回来找你的。"声音在她背后响起，这是几个月来始终萦绕在她梦里的声音。她伸手打开墙角的台灯。金黄色的灯光照亮房间，也照亮了站在门边的约翰。他身着戎装，胸前一排闪亮的勋章。约翰摘下帽子，夹在腋下。"我永远不会再离开你。"

"我也永远不会再让你离开。"她回答道。

他走向她，拥她入怀，千言万语都消失在他们的拥抱里。

图书在版编目（CIP）数据

黑森林与白玫瑰 / (爱尔兰) 欧文·邓普西著 ; 李
静宜译. — 北京 : 北京联合出版公司, 2022.2（2022.5重印）
　ISBN 978-7-5596-5137-2

　Ⅰ. ①黑… Ⅱ. ①欧… ②李… Ⅲ. ①长篇小说—爱
尔兰—现代 Ⅳ. ①I562.45

中国版本图书馆 CIP 数据核字 (2022) 第 265689 号
著作权合同登记号　　图字：01-2022-0438

黑森林与白玫瑰

作　　者：[爱尔兰] 欧文·邓普西
译　　者：李静宜
出 品 人：赵红仕
出版统筹：慕云五　马海宽
项目监制：慧　木
产品经理：李楚天
责任编辑：夏应鹏
营销编辑：陶星星
装帧设计：陆　璐@Kominskycraper

北京联合出版公司出版
（北京市西城区德外大街83号楼9层　100088）
北京联合天畅文化传播公司发行
三河市中晟雅豪印务有限公司　　　　新华书店经销
字数143千字　880毫米×1240毫米　1/32　9印张
2022年4月第1版　2022年5月第2次印刷
ISBN 978-7-5596-5137-2
定价：49.80元